本书受到以下基金项目资助：

1. 国家社科基金"二十世纪美国文学的城市化主题研究"
   （项目编号：14BWW068）
2. 江南大学自主基金重点项目"二十世纪美国文学的城市化主题研究"
   （项目编号：JUSRP51415A）

卡森·麦卡勒斯作品的政治意识形态研究

荆兴梅◎著

中国社会科学出版社

图书在版编目（CIP）数据

卡森·麦卡勒斯作品的政治意识形态研究／荆兴梅著．—北京：中国社会科学出版社，2015.11

ISBN 978 – 7 – 5161 – 7032 – 8

Ⅰ．①卡… Ⅱ．①荆… Ⅲ．①麦卡勒斯，C.—小说研究
Ⅳ．①I712.074

中国版本图书馆 CIP 数据核字（2015）第 262477 号

出 版 人	赵剑英
责任编辑	李炳青
责任校对	王 影
责任印制	李寡寡

出 版	中国社会科学出版社
社 址	北京鼓楼西大街甲 158 号
邮 编	100720
网 址	http://www.csspw.cn
发 行 部	010 – 84083685
门 市 部	010 – 84029450
经 销	新华书店及其他书店

印刷装订	北京金瀑印刷有限责任公司
版 次	2015 年 11 月第 1 版
印 次	2015 年 11 月第 1 次印刷

开 本	880 × 1230 1/32
印 张	8.125
插 页	2
字 数	215 千字
定 价	36.00 元

目　录

第 一 章

引　言

　　在璀璨的美国南方作家群中，卡森·麦卡勒斯（Carson Mc-Cullers，1917—1967）无疑是值得书写和研究的。她从小被视为音乐神童，在遭受精神创伤之后，毅然转向写作以求得心理释放和救赎。除了一些散文、诗歌和评论之外，她一生共创作了5部长篇小说，由此奠定其令人难忘的作家地位。她的主要作品基本上完成于20世纪三四十年代，犹太集中营、第二次世界大战、成群结队的流亡知识分子等事件，都以隐喻的形式，若隐若现地穿梭在她的谋篇布局和字里行间。麦卡勒斯出版第一部长篇小说《心是孤独的猎手》（*The Heart Is a Lonely Hunter*，1940）时，年仅23岁，读者好奇于女作家竟然如此年轻的同时，也相当惊叹其中的悠远意境和深邃主题。此后，《金色眼睛的映像》（*Reflections in a Golden Eye*，1941）、《伤心咖啡馆之歌》（*The Ballad of the Sad Café*，1943）、《婚礼的成员》（*The Member of the Wedding*，1946）相继问世。在麦卡勒斯的创作后期，尽管一直饱受疾病的困扰，精神危机也频频光顾，她却凭借"铁蝴蝶"不断蜕变的勇气，完成了鸿篇巨制《没有指针的钟》（*Clock without Hands*，1961）。有评论家认为她是最有可能继承福克纳衣钵的美国南方作家，也有人公开质询她是否具有主要作家的身份和地位；有学者认为她个人情绪化色彩太浓、题材过于单调、缺乏理性思维，也有人强调她的作品与意识形态和文化现实休戚相关。不管孰是孰非，麦卡勒斯引发了学术界的持久关注，却是不争的事实。

第一节　麦卡勒斯的文学地位问题

麦卡勒斯的文学书写，表现出鲜明的地域性特色，即美国的南方传统和地理特征。然而，对于她该被列为主要作家还是次要作家的问题，评论界曾经一度有过争议。比如著名传记作家弗吉尼亚·斯潘塞·卡尔就说过："至于她是否算得上主要作家，评论家尚在争论这个问题。"（Carr 1987：301）。当然，卡尔只是对麦卡勒斯作品的评论作某种呈现，并没有任何证据表明她本人也持同样观点。而麦卡勒斯作品之所以会出现一些质疑的声音，是因为部分学者指出：麦卡勒斯的主要小说执着于同性恋、身体残缺等怪诞意象，将"精神隔绝"和"孤独"主题发挥到夸张的地步，以至于局限在狭小的私人空间中无力自拔，大大削减了其中的文化历史内涵。对于这种批评现象，朱迪斯·吉卜林·詹姆斯的解读可谓一语中的：包括地域、性别及性取向在内的一系列身份个性因素，影响了评论界对麦卡勒斯的研究深度和广度，致使至少三十年间有关她的评论，局限在单一主题上面；这些条件自动地限定了范围和相关性，致命地削弱了她的价值，使她成为偏见的牺牲品（James 1995：3）。詹姆斯认为：麦卡勒斯作品遭到了一定程度的误读和误解，显而易见是不公平的，是非常值得人们同情的。与詹姆斯持类似观点的大有人在，比如理查德·赖特、田纳西·威廉姆斯、斯皮瓦克等知名作家和文论家，都对麦卡勒斯其人其作高度赞赏。黑人作家赖特在与麦卡勒斯认识之前，就在《新共和》杂志上发表过对《心是孤独的猎手》的评论，称赞麦卡勒斯拥有令人惊叹的人性，使得一个白人作家能够像对待她的同族人那样，如此自然和公正地处理黑人角色，这在南方小说中还是第一次（卡尔2006：135）。而威廉姆斯对于麦卡勒斯的崇拜之情，更加溢于言表：

> 一天晚上，威廉姆斯开始读一篇小说，这是一个他从没有读过的南方同乡写的，书名是《婚礼的成员》。他彻夜不眠地读着，偶尔停下来只是为了擦眼泪，品味小说中蕴含的非同寻常的同情。剧作家立即把它的作者视为知己，而且相信她很可能是当代美国最伟大的小说家。他睡不着觉，干脆起床，披上一件长袍，写了他的第一封崇拜信。他告诉卡森，她是一个他非常敬重的作者，他非常想跟她见面。（卡尔2006：275）

著名后殖民理论家斯皮瓦克，将麦卡勒斯与德拉布尔、哈贝马斯等重要女性学者相提并论，"号召评论界在传统视野以外寻找新的途径来重新解读麦卡勒斯，同时超越'失去纯真'等既定主题，探索文本中的种族、阶级、性别和性取向问题以及身份边界界定问题，通过分析西方文学中'他者'的建构机制，达到批判当代社会主流意识形态的最终目的。"（林斌2005：162）斯皮瓦克希望人们用后殖民和后现代的眼光，来重新解读麦卡勒斯的著作，探索其中的意识形态和权力关系，用主观能动的"小叙事"取代"宏大叙事"，从而解构各种权威和中心，还边缘化弱势群体以主体身份和话语权。

赖特、威廉姆斯和斯皮瓦克等人，都从麦卡勒斯的文学表达中，体察到她超越传统现实主义的一面。赖特和前辈黑人作家一样，孜孜以求黑人的身份建构，他在麦卡勒斯这里看到了民主和公正，因为麦卡勒斯总是以肯定和认同的姿态，来刻画书中的黑人形象。威廉姆斯发现了麦卡勒斯笔端孕育的同性恋形象，他们的分布范围如此之广，以至于几乎每部小说都回荡着同性恋者的诉求。斯皮瓦克更是在麦卡勒斯的南方小镇故事中，捕捉到浓郁的"他者"气息，在社会畸零人和流散者的身上，洞察到解构权威体系和意识形态的必要性。毫无疑问，除了上述几位知名作家和学者，抱有相同态度的评论家不在少数，他们都将麦卡勒斯视为经典作家，毫不吝惜对她的赞誉和推崇。麦卡勒斯不仅将同情的笔触伸向黑人社区、同性恋者，还延伸到了犹太族群、弱势女性、流亡知识分子，她的战争观、女性主义思想、种族理念，包含哲学理念和历史意义，无论对于普通读者还是专业学者，都具有重要的启迪作用和研究价值。从这个意义上讲，麦卡勒斯作为一位国际化和本土化相结合的作家，无愧于美国主要作家的称号。

第二节　麦卡勒斯作品的审美性和 意识形态之争

麦卡勒斯的创作，深受俄罗斯现实主义作家群的影响。评论家认为麦卡勒斯的主要小说，既有福克纳的影子，也有安·波特等人的回声，这一点其实很多读者也深有同感。对于同时代南方作家的影响，麦卡勒斯鲜有公开承认，相反倒是竭力否认其中的关联。然而她却在很多场合，公然表明俄罗斯小说在其写作中的烙印。她最喜欢的作家是陀思妥耶夫斯基、托尔斯泰和契诃夫，其中陀思妥耶夫斯基又是她的最爱，她对他的作品可以说了如指掌，百读不厌。

在一篇 1941 年 4 月为《哈泼时尚》撰写的文章"我怀念的书"中，卡森描述了陀思妥耶夫斯基对她的影响；陀思妥耶夫斯基的书——《卡拉马佐夫兄弟》、《罪与罚》和《白痴》——打开了一扇通向广阔精彩的新世界的门……在她几个月后的另一篇文章中，卡森表示要特别感谢那些她所称的"俄罗斯现实主义作家们"，不只代表自己，也代表大多数当代南方作家。在她看来，俄罗斯的作家是极富创造力的大师，他们"把悲剧与幽默、伟大与卑微、神圣与淫邪，一个人的灵魂与唯物主义的细节并置，鲜明生动而又不露声色。"（卡尔 2006：43）

到仲夏节前后，卡森的写作一直保持着很好的节奏。她早晨写作，在慵懒、炎热的下午，阅读契诃夫、陀思妥耶夫斯基和托尔斯泰。她写信告诉戴蒙德（麦卡勒斯的朋友——笔者注），她希望可以避开这些作品，但俄罗斯人的性格已经融入她的血液里了。有时，她觉得自己实在太慵懒了，就是一个俄罗斯农夫在那里抓痒痒、捉苍蝇。（卡尔 2006：241）

在萨克斯顿看来，麦卡勒斯在陀思妥耶夫斯基小说尤其是《白痴》中，找到了自我文学书写的模板，诸如爱、精神隔绝和隐秘欲望等独特视角。最令人印象深刻的是密希肯（Myshkin）融无能和神圣于一体，和《心是孤独的猎手》中的残疾人约翰·辛格（John Singer），具有惊人的相似性。麦卡勒斯对密希肯的关注和认同，对于读者理解她本人既挣扎又秘而不宣的性取向，是至关重要的。正如麦卡勒斯自己那样，密希肯和辛格是引人入胜的艺术形象，因为他们对宗教和信念充满质疑，就像他们对自身身体和性取向困惑不已。这种张力尤其体现于密希肯和罗果仁（Rogozhin，《白痴》中的另一主人公）、辛格和安东尼帕罗斯（Antonapoulos，《心是孤独的猎手》中的另一主人公）的关系中，里头的基督式怜悯，很容易混同于同性恋欲望（Saxton 2013：103—108）。尽管评论家注意到了麦卡勒斯与陀思妥耶夫斯基等俄国作家的渊源关系，但麦卡勒斯对后者现实性和批判功能的推崇模仿之处，却遭到了很长时间的埋没。

萨克斯顿对于《心是孤独的猎手》和《白痴》的对比解读，正是新批评理论框架下麦卡勒斯作品的阐释方向之一，即偏重文本的诗性意义。这种研究导向，使得人们过度强调麦卡勒斯小说的象征结构，而刻意忽视了其中的社会性和现实性。在《伤心咖啡馆之歌》中，麦卡勒斯貌似将个人体验倾注到各个人物的命运之中，仿佛在逼仄空间里演绎人生的悲欢离合，而实际上她刻画出心理遭受扭曲、身份被他者化的人物群像，从而控诉战争暴力和法西斯专政。新批评理论视野中的学者们，对《伤心咖啡馆之歌》中的所谓"抒情"意味过分强调，而作家希望读者感悟的意识形态和政治性，往往被忽略不计。在《婚礼的成员》中，女主人公弗兰淇（Frankie Adams）的个体生活似乎是重中之重，世界大事好像远离了正在描绘的故事情节；然而当时第二次世界大战正在如火如荼地进行，希特勒的反犹政策也在四处蔓延，它们都渗透在表层文本之下，活跃在深层文本的丛林里。正如林斌所归纳的那样："在这种影响下（新批评理论），麦卡勒斯小说的大量早期评论焦点集中在作品的诗性方面，甚至有些评论家将她的小说描述为'抒情诗式'文体。这样一来，作品的现实主义意义几乎被象征主义寓意削弱甚至埋没掉，其直接后果就是场景描述和人物刻画被剥夺了历史文化个性而赋予了普遍性的抽象寓意……以'新批评'为导向的麦卡勒斯研究大多忽视甚至隔断了个人遭遇和生活感悟与机构化暴行二者之间的关联，

诗性分析掩盖了作品的深层社会意义。"（林斌 2005：160）

　　当人们终于意识到新批评理论解读麦卡勒斯作品的局限性后，便开始把眼光转向意识形态和社会层面。就这一点而言，麦卡勒斯的同性恋主题和社会关系问题，是无法避开的一个维度，而酷儿理论（Queer Theory）在这方面起到了功不可没的作用。如果说酷儿理论发展之初专门面向同性恋群体的话，那么随着岁月变迁和时代进步，它已经大大拓展了自身的兼容性。在当今世界，酷儿理论依然有"性别身份背离"的意思，但已不再仅仅局限于此，而是扩展到了所有规范性之外、遭受压迫的事物。尽管性倒错如今是一个被认可的理论，但在 20 世纪中期的美国，同性恋并未得到社会认同。这个群体在公众眼里是病态的，在自己眼里是罪恶的，所以他们一般采取自我否定的态度。女同性恋者不可能将性取向暴露于公共领域，因为这种约定俗成的不伦之恋，只能处于失语的状态之中。20 世纪 20 年代的报纸写道：那些遭受"男性心理状态"（masculine psychological states，即婚外情）的女性，通过摘除一只肾上腺而得以治愈。读过这些消息的妇女，除了以沉默来应对自身的遭遇，还能有什么办法呢？（Faderman 1991：105，99，100）麦卡勒斯一直将自己当成是生活的"局外人"，常常发出身世飘零的感叹。同时，她隐秘的女同性恋身份，处处显示出困顿的局面。于是，她将社会身份和性别身份的困惑，幻化为一个个熠熠生辉的怪诞意象，铺陈到小说的纹理之中，将"酷儿"的维度加以提升和发扬光大。这一切的背后，潜藏着当时的社会意识形态，即主流社会倡导的异性恋中心主义。主流价值观只认同规范和统一，贬低差异和流动性，将有别于社会正统的同性恋视为异端，实则是专制意识和集权思想在作祟，与当时的法西斯主义和美国例外论意识形态密切相关。而这些，都是麦卡勒斯力图通过写作来解构的，也是她希望读者和评论家能够了然于胸的。

麦卡勒斯的创作，不仅隐秘地书写了同性恋身份认同欲望，而且还展现了反犹浪潮、种族歧视等意识形态规范，并同样对它们实行消解和颠覆。

> 休斯和作曲家纳森尼尔·戴特是最早的两个居住在沙都的黑人，卡森非常享受同他们在夏天建立起来的友谊。另一个待到秋天的作家是阿尔弗雷德·坎托罗威茨，一个43岁的德国犹太人，曾经是法学院的学生、文学评论家、驻外记者和作家。卡森被他的传奇经历所吸引，把他当作自己的新偶像。他从纳粹统治下逃离德国，在法国避难，却在1940年被维希傀儡政府拘留，后来历经艰险终于在1941年逃出了盖世太保的控制，安全抵达美国……她大睁着眼睛，一遍一遍地询问有关他的流亡生活、地下活动、集中营、西班牙内战（反抗弗朗哥）、监狱、逃跑和焚烧书籍等细节。卡森对坎托罗威茨感叹说，希特勒的德国不再是"歌德和席勒的故乡，法国也不再是自由、平等、博爱的土地"……（卡尔 2006：223）

综上所述，早期的麦卡勒斯研究更多地倾向于审美性层面，而后来其政治性和意识形态得到不同程度的挖掘。相比较而言，应该说两者各有千秋：前者注重作品的诗性表达和乡土气息，对叙事策略和文体形式多有研究；后者跳出了新批评的文本细读框架，将麦卡勒斯作品置于广阔的文化背景下进行考量，对不公正的社会意识形态实行解构。"'新批评共识'代表早期麦卡勒斯评论的主流方向，而且至今仍然在麦卡勒斯研究领域中有着不可低估的影响：与生理残疾人、社会畸零人、具有反叛意识的青少年形象和南方文学传统上的怪诞手法密不可分的'精神隔绝'主题称为麦卡勒斯创作及其作家身份的标志。因此，我们可以说，五十年来，不同时期的麦卡勒斯研究者一直都在以不同方式破解这个'精神隔绝'之谜，而后期评论家的贡献就在于不断超越'新批评共识'的局限性，在特定的意识形态领域里实现'精神隔绝'主题内涵的探索性解读。"（林斌 2005：163）笔者更倾向于后者，希望通过本书的麦卡勒斯研究，在全球化的背景下从文化上建构一个和谐平等的大同世界。

第三节　伊格尔顿的意识形态理论

意识形态这一概念，最先是由法国大革命时期的哲学家特拉西提出来的。虽然柏拉图和培根等人，很早就对意识形态进行过思考，但并未形诸理论术语，而且具体到深度和广度方面，也与今天人们所熟知的意识形态理论无法相提并论。在 1796 年和 1798 年间，特拉西向巴黎法兰西研究院分期宣读了论文《关于思维能力的备忘录》，正式提出了"意识形态"一词，为马克思等学者的后续研究提供了有益基础。特拉西把意识形态定义为"观念的科学"，其中至少包含两层重要意义：第一，人们用理性代替神学来考察世界；第二，理性思索与物质世界相比，前者更具备优越性，因此对社会现实具有引领和指导作用。以特拉西为代表的理论家们，将意识形态运用到政治干预和文化实践之中，希望借此将国民制度改造成理想状态。特拉西的意识形态观念，可贵之处就在于试图瓦解专制政权，以至于被独裁者拿破仑视为"一种危险的政治情绪"加以抵制。尽管如此，特拉西倡导文化的政治功能，反对各种形式的独裁统治，对后来的意识形态发展和研究，都产生了不可磨灭的影响（王宗礼、史小宁

2012：5—10）。

马克思的意识形态概念，建立在先辈理论家的基础之上，却又呈现出更为开阔的视野和更加崭新的高度。在《批判理论的理念》一书中，莱蒙德·格斯（Raymond Guess）将意识形态分为三大类，其中第二种为"否定性的意识形态"，即承认意识形态的存在，但对它的内容和价值采取否定的态度，认定它不可能正确地反映社会存在，而只能曲解社会存在，掩盖社会存在的本质（俞吾金 2009：129）。马克思与此种观念不谋而合，学界普遍认定它就是马克思意识形态的理论内核。在笔者看来，以上意识形态论至少拥有三重含义：首先，马克思超越了特拉西的乌托邦理想主义色彩，看待现实问题更为冷静和犀利，直接把意识形态视作社会上层建筑的标签；其次，马克思的矛头直指资产阶级社会和资本主义制度，认为正是官方宏大叙事所呈现的意识形态，渗透到社会的各个角落，统治着普罗大众；再次，主流意识形态的实质是当权者的利益体现，为了达到目的他们不惜篡改和扭曲事实，代之以虚幻的价值体系，来愚弄和欺骗民众。毋庸置疑，马克思的意识形态理论，具有否定既存社会秩序的批判性，同时也看到了解构这一切的可能性，这就不难理解他会提出这样的历史发展道路：从资本主义社会到社会主义社会，再到共产主义社会，才是人类获得解放和自由的光明前程。

在意识形态领域作出卓越贡献的，还有来自法国的马克思主义哲学家阿尔都塞。1968 年法国爆发震惊世界的"五月风暴"，深深影响了一代知识分子，阿尔都塞的意识形态理论就是对这次事件的回应。其实在这之前，他就写出了《马克思主义和人道主义》等著作，对意识形态问题的思索由来已久，也具有相当程度的理论和实践储备。他的《意识形态与意识形态国家机器》发表于 1970 年，可谓是水到渠成之作，令意识形态本质的相关研究，又有了新颖而重要的突破点。其一，如果说维特根斯坦是哲学语言学转向的关键人物，海登·怀特是历史语言学转向的集大成者，那么阿尔都塞就是意识形态语言学转向的先锋。阿尔都塞把意识和语言结合起来加以考察，敏锐地洞察到了意识形态的话语实践和表意过程的重要性。其二，马克思通过《德意志意识形态》，着力强调意识形态的"意识性"，而阿尔都塞却强调意识形态的"物质性"，认为社会中的一切都浸透着意识形态，它体现于所有事物之中，是仪式性和实践性的客观存在；同时，操纵意识形态的国家机器，以各种具体的政府机构和规范形式遍布于社会，无疑是物质性的。其三，人类的生存境遇虽然有真实性和物质性的一面，但是在用语言进行表征时，无论是主流阶层还是边缘群体，都只能书写出想象性的关系。其四，意识形态的渗透性和统治性，唯有经由具体的主体才能实现，马克思主张经济领域的再生产，阿尔都塞则提倡人的再生产：一方面上层建筑通过意识形态来限制和剥夺主体的自由，另一方面主体也可以通过特有的解构方式争取身份独立。

伊格尔顿对阿尔都塞的意识形态理论进行了继承、发展和超越。伊格尔顿出生于爱尔兰一个工人阶级家庭，后考入剑桥大学三一学院，师从马克思主义文化批评家、文化研究的著名旗手雷蒙·威廉斯（Raymond Williams，1921—1988）。他先是充当威廉斯的助手，后来辗转于牛津大学、曼彻斯特大学等地任教，以犀利激进且挥洒自如的笔锋，写出一部部皇皇巨著，成为当代英国审美政治和文化批评领域的巨头。伊格尔顿认为阿尔都塞所阐释的意识形态概念，是马克思主义理论在主体问题上的重大突破之一，而《意识形态与意识形态国家机器》这本书，改变了当今人们关于意识形态的思考进程。

作为阿尔都塞学派在英美的代表人物，伊格尔顿的理论与阿尔都塞的意识形态理论有着极为密切的承继关系。虽然伊格尔顿在提及阿尔都塞意识形态理论时经常伴随着严厉的批评，但是他始终高度评价它的价值。实际上，自从《马克思主义与文学批评》以来，伊格尔顿从来没有真正走出阿尔都塞的影子，是将阿尔都塞的理论运用到美学研究以及艺术批评的代表人物之一。但是由于他对阿尔都塞理论的缺陷有比较清醒的认识，使他可能对其做出补充、完善和发展。（罗良清、格明福 2006：30—34）

在继承的基础上，伊格尔顿也发现了阿尔都塞理论的不足之处，为了避免日后走入类似的困境，伊格尔顿于是在方向上做了一些调整，在理论实践中进行了大胆尝试和突破。

形态的理论方法运用到审美现象和艺术问题的研究中来，在理论上存在着一系列困难，阿尔都塞本人及其学生都花费了很大的力气来研究和思考这个方面的问题。然而，审美现象的经验性与阿尔都塞学派的理性哲学传统的深刻矛盾，严重地影响了后期阿尔都塞学派在美学研究方面的深入拓展。审美活动作为一种交流过程，既受意识形态的支配、影响和制约，又存在着偏离和超越意识形态的一面。伊格尔顿与阿尔都塞学派的理论家不同的地方在于，他着重于审美活动的经验基础研究。他指出，人的身体作为审美活动的物质载体，在研究和阐发美学意识形态的机理方面，是理论研究的重要内容。对现代西方美学的许多矛盾和难题的研究，也应该从现代人的身体状态以及现代美学在这方面的反应这个纬度作出分析和说明。（王杰 2013：401）

笔者将伊格尔顿的著述分为四大部分来考量，即英国文学、英国文学批评与资产阶级社会的兴起，美学与意识形态研究，爱尔兰社会与文化等方面的民族主义研究，对后现代主义思潮的批判。以上几个范畴名目各异，但有一个重要思想却贯穿伊格尔顿文化批评体系的始终，那就是意识形态概念，它被公认为是伊格尔顿的理论核心成分。首先，伊格尔顿将本土的文学及其批评，纳入社会历史的框架下进行重新审视，出版相关作品如《莎士比亚与社会：莎士比亚戏剧论文集》、《旅居国外和旅居国外的作家》、《力量的神话：对勃朗特姐妹的马克思主义研究》以及《克拉莉萨的被污：塞缪尔·理查森的作品中的文体、性行为和阶级斗争》。伊格尔顿在《文学理论导论》的某一章"英国文学的崛起"中提出：英国文学与社会历史之间，具有唇齿相依的关系；社会价值体系是文学书写首要的动因，其次作家才会关注叙事形式和美学架构等方面的诉求。

　　英国今天关于什么是"文学"的观念是十分晚近的思想，具体来说产生于十八世纪资产阶级兴起之际……与其说"文学"是一个纯粹的客体，不如说它是一系列价值观念的载体。正是在这一体系的整体框架之中，文学作为有意义的社会活动和写作形式呈现在人们面前。促成这一价值体系的形成可能有如下社会因素：当时基督教的衰落造成人们精神上的空白并需要一种新的秩序加以整合；工业资本主义的发展使人的身体、劳动、生活、情志发生分裂与异化因而需要一种有机观念对支离破碎的"人性"予以拯救；此外艺术家摆脱了对宫廷、教会和贵族的依赖之后发展出的独立人格也对以本身为目的的文学观念的产生创造了条件。（周小仪

2001：3—8）

　　其次，在美学与意识形态的关系问题上，伊格尔顿可谓苦心孤诣成就斐然。《批评与意识形态：马克思主义文学理论研究》、《马克思主义与文学批评》、《瓦尔特·本雅明，或革命的批评》、《文学理论引论》、《批评的作用：从观察家到后结构主义》和《审美意识形态》等，都体现了伊格尔顿对于文学和美学形式与其社会历史关系的深入思考。出版于 1990 年的著作《审美意识形态》，站在马克思主义理论的立场上，深入分析西方现代社会中美学意识形态的基本问题和理论主张，在学术界引起广泛关注。这本书不仅强调审美和文学、文学批评具有相似性，都在社会历史变迁中呈现出不同的形态和含义，而且还论证了审美与人性解放、审美与权力结构、审美与当代社会的关系问题。比如在第三章"康德式的想象"中，伊格尔顿就运用自由、道德、审美、意识形态等术语，表明审美是权力运作的重要场域。在他看来，审美既有主观想象与和谐统一的特质，又是意识形态的外在体现："在意识形态和审美中，我们与事物同在，事物则保留了具体的物质性而没有被分裂为抽象的条件；不过，这种物质性，即独特而不可重复的形式或身体，却神秘地担当起了普遍法则的强制性逻辑的角色。"伊格尔顿眼中的意识形态，既是社会约定俗称的规范，又容易滑入专制主义的泥坑："意识形态一方面是一种众所周知（everybody knows）的东西，是一堆陈腐的、毫无吸引力的格言；另一方面，这堆影响及我的陈词滥调却是相当强有力的，足以迫使主体去杀人或自杀，因而它牢固地保证了独特的统一性的基础。"（伊格尔顿 2013：81）

　　再次，自 20 世纪 80 年代末以来，伊格尔顿对于民族主义的研究兴趣表现得格外突出。《民族主义：反讽与立场》、《希思克利夫与大饥荒》、《疯狂的约翰与主教：爱尔兰文化论集》、《19世纪爱尔兰的学者与反叛者》等，都是伊格尔顿致力于民族文化和政治的力作。如果说萨义德在研究问题时，将目光更多地聚焦于阿拉伯等东方国家，那么伊格尔顿则对爱尔兰更感兴趣。在与中国学者的访谈录中，伊格尔顿说得很坦诚："不过对我来说，我研究爱尔兰大概有三个原因，首先，我是爱尔兰人；其次，最近几十年以来，爱尔兰一直是一个政治动荡的社会；最后，在文化上和政治上都有意思的是，在英国面临身份认同危机的时候，爱尔兰文化成了英伦群岛中最具魅力的文化。爱尔兰因其革命历史，已经成为英伦群岛中最有意思的部分。这是我这段时间侧重研究爱尔兰的原因。"（王杰、徐方赋 2008：81—87）作为马克思主义文论家，从事文化政治中的阶级分析，一直是伊格尔顿展开文化批评的大方向。当他的视线开始从阶级斗争转向民族斗争的范畴时，其实也是相当合乎情理的：在后现代和后殖民的西方社会中，无产阶级和资产阶级的对抗已经不复存在，而是代之以发达国家和第三世界国家之间的对垒，所以用民族主义来抵制殖民主义，是时代发展的必然结果。伊格尔顿认为：王尔德作为爱尔兰人和同性恋者，反而能够文如其人，追求肆意挥洒特立独行的文风和人生，以酷似后现代"自我指涉"和"虚构真理"等写作手法，来解构当时的英国主流价值体系；同时，他又以"比英国人更英国化"的模仿姿态，行走于英国社会和文学界，以此暴露上流阶层的伪善和专制作风。在谈及艾米莉·勃朗特那部闻名遐迩的《呼啸山庄》时，伊格尔顿作了以下解读：来自于呼啸山庄的希斯克利夫野蛮、粗暴，直接对应于爱尔兰农民形象，而文明、优雅的画眉田庄，则映射了彬彬有礼的英国社会；英国对于爱尔兰旷日持久的压迫，其本质是一种自欺欺人的虚幻意识，即通过镇压他者而维护自我的完整性和统一性。那么民族主义是否都具有肯定意义呢？伊格尔顿的回答十分中肯：革命民族主义是推翻殖民主义的最有效策略，但爱尔兰研究者中的民族主义者，并不占据其中的主导地位；19 世纪后期，马克思主义在欧洲支持反殖民解放斗争，在 19 世纪末 20 世纪初又成为支持妇女解放运动的重大力量，但它也警醒人们要当心民族主义向纳粹主义演变的危险性。

此外，伊格尔顿有关后现代主义的言论，也相当引人注目。生活于典型后现代时期的伊格尔顿，似乎想用他那犀利而激进的批评话语，来表达他对于后现代文学和美学的观感。

从 20 世纪 80 年代后期以来，伊格尔顿进行的一项重要工作是更娴熟地运用文化政治批评方法来剖析和批判后现代主义。《刨根问底》、《民族主义：反讽与献身》、《理论的意味》、《后现代主义幻象》以及《文化的观念》表达了伊格尔顿面对后现代主义时所持的基本立场在他看来，后现代主义在认识论上是片面的、简单的、绝对化的，是形而上学的翻版；在政治上是怯弱的、不负责的，甚至是反动的。后现代主义把政治问题和权力关系完全置于语言和性的范畴，在远离现实权力关系的飞地里进行"颠覆"活动，异想天开地把嬉戏和快感看做文化变革的最佳形式。问题的严重性在于后现代主义政治中有一种反动的倾向，把市场看作放之四海而皆准的形式。他甚至忧虑后现代主义的"历史终结"情绪会引向新的法西斯主义。总之，伊格尔顿对后现代主义的态度基本上是否定的，但是他也指出了马克思主义与后现代主义进行批判式对话的可能性。此外，伊格尔顿还把女权主义和民族主义看作两块很有希望的批判和抵抗后现代主义的阵地。（http：//baike.baidu.com/view/1391662.htm？fr＝aladdin）

　　对于伊格尔顿的后现代主义论断，笔者有不同的见解。他在《后现代主义幻象》等著作中所阐述的主要概念，诸如"后现代主义把政治问题和权力关系完全置于语言和性的范畴，在远离现实权力关系的飞地里进行'颠覆'活动，异想天开地把嬉戏和快感看做文化变革的最佳形式"，以及"后现代主义的历史终结论"等，都是针对后现代先锋派实验主义艺术的。在后现代文学发展的早期阶段，一大批新锐艺术家打着反传统、零度写作、摒弃终极价值观的旗号，远离社会现实和历史文化，扬言语言的狂欢和嬉戏就足以变革资产阶级陈腐的旧制度。然而到了20世纪七八十年代，后现代主义文学的本质发生了重大改变，从曲高和寡不知所云的精英主义"天书"，转变为"元小说＋现实主义文学"的样式，也就是既体现语言革新又反映社会现实的通俗易懂之读本。加拿大文艺理论家琳达·哈钦称之为历史书写元小说："这些作品不是传统意义上的历史小说，因为它们在关注写作、阅读和理解的过程时表现出明显的元小说倾向，不仅自觉表露出自身的虚构性，同时又公开关注阅读和写作历史以及小说时的行为（及结果）。换言之，在这些小说中，审美创造与社会现实、现世与历史都成了不可分割的内容。"（哈钦，1994：29）"历史元小说（即历史书写元小说）公开质疑历史是否真有假想中那么大的力量，能废掉形式主义。历史元小说的冲动劲使其形式的、虚构的身份免遭压抑。但是它也恢复了历史事物的地位，这和大部分主张艺术绝对自立的论点针锋相对。"（哈钦，2009：129）在伊格尔顿一生所从事的著述中，文化批评和意识形态是一以贯之的核心内容，是彻底而标准的后现代术语，而一旦离开社会现实和文化历史，意识形态就根本无从谈起。从根本上讲，伊格尔顿批驳的是后现代主义文学早期的语言狂欢和叙事迷宫，而与后期的后现代主义诗学（也有学者称之为"新现实主义小说"）一脉相承。所以，伊格尔顿不仅生活和创作于后现代时期，而且其文学批评始终坚守后现代视野，是不折不扣的后现代文论家。

第四节　伊格尔顿理论框架下的麦卡勒斯作品解读

本书主要在伊格尔顿等人的批评话语中，来审视麦卡勒斯的5部长篇小说。从成名作《心是孤独的猎手》，到巅峰之作《伤心咖啡馆之歌》，再到最后的杰作《没有指针的钟》，麦卡勒斯用她的生花妙笔，塑造了一个个栩栩如生的人物形象，勾勒出一幅幅怪诞奇特的生活场景，表达了她一以贯之的主题思想，即人类社会的孤独和精神隔绝。无论是小说人物、故事情节，还是背景设置，麦卡勒斯都可谓匠心独具，赋予文学书写以巨大的美学效果。而这种独具特色的抒情和审美表达，不是故步自封、自给自足的封闭文本，而是面向社会和历史的开放型体系。她的美学意义，绝不仅仅是新批评所欣赏的文本特征，而是指向伊格尔顿所倡导的意识形态层面，表达出社会文化意义上的批判性和政治性。

　　伊格尔顿不但提出了明确的政治批评观念，而且开始确立了他坚定的美学立场：审美话语以它特有的表达方式和发生作用的方式介入了一定的政治现实，而一定的政治现实在发展和演进中也不自觉地影响了审美话语的表达，其外在表现就是作为审美意识形态的客观存在的文学。所以，审美话语和社会意识形态之间在一种基本的联系中存在着一种张力，在这种张力的驱使下，审美话语的外在形态——文学以及文学理论的精神意义才得以存在，相反我们不了解这种张力，就难以把握一定的文学精神内涵。（段吉方 2005：47—53）

笔者试图从伊格尔顿的身体政治、民粹主义思想等方面，来解读麦卡勒斯主要作品的美学表征和政治意识形态内涵。德国启蒙时期的哲学家鲍姆嘉通（Alexander Gottliel Baumgarten，1714—1762），被公认为是"美学之父"，是他率先提出 Aesthetica 一词，并着手建立了美学这一特殊的哲学学科。鲍姆嘉通的思想对康德、谢林、黑格尔等德国古典美学家产生过重大作用，这种影响力一直延续到马克思和伊格尔顿等人身上，至今仍然发挥着不小的功效。在未完成的巨著《美学》里，鲍姆嘉通做了这样界定：美学的对象就是感性认识的完善，这就是美；与此相反的就是感性认识的不完善，这就是丑……与莱布尼茨和沃尔夫思想体系不同的是，鲍姆嘉通的"完善"概念既有理性认识的内容，又有感性认识的内容。在他看来，感性认识要达到完善的境界，必须具备以下三个条件：思想内容的和谐、次序和安排的一致和表达的完美……而且，鲍姆嘉通认为审美经验中同样包含着普遍的真理性，即"审美的真"。这种真实，不是通过理性的逻辑思维所能达到的，而是通过具体的形象感觉形成的。（http：//baike. baidu. com/view/828088. htm？ fr = aladdin）可见，鲍姆嘉通当初创造美学这个词汇时，其意图囊括的内容，绝不仅仅是封闭自足的话语和艺术空间，而是指涉到了社会实践之中。正如犹太裔美国美学理论家舒斯特曼（Richard Shusterman，1948—　）所言："当亚历山大·鲍姆嘉通铸造美学一词来搁置一个正式的哲学学科的时候，他为那个学科设计的目标远远超出今天确立为哲学美学的中心问题：关于美的艺术和自然美的理论。""鲍姆嘉通最初的美学方案比我们今天认作美学的东西，具有远为广大的范围和远为重要的实践意义。"（舒斯特曼2002：349）

就身体或肉体在文化政治中的作用而言，伊格尔顿显然不是最初的倡导者，马克思等人早就发现了身体在资本主义生产关系中的巨大作用，认为它是资产阶级社会生产的源泉和奥秘：劳动中的身体，既是感性审美的感知者和实践者，又是主流意识形态意图归顺的主体和载体，因此身体就不仅仅是简单的表征，而是布满意识形态、权力关系、文化症候、历史踪迹的象征符号。换句话说，劳动者的身体或肉体，既是审美的也是意识形态的，因而也是充满政治意味的：它是承载专制意识形态的客体，也可以是奋起反抗暴政的主体；它以审美的形式和意识形态的实质，来承载主流价值体系并反抗它。1845年马克思在《德意志意识形态》中指出："当人们自己开始生产他们所必需的生活资料的时候（这一步是由他们的肉体组织所决定的），他们就开始把自己和动物区别开来。人们生产他们所必需的生活资料，同时也就间接地生产着他们的物质生活本身。"（马克思、恩格斯1995：67）马克思洞察到人类肉体的独特性，从而界定了他们身体的物质性，与其思想意识形成对比和参照。伊格尔顿认为，马克思主义美学标志了一种现代美学的全新格局和观念。从马克思开始，一种唯物主义美学开始萌发，这种萌芽在某种程度上也是在肉体的介质上体现出来的。在伊格尔顿看来，马克思、尼采、弗洛伊德是现代最伟大的三位美学家：马克思是通过劳动的身体，尼采是通过权力的身体，弗洛伊德是通过欲望的身体。与尼采和弗洛伊德相比，马克思是最深刻的美学家，原因就在于马克思发现了感性的身体构成了资本主义社会一切生产的奥秘和源泉（伊格尔顿 1999：184）。

肉体首先是一个美学概念，这在麦卡勒斯小说中体现得入木三分。众所周知，麦卡勒斯擅长刻画身体残疾的社会边缘人，后人称之为怪诞意象。这些身体残缺的人物群像，形成麦卡勒斯作品独有的美学价值，使她跻身于经典作家之列，长期以来受到读者和评论家的青睐。比如《心是孤独的猎手》中的聋哑人辛格和安东尼帕罗斯，无法通过言语和他人交流，是只能保持沉默的孤独个体。然而就是这两个身体不健全的人，迸发出巨大的审美意蕴。在先天条件残缺的情况下，辛格显然受过良好的启蒙和教养，他将自己的住所整理得一尘不染，而且衣着体面、举止优雅，任何时候都维持着自我尊严。他对相濡以沫的室友和同伴安东尼帕罗斯，极尽关心和体贴，还把自己的同情和关怀，挥洒到萍水相逢的朋友、初涉人世的邻居、孤苦无依的有色人种身上。而安东尼帕罗斯的残缺意象，也并没有阻碍他成为读者眼中喜闻乐见的形象：他肥胖而懒惰，却有着孩童般天真无邪的个性，这些常人眼中也许乏善可陈的特性，却成为辛格的精神源泉。辛格等人物的身体残缺和行事风格，形成了鲜明的对比，营造出令人难忘的反讽张力，不但让读者领略到恣意而夸张的美学效果，而且也为最后的命运转折和悲剧结尾埋下了有力伏笔。再比如麦卡勒斯的扛鼎之作《伤心咖啡馆之歌》，也将肉身当作审美的实践主体。书中最具怪诞戏谑意味的，当属罗锅李蒙这一人物形象：他天生驼背，拥有似乎未曾发育完全的短小身材，在南方小镇上甫一出现之时，显得心智并不成熟，因为他既不知道家乡是何处，也不知道自己究竟是 14 岁还是 40 岁。如果读者仅视他为无知和滑稽的角色，那就大错而特错了，他后来的老于世故和凌厉作风，颠覆了人们先前的阅读期待。在爱密利亚小姐面前，他利用自己近乎柔弱的身躯和气质，毫不费力地赢得了她的同情和信任，无节制地享用她的金钱和感情。不仅如此，罗锅李蒙还颇有心计，能够轻而易举调动小镇咖啡馆的氛围，跃身成为咖啡馆甚至小镇的中心人物。在小说结局处的高潮部分，爱密利亚小姐和马文·马西展开决斗，就在难分难解之时，罗锅李蒙的奋起一击，令爱密利亚小姐陷入万劫不复的境地。李蒙外表的弱不禁风，与他强硬冷酷的内心和做派，形成强烈反差，营造出来的美学效果令人过目难忘。此外，这部小说中的爱密利亚小姐，也是一个身体特征颇值得玩味的人：她明明是一个当年与父亲相依为命的女子，却偏偏拥有一副男子汉都不及的彪悍骨架，以及令女人们望尘莫及的强大内心。她在镇上经营杂货铺（后来改成咖啡馆），给妇女和儿童治疗疑难杂症，驾驶汽车旁若无人地进城。一方面她十分好斗，曾经将某律师打得抱头鼠窜；另一方面她又具有男人般的维护弱者心态，曾经将罗锅李蒙宠爱到无以复加。爱密利亚小姐的外表和作为之间，时常出现断裂和张力，从而增殖始料未及的美学价值。所以说，在美学上，作为一种感性的舒展形式，肉体以它对快感的执着而尽心的追求和对欲望真实的表达展现着审美理想的最基本特征，肉体是审美的亲密伙伴，不但审美的发生依靠感性的肉体作为介质，而且审美的价值判断也必须在肉体的本能欲望中发现它的基础（段吉方 2005：49）。

　　肉体的美学意义，同样表现在麦卡勒斯其他 3 部长篇小说中。《金色眼睛的映像》中的潘德顿上尉，表面冠冕堂皇颇具威严，实则是个双性恋者，拥有敏感、脆弱而扭曲的人格心理。与其他军官相比，潘德顿骑马的姿态实在猥琐不堪；而更为不堪的是，他拥有美丽开放的年轻妻子，却不可抑制地爱上了二等兵威廉姆斯，成为同性恋的最典型注脚。潘德顿的实际所为，与他威风堂堂的身份地位极不相称，从而形成《金色眼睛的映像》的美学张力，对读者和评论家产生历久弥新的魅力。小说中另外一个人物艾莉森，是兰顿少校的妻子，生活优越却精神痛苦。她似乎常常处于极度的抑郁之中无法自拔，以至于用剪刀剪去自己的乳头，上演了一场惊心动魄的血案。她与自己所处的上流社会格格不入，无法融入高级军官们的生活和社交中，却与她那忠心耿耿的菲律宾佣人意气相投，从而成为形影不离、感情笃深的一对主仆。艾利森肉体上遭受的痛楚，显然是其精神极度低迷和压抑的体现，她种种匪夷所思的举动，无不折射出现代女性觉醒的耀眼光芒。《婚礼的成员》中的少女主人公弗兰淇，貌似生活于一个和风细雨的家庭，然而却深陷烦恼之中无力自拔。比同龄孩子高出一大截，是弗兰淇无以释放的困窘，其实也是麦卡勒斯青春期的心理困境。弗兰淇成为麦卡勒斯折射出来的一面镜子，是理所当然的事情。弗兰淇又高又瘦的身型，非一般女孩子能比，成为她自卑的缘由，也成为她远离群体、遭受孤立的重要因素。身体特征虽然是表面现象，却能在自我意识和他者反应的联合作用下，变成强势的个性心理，甚至影响到日后的人生轨迹和命运走向。个体心理学家阿多诺认为，孩童面对世界时很容易产生自卑心理，在成长中只有将自卑心理转化为优越心理，才能超越自卑和平凡，获得突出的个人成就。而要达到这一目标，教育和知识就显得必不可少，同时还要有反思和批判现实的能力。因此他指出，一种知识假如没有与一种幸福承诺结合在一起，它就是没有意义的，达不到精神救赎的目标："面对绝望，唯一可以负责任地实践的哲学，必须从救赎的立场来沉思万物，以万物呈现它们自身的方式来沉思，除非知识通过救赎来照亮世界，否则它就黯淡无光，它就是重构，就只是技术。必须塑造这样的视角，可以置换和疏离这个世界，揭示它所将要成为的样态，揭示它的裂缝和破败，它的贫乏和扭曲，正如它有朝一日在弥赛亚之光照耀下所显示的样子。"（Adorno 1974：247）弗兰淇的这种心理特征，在哥哥及其新娘的婚礼前夕爆发了出来，她哭喊着要加入哥哥的"我的我们"，就是企图得到拯救的呐喊。麦卡勒斯的作品，素以创作"身体疾患隐喻精神困顿"而著名，《婚礼的成员》也不例外，其中的身体和心理对比，使得小说的美学意义油然而生。

《没有指针的钟》这部作品，凝聚了麦卡勒斯饱受精神和疾病困扰的人生体验，同样反映了身体美学的重要意义。小说刻画了形形色色的人物形象，但主要脉络大致可以分为两条，一条来自于药剂师马龙，另外一条则是黑人孤儿舍曼。作品伊始，药房老板马龙得知自己患上白血病，从而陷入无休无止的精神危机，其人生仿佛成了没有指针的钟。在与各色人等的交往中，他开始了自我救赎的旅程，这种努力一直持续到小说结尾，历经 14 个月，最终得以平静安详地迎接死亡。从身体疾病到肉体最终消失，马龙这一形象铺陈了一幅由反讽张力构成的审美画卷。而蓝眼睛的黑人孤儿舍曼，一直在寻找母亲的下落，在寻根之旅中，小说呈现出种族歧视的宏大主线。舍曼认为每一个著名黑人女性都有可能是其生母，然而结果却令他大失所望，最后在种族主义斗争中死于非命。可以说，麦卡勒斯在此将黑人的肤色刻画成美学载体，以肉体表象来反射精神状态，同时反映相关的社会语境和意识形态。

在伊格尔顿的文化视野中，肉体除了是美学概念，还是不折不扣的意识形态概念。马克思断言："在这个肉体社会中，我们主要的政治与道德问题都是以人类身体为渠道表现出来的。因此，在一个技术迅速发展的社会中，人的身体体现的社会、经济和法律地位方面的这些宏观变化产生的后果是，人类身体已成为许多社会科学与人文学科研究的焦点。这些变化能否带来人类身体的标准化和理想化的扩张……是文献中经常争论的一个论题。"（特纳 2000：8）伊格尔顿也宣称审美话语是一种意识形态，"如果说可以把美学从窒息它的唯心主义的沉重负担下挽救出来，那么只能通过一种发生于肉体本身的革命才能实现，而不能通过为理性争取位置的斗争来实现。"（伊格尔顿 2013：192）麦卡勒斯的系列作品，无不体现出宏观意义上的共性：意识形态通过肉体发挥并呈现其威力，肉体的残败正是精神摧残的具体体现，也是意识形态无处不在的标志。就《心是孤独的猎手》而言，辛格和安东尼帕罗斯的聋哑特征，是美国南方小镇沉闷隔绝的象征，也是美国社会物化和异化的体现。身体疾病隐喻精神残缺和权力失衡，比如该小说中的黑人激进分子考普兰德医生，洞察到白人种族歧视政策的巨大危害性，所以毕生致力于民族解放斗争的事业之中，即使牺牲家庭和生命也在所不惜。他这样来启蒙黑人同胞，以便让他们看清主流意识形态的实质：

> "今天上午站在这里的一些年轻人可能想当老师、护士或你们种族的领袖。但是你们中的大多数都被剥夺了机会。你们将不得不为了一个无用的目的而出卖自己，仅仅是为了活下去。你们将遭遇挫折和失败。本应成为年轻的化学家，却在摘棉花；本应成为年轻的作家，却没有机会识字；本应成为教师，却成为拴在熨衣板上的奴隶。我们在政府里没有自己的代表。我们没有选举权。在这个伟大的国家里，我们是最受压迫的人。我们不能大声说话，因为没有机会使用舌头，它在我们的嘴里腐烂。我们的内心变得空洞，失去了为使命奋斗的力量。"
>
> "黑人同胞们！我们身上具有人类精神和灵魂的所有财富。我们献出了最珍贵的礼物。我们的付出却被报以嘲笑和蔑视。我们的礼物被践踏在泥浆里，变成垃圾。我们不得

无用地劳作，比动物还要不值钱。黑人们！我们必须站起来，重新团结一致！我们必须获得自由！"（麦卡勒斯2005：184）

《没有指针的钟》力图揭示的意识形态之一，也是针对黑人的种族主义政策。老法官福克斯·克莱恩这个角色，是南方种植园文化的传统代言人，他对于黑人、穷人并没有同情怜悯之心，对于任何可能到来的社会革新也始终持保守态度。他这样来对教导马龙："变革的风云正在兴起，它要摧毁构建南方的经济基础。人头税不久就要废除，每一个愚昧的黑人都可以参加选举。下一步就是受教育的平等权利。想象一下将来，那个时候秀气的白人小姑娘要学习读书写字，就必须与煤一样黑的黑鬼同坐一张书桌。最低工资的法律把工资规定得那么高，等于给农业经济的南方敲响了丧钟，但是可能我们又非得接受。想象一下我们要付给一批什么也不会的麦田帮工计时工资。联邦住房规划已经让房产投资商走向毁灭。他们把这个规划叫作清理贫民窟——可是，我问你，是谁造成了贫民窟的？是住在贫民窟里的人自己的毫无远见造成了贫民窟的出现。请注意我说的话，那些同样联邦公寓大楼——尽管造得非常现代并且具有北方风格——十年以后也将会变成贫民窟的。"老法官的言论和思想，至少代表了当时美国南方很大一部分人的观念。他们依然沉浸在奴隶制时期的田园梦里，恪守着白人阶层神圣不可侵犯的淑女风范和绅士礼仪。他们坚信白人是智慧和高人一等的，是上天派来充当主人角色的；而黑人是愚昧和不开化的，需要白人农场主的教化和引导，才能履行所谓人的职责。即使到了故事发生的20世纪50年代，种族歧视依然弥漫在美国南方甚至整个美国，致使众多有色人种的权利遭到剥夺，流落到生活无着就业无门的地步。这样的意识形态经由肤色和肉体表达出来，实际上无声而严厉地谴责了主流价值体系。

如果说《心是孤独的猎手》和《没有指针的钟》都揭示了种族主义意识形态对于有色人群的危害，那么《伤心咖啡馆之歌》则意图揭露根深蒂固的父权制霸权。罗锅李蒙的身体残缺和女性气质、爱密利亚小姐不合常规的怪异举止和男性气质、马文·马西从不出汗等异常生理特性，都以肉体的怪诞衬托出精神的异化，进而发掘社会制度中的不平等和不公正因素。在一个男权中心主义司空见惯的社会语境里，罗锅李蒙的性别错位固然令人侧目，爱密利亚小姐的欲望之旅也让人深思，都像身体痼疾一样，等待人们去发现和诊治。小说的结尾十分发人深省：女性纵然伪装强大外表苦苦支撑，怎敌得过男尊女卑意识形态的强大力量？当罗锅李蒙和马文·马西联手打败爱密利亚小姐之后，又将她的杂货铺洗劫一空，留下离群索居的爱密利亚小姐独自凭吊余生，读者唏嘘不已，却对父权制意识形态有了更为清晰和深刻的领悟。由此可见，《伤心咖啡馆之歌》的二元性别观，也是通过身体这一特殊的空间载体，栩栩如生地呈现了出来。审美形式不仅仅是作家对于遣词造句和谋篇布局的规划，更是社会思潮和文化规范的体现，所以，读者和评论家们往往能够透过文本的字里行间，捕捉到广阔的社会背景和历史信息。

就意识形态这个概念来讲，《婚礼的成员》侧重于战争的指涉。它虽然没有直接刻画战火纷飞的场面，但战争就像一条河缓缓流过小镇的中央。在这部貌似家长里短的长篇小说中，战争信息仿佛不经意地一带而过，可学者们却分明听到了子弹呼啸和鲜血流淌的声音。作家麦卡勒斯在写作这部书时，正和全世界千千万万的民众一样，在经历着纳粹主义挑起的第二次世界大战。其时的麦卡勒斯已经是一位崭露头角的知名作家，和纽约的众多知识分子一起，接受战火洗礼的同时也将它纳入写作的维度。她的丈夫利夫斯和弟弟小拉马尔都曾投入第二次世界大战的炮火中，用年轻的躯体去体验战争的本质。亲人在战场上的浴血奋战，让麦卡勒斯有了间接而直观的感受，于是写下《爱不受时间愚弄》（1943 年发表于《女士》杂志）等歌颂美国士兵的散文，使今天的读者仍然体会到她当时骄傲和激励的情怀。此外，麦卡勒斯在这段岁月里迎接过许多流亡知识分子，比如来自瑞士的安妮马瑞，以及来自德国托马斯·曼的一双儿女——艾丽卡·曼和克劳斯·曼。麦卡勒斯对这些人可谓一见如故，在与他们相见甚欢的同时，更对他们饱受战乱之苦的灵魂充满同情。麦卡勒斯逐渐对战争有了相对客观的看法，对法西斯主义和极权主义不无憎恨，而对于各种各样的受难人群则深表同情。她看到了西方资本主义制度下的痼疾，因而采用马克思主义唯物主义的立场，对其进行深入挖掘和批判。作为一名炉火纯青的写作天才，她在力图消解纳粹暴政和专横制度的时候，并没有直抒胸臆和直奔主题，而是将宏观视角隐匿于一个个故事情节和人物肖像之后，在美学的层次上追求意识形态主旨的表达。为了达到相应的美学效果和主题呈现，麦卡勒斯勾画了遭受歧视的犹太人形象，描摹了尝够心灵痛苦的同性恋者，从作家和人物肉体体验上把握文本的审美规律和政治内涵，与伊格尔顿和马克思等人的旨归一脉相承。

《金色眼睛的映像》更聚焦于军营的描画，旨在表现军队的腐败。如果说《死者和裸者》、《第二十二条军规》等后现代小说，酣畅淋漓地讽刺了军人的荒唐生活，那么《金色眼睛的映像》这部小说，则采用嬉笑怒骂的方式，揭开了军队荒淫无耻的面纱。无论是潘德顿上尉的双性恋欲望，还是艾利森惊悚的自戕行为，都从身体的角度开启了美学之旅；在各色怪诞肉体意象的背后，麦卡勒斯精心编织进了厚重的意识形态内容。希特勒式的集权主义思想，以和平年代混乱的军营为缩影，成为麦卡勒斯批判的靶子。

> 当时正值希特勒—斯大林协定签署之际，欧洲的动荡使卡森感到非常压抑。美国仍然没有参战——12月的珍珠港轰炸事件才导致美国参战——但是在沙都的几乎每一个人都对这个国家的不参战反应强烈，对总的政治形势有浓厚的兴趣。（卡尔 2006：172—173）
>
> 希特勒强征入伍的青年组成的部队简直就是一个笑话。他们经常被吓坏了，溃不成军。他描述说，有一天，他的士兵抓到了两个小男孩，年龄分别是10岁和12岁，正在试图操作一门迫击炮。利夫斯惊叹他们居然没有把自己给炸飞了。后来，他们把迫击炮转向德军的方向，向男孩们演示应该怎样发射。（卡尔 2006：249）

在肉体的美学和意识形态意义基础上，笔者认为身体也是解构中心并获取主体的媒介。在《美学意识形态》一书中，伊格尔顿进行了这样的阐述："只有当身体性的动力已经从抽象需要的专制中释放出来时，当对象已经从对象的功能中恢复到感性具体的使用价值时，才有可能达到审美化的生活。"（伊格尔顿 2013：197）在资本主义社会中，身体是意识形态的重要载体，也是权力结构的具体体现。在资产阶级极权制度的规训下，身体渐渐失去了鲜活的生命力，而沦为机械性和重复性的客体。在这样的社会环境下，消费主义的金碧辉煌形同虚设，因为即使人们拥有富足的物质生活，也难以体会到心灵的满足和幸福。比如《心是孤独的猎手》中，黑人医生考普兰德、工运分子布朗特、女中学生米克和酒店老板比夫，都拥有衣食无忧的生活。然而就是这些物质的拥有者，却因失去信仰支撑或受困于交流而一蹶不振，成为现实中的失败者。在高度文明的现代社会，人们既不相信上帝也不相信邻居，疏于沟通故步自封，纵然拥有再多的金钱，也只能过着比较悲惨和悲观的日子。而肉体有残疾的聋哑人辛格，却成为这四个人的倾诉对象和精神寄托，他们争先恐后对他说话，仿佛他是能听见一切和理解一切的尊神。这里辛格的身体所承载的，是一种马克思主义的人道主义精神，即剥去他人身上的一切枷锁和束缚，使他们以自然人的本性和面目出现。马克思这样来描绘人性化的社会（共产主义社会）："这种共产主义，作为完成了的自然主义 = 人道主义，而作为完成了的人道主义 = 自然主义，它是人和自然界、人与人之间矛盾的真正解决。"（马克思、恩格斯1995：297）"各个个人的全面的依存关系、他们的这种自发形成的世界历史性的共同活动的形式，由于共产主义革命而转化为对那些异己力量的控制和自觉的驾驭，这些力量本来是由人们的相互作用所产生的，但是对他们说来却一直是一种异己的、统治着他们的力量。"（马克思、恩格斯1960：42）马克思在此揭示：人的身体只有回归本真状态，远离社会现实的种种规范和约束，才能迸发出能动性和创造力，才能将自己的天才发挥到极致，从而最大限度地为世界做贡献。《心是孤独的猎手》中考普兰德医生等人，从辛格身上获得鼓舞和启示，开始了生气勃勃充满希望的生活。而当辛格因为安东尼帕罗斯之死而悲痛欲绝、终于以自杀了结残生时，考普兰德等四人顿时失去了精神支柱，生活又回到以前百无聊赖行尸走肉的状态。不能不说，这是一个社会的悲剧，是资本主义生产关系中必然的结局。

纵观麦卡勒斯的其他4部长篇小说，同样可以看出身体政治的重要意义。《伤心咖啡馆之歌》中，爱密利亚小姐受困于男性化的身体，罗锅李蒙受困于丑陋而弱不禁风的身体，但两者也具有惊人的相似之处，即两人都充满欲望且陷入其中无法自拔。直至最后，罗锅李蒙携手马文·马西，共同击败爱密利亚小姐并洗劫她的家产之后，各自才进入风平浪静的现实中。罗锅李蒙也许和马文·马西浪迹江湖后，不合常规的性取向才得以满足，也才捕捉到完全恣意的自我，从而过上自由自在无拘无束的生活。爱密利亚小姐不必再顾忌小镇人看她的眼光，可以将一切性别特征隐藏起来，把握外表离群索居、内心充实惬意的余生。种种身体特征和肉体欲望，冲破男权中心主义和异性恋中心主义传统，经过重重挣扎和斗争终于获得解放，这也许是几位主人公自我救赎的最终指向。《婚礼的成员》也是经过身体困惑走向精神救赎的故事，这一主题借助少女弗兰淇得以完成。过高的身材使得弗兰淇沦为同龄人眼中的怪人，令她与枯燥沉闷的小镇形影相吊，让她的苦闷发酵而无以释放。她向往远处冰天雪地的广阔世界，也试图借由音乐来得到灵魂升华，然而一切似乎都无济于事。她家的黑人女仆起到了精神教母的作用，逐步点亮了她的心智，扩充了她对于整个世界的看法。

　　但贝丽尼斯上帝的世界不一样，它充满一体，公正而又理性。首先，那儿没有肤色的差异，人类全体长着深褐色皮肤，蓝眼黑发。没有黑人，也没有让黑人自觉卑贱，为此抱憾一生的白人。不存在什么有色人种，只有男人、女人和孩子，像地球上的一个亲热的大家庭。当贝丽尼斯说起这条首要的造物之道，她的话就像一支激越浑厚的歌，由美妙的低音放声唱出，在房间的四角回想，颤动的余声久久不绝。（麦卡勒斯 2005：98）

弗兰淇从贝丽尼斯的身上，学会了肤色或肉体之外的生存本

质；而小说结尾处小男孩约翰·亨利的死亡，表明了肉体的永远
消亡，也令弗兰淇顿悟生命的破碎。《金色眼睛的映像》的人物
群像中，艾莉森属于苍白易逝生命的象征，而兰顿上校的年轻妻
子利奥诺拉正好与此相反，是活色生香的欲望体现。艾莉森在男
权机制下以死谢幕，是逼真的悲剧女主角，而利奥诺拉却活得意
气风发。利奥诺拉这样的女性，活得真实、洒脱、野性，是男性
倾慕的对象，也是其他女人羡慕和嫉恨的目标。麦卡勒斯刻意将
艾莉森和利奥诺拉并置，是有意将她们做比对，从人性关怀的角
度，指明人类幸福的维度和社会发展的方向。

> 绿色的朦胧月光洒满了房间。上尉的妻子睡着了，她的
> 丈夫不在她旁边。她柔软的头发散落在枕头上，她半裸的胸
> 口随着呼吸轻轻起伏。黄色的丝绸被单铺在床上，一瓶打开
> 的香水让空气甜腻腻的，令人昏昏欲睡。士兵极其缓慢地踮
> 着脚走到床边，向上尉的妻子俯下身去。月光温柔地照亮了
> 他们的面孔，他离她如此之近，都能感受到她温暖均匀的呼
> 吸。士兵阴沉的眼睛里起初是专注的好奇，渐渐地，严肃的
> 脸上被唤起了一种狂喜的表情。年轻的士兵感觉到一种过去
> 从未知晓的甜美，那么强烈，那么奇特。（麦卡勒斯 2007：
> 59）

《没有指针的钟》也是以肉体的困顿、消亡和再生来布局
的。马龙曾经因为白血病而万念俱灰，也因为与妻子的"无爱
婚姻"更觉雪上加霜痛不欲生，但就在他离开人世的前夕，他
蓦然顿悟了妻子对他的深情厚谊："他对他妻子的爱曾经是那样
淡漠，而现在爱又回归了。玛莎想用精美可口的食物来增进他的
食欲，或者陪坐在他房间里结绒线，这时候，马龙对于妻子的爱

的真谛，感觉更接近了……她的体贴使他感动。""马龙说道，'亲爱的，没有一个男人有像你这样的妻子。'这时自从他们结婚那一年以来他第一次叫她亲爱的。"（麦卡勒斯 2007：261）马龙虽然以死亡而告终，但他显然带着心满意足离去，因为他再次捕捉到了爱和感动等可贵情愫，他以往纠缠在理性、责任、机械中的 40 年，在最后一刻有了崭新的意义。

　　麦卡勒斯作品除了高度关注身体的政治意识形态，还表现出浓郁的民粹主义思想。19 世纪 60 年代开始至 20 世纪初，俄国民粹主义运动逐渐兴起，提倡大力发展"村社"，并提出"到农村去"的响亮口号。总的来说，民粹主义运动声势浩大，具有积极的社会推动作用，代表人物有赫尔岑、车尔尼雪夫斯基、米海洛夫斯基、沃龙佐夫等人。但后期的民粹主义主张出现了偏离，它不再旗帜鲜明地反对沙皇专制制度，而是转而攻击马克思主义思想，基本上沦为代表富农利益、徒有虚名的运动。顾名思义，民粹主义这个概念是相对于文化精英主义而言，剑桥著名文化批评家、伊格尔顿的导师雷蒙德·威廉斯，可以称得上是民粹主义理论的集大成者："正如斯图尔特·霍尔所察，对于以多方位的探索追踪并加以汇集为特征的文化研究领域来说，它（民粹主义）的形成没有一个'绝对的开端'。不过威廉斯 1958 年引起巨大反响的论断——文化是平常的……差强可作为一处开端。这是对那种可标识为'精英主义'的文化概念的清晰、简洁的反驳。"（麦克盖根 2001：22）说到底，民粹主义即大众文化或通俗文化，马克思、卢卡奇、霍尔、威廉斯、伊格尔顿等文论家，对此均持赞成态度；而与此相反的精英文化，当然是中产阶级的阳春白雪，拥戴者也大有人在，比如阿诺德、T. S. 艾略特、利维斯和霍加特等人，都是持这一观点的著名学者。威廉斯在剑桥大学曾多年从事成人教育工作，因此对平民阶层情有独钟，而作为嫡传弟子的伊格尔顿，在这一点上继承了老师的传统，视大众文化教育和普及为己任。无论是《爱尔兰的真相》、《如何读一首诗》等被公认的通俗读物，还是《马克思主义与文学批评》、《批评与意识形态》、《美学意识形态》等理论专著，都留给读者以酣畅淋漓、通俗易懂的印象。换句话说，伊格尔顿之所以成为当今的西方文论巨头之一，不仅因为他学术造诣异常深厚，还因为他所采用的写作手法深入人心，撷取的是通俗性很强、普及性很广的书写策略。在民粹主义观点上，麦卡勒斯作品和伊格尔顿理论无疑是息息相通的。

　　麦卡勒斯作品和伊格尔顿文论一样，首先将日常生活审美化。伊格尔顿追随维特根斯坦、葛兰西、德里达、巴赫金等人的脚步，提倡哲学的日常生活化。这意味着哲学不再晦涩难懂、高高在上，而是毅然决然放下身段，成为广大民众的座上宾。伊格尔顿写过电影剧本《维特根斯坦》，也写过小说《圣徒与学者》，后者与巴赫金不无关系。这两部作品都将学术圣殿中的经典理论家请下神坛，安排他们坐到平民中间，极尽戏谑等去神圣化的写作策略。麦卡勒斯也是如此，她的力作《伤心咖啡馆之歌》本质上就是民谣体系，是为普通老百姓写就的通俗小说。整部作品呈现出一个民间故事的形态，又以民间歌谣的形式结尾，显得非常令人喜闻乐见。

　　　　叉瀑公路离小镇三英里，苦役队就是在这儿干活。这条路是碎石路面的，县政府决定把坑坑洼洼的地方垫平，把几处危险的地方修宽一些。苦役队一共有十二个人，全都穿着黑白条纹的囚服，脚踝处拴着脚镣。这里有一个警卫，端着一支枪，他的双眼由于使劲瞪视，变成了两条发红的长口子。苦役队从早干到黑，天一亮就有一辆监狱大车把他们载来，十二个人在车里挤得满满的。暮色苍茫时，又坐了大车回去。一整天都有铁锹挖地的声音，有强烈的阳光以及汗臭味儿。可是歌声倒是每天都有。一个阴沉的声音开了头，只唱半句，仿佛是提一个问题。过半晌，另一个声音参加进来，紧接着整个苦役队都唱起来了。在金色炫目的阳光下，这歌声显得很阴郁，他们穿插着唱各种各样的歌，有忧郁的，也有轻松的。这音乐不断膨胀，到后来仿佛声音并非发自苦役队这十二个人之口，而是来自大地本身或是辽阔的天空。这种音乐能使人心胸开阔，听者会因为狂喜与恐惧而浑身发凉。音乐声逐渐沉落下来，直到最后只剩下一个孤独的声音，然后是一声嘶哑的喘息，人们又见到了太阳，听到了一片沉默中的铁锹声。（麦卡勒斯 2012：78—79）

麦卡勒斯的作品都以美国南方的普通小镇为背景，描写其中形形色色人物的悲欢离合，展现的是老百姓的日常生活。就场景设置而言，南方小镇跟世界上其他地方的小镇几乎没有区别：一两条主街，铺陈着杂货铺、理发店、咖啡馆等小店，店面大多非常简陋；居民的住房也一样，伫立在纷飞的尘土和刺目的夏日太阳底下，几乎是乏善可陈。这样的故事环境，就是广大民众的日常生活场景，麦卡勒斯几十年如一日地描摹它，孜孜不倦乐此不疲。她将普通小镇纳入笔下，赋予它以审美的高度，进而激发读者去思考意识形态层面的问题。小镇沉闷、隔绝、落后的局面，反映了生活在其中的人们之精神面貌，也让西方资本主义社会工业化和城市化困境跃然纸上。而就人物塑造而言，麦卡勒斯擅长描写人物的身体残疾、心灵扭曲和死亡，通过这些来批判体制的痼疾。《心是孤独的猎手》中的聋哑人辛格、安东尼帕罗斯以及考普兰德等四个前来倾诉的人，都是再平常不过的人物形象。他们每天过着按部就班的生活，遵守机械化、教条式的作息时间和行为规范，令读者几乎可以触摸到他们的郁闷之情。麦卡勒斯其他作品中的一众人物，无论是爱密利亚小姐、利奥诺拉、艾莉森、弗兰淇、贝丽尼斯等女性群像，还是罗锅李蒙、潘德顿上尉、兰顿少校、马龙、老法官、杰斯特、舍曼等男性形象，其长相和生活都没有奇特之处。就是这样一群生活中的芸芸众生，麦卡勒斯用审美的笔触加以描绘和提升，遂成为具有政治意义的美学雕像，不仅永久镌刻在读者的记忆深处，还激发他们去思考社会、反省制度。最后，就故事情节而言，麦卡勒斯笔端流淌出来的都是红尘俗事。人们在小镇上一天天长大并老去，见证镇上人的悲欢离合、生老病死，认为都是天经地义的事情。每篇小说在故事的叙述中，至少要涉及一个高潮，最少呈现一件非同寻常的"惊天大案"。这样惊心动魄的时刻，都是拜麦卡勒斯的一支妙笔所赐，是她从小到大的所见所闻、所思所想，与虚构、想象相结合，创造出美轮美奂、诗情画意的奇闻趣事，给读者留下荡气回肠的感觉。一句话，和千千万万个其他著名作家一样，麦卡勒斯以生活中的凡人小事为原型，在此基础上进行变形，经过异彩纷呈的叙事美学提炼，出现在读者面前的就是亦真亦幻、虚实难分的文学景观。

麦卡勒斯作品和伊格尔顿文论的相似之处，还表现在对民族主义的坚守。对于爱尔兰这个动荡不定、多灾多难的国家，伊格尔顿和乔伊斯都具有深厚的民族主义情感。从短篇小说集《都柏林人》伊始，乔伊斯的几乎所有作品均将背景设置在了爱尔兰首府，将那里的瘫痪机制和腐朽人性描写得淋漓尽致。而伊格尔顿虽然工作生活于英国，但对爱尔兰一直念念不忘，写过《19世纪爱尔兰的学者与反叛者》、《疯狂的约翰与主教：爱尔兰文化论集》、《希斯克利夫与大饥荒》等文论。在《希斯克利夫与大饥荒》中，伊格尔顿将爱米莉·勃朗蒂的《呼啸山庄》与爱尔兰广阔的文化背景进行对比，为学界提出崭新的阐释视角："在这一章里，伊格尔顿提出了对作品男主人公希斯克利夫性格之谜的一个全新理解。伊格尔顿认为，希斯克利夫那种残暴、乖戾、疯狂、不可理喻与自我毁灭的性格与勃朗蒂姐妹的小弟弟布兰威尔有某种相似之处。勃朗蒂一家祖上是爱尔兰人，而布兰威尔身上就表现出典型的爱尔兰农民的特征。因此爱米莉·勃朗蒂笔下林顿与希斯克利夫的冲突，以及画眉田庄与呼啸山庄的对立正是理智文明的英国文化与粗俗野蛮的爱尔兰文化之间不可调和的冲突。爱尔兰民族那种非理性、反审美、极端实用主义的'土豆与鲱鱼'的文化在这部英国文学经典中如同一股汹涌澎湃的暗流不断浮出文明的表面。"（周小仪 2001：7）而麦卡勒斯不仅坚持民族主义立场，还具有浓郁的地域主义色彩。她小说的故事情节都发生在美国南方乡村——她再熟悉不过的家乡小镇，就像福克纳那样在这片土地上勤奋地耕耘，并最终结出累累硕果。有人将麦卡勒斯作品贴上"南方哥特小说"的标签，还有人赋予其"怪诞小说"的称号，不管麦卡勒斯本人承认与否，有一个事实是不可否认的：作为特色鲜明的经典作家，麦卡勒斯的独特气场不但表现在人物、情节和场景等因素上，更表现在她对故事人物民族情结的把握上。

麦卡勒斯作品的族裔立场，最大限度地体现于黑人群体。《伤心咖啡馆之歌》的结尾是这样呈现的："能发出这样音乐的是什么样的苦役队呢？仅仅是十二个活着的人，是本县的七个黑人小伙子和五个白人青年。仅仅是待在一起的十二个活着的人。"（麦卡勒斯 2012：79）评论界对于由白人和黑人共同组成的"十二个活着的人"，历来非常感兴趣，普遍提出这是小说的点睛之笔，是对于整部小说绝妙的收梢。笔者对此也很赞同，认为麦卡勒斯通过这样的结构设置，来表明自己对于黑人族群的同情和支持。黑人和穷苦白人休戚与共，让人联想到莫里森小说《宠儿》中的塞丝和帮助她生孩子的白人女孩，假如说莫里森因坚持黑人性写作而令人动容，那么麦卡勒斯白人作家的角度同样打动人心，难怪著名黑人作家赖特和鲍德温都对她推崇有加。尽管在成名作《心是孤独的猎手》中，麦卡勒斯已经塑造了深入人心的考普兰德黑人医生，借由他的声音，不仅道出了斯宾诺莎和马克思等的深邃思想，还表达了他对现实痛心疾首的呐喊。然而她的第三部主要小说《伤心咖啡馆之歌》，并没有展开大规模篇幅来刻画黑人社区的喜怒哀乐和悲欢离合。到了麦卡勒斯的最后一部小说《没有指针的钟》里，黑人性视角又得到广泛而深刻的拓展，其深度和广度就麦卡勒斯所有作品而言，可谓空前绝后。黑人舍曼一家惨绝人寰的遭遇，成为这部小说扣人心弦的主线之一，推动文本叙事进程的同时，引导读者进入社会大背景展开意识形态层面的思索。

麦卡勒斯还创造了犹太人群像，来展示她对少数族裔的政治立场。《心是孤独的猎手》中，除了辛格的犹太身份可能性之外，少年哈里是不折不扣的犹太人代表。他的个性特点和生活经历，都体现了犹太民族热爱思考关注现世的特点。《伤心咖啡馆之歌》中的罗锅李蒙，虽然不能确认为犹太人，但他初来这座南方小镇时所受到的"礼遇"，却为犹太族裔在麦卡勒斯评价体系中的分量，提供了明确依据。

    ……小罗锅站着，提箱在最低一级台阶上敞着口；他吸了吸鼻子，他的嘴嗫动着。也许他开始感到自己的处境不妙了吧。也许他明白作为一个陌生人，提了一箱子破烂到镇上来和爱密利亚小姐攀亲戚是件多么不妙的事了吧。总之，他一屁股坐在台阶上，突然间号啕大哭起来。

最后双胞胎里的一个说道："他要不是真正的莫里斯·范因斯坦，那才怪哩。"

每个人都点点头，表示同意，因为这是一个含有特殊意义的说法。可是罗锅哭得更响了，因为他不知道他们说的是什么。莫里斯·范因斯坦是多年前住在镇上的一个人。其实他只不过是个动作迅速、蹦蹦跳跳的小犹太人。他每天都吃发得很松的面包和罐头鲑鱼，你只要一说是他杀了基督，他就要哭。后来他碰到了一件倒霉的事，搬到社会城去了。可是自此以后，只要有人缺少男子气概，哭哭啼啼，人们就说他是莫里斯·范因斯坦。（麦卡勒斯 2012：8）

因为小说中的这条小插曲，麦卡勒斯后来还遭受到一些别有用心之人的指责，认为她具有反犹主义倾向。这件事情后来不了了之，但麦卡勒斯通过一再申辩，将自己对犹太民族的拥护之情展露无遗。

在《金色眼睛的映像》中，麦卡勒斯塑造了一个菲律宾男佣安纳克莱托，表明她对第三世界有色人种的观点。少校夫人艾莉森与丈夫貌合神离，与整个上流社会格格不入，唯独与贴身男仆安纳克莱托心照不宣。这是一种非常罕见而珍贵的主仆关系，身心皆呈病态的艾莉森对安纳克莱托百般信任，言听计从，这个小菲佣对女主人忠心耿耿。麦卡勒斯从人性的角度，挖掘到弱势群体的善良天性，从而讴歌了第三世界边缘群体的民族精神。

综上所述，将麦卡勒斯系列长篇小说纳入伊格尔顿理论框架下解读，探究两者之间在审美维度和意识形态层面的渊源，是对麦卡勒斯其人其作研究的创新和突破。肉体是审美的具象，倘若离开人物的身体感知，意识形态将成为无本之木，无法以直观的形式呈现得生动具体。同时，肉体又是意识形态的对手，前者时时刻刻具备推翻和重建后者的可能性，身体政治的重要性可见一斑。民粹主义思想既是伊格尔顿的理论基石之一，也是麦卡勒斯创作的立身之本，他们对弱势群体的关注和支撑，表现出知识分子的可贵良知和广阔视野。本书意在立身后现代语境中，来审视麦卡勒斯作品所折射出来的美学特征和主题意蕴，由此探析西方资本主义社会的意识形态特征，颠覆各种形式的极权统治，力图从文化上建设一个和谐平等的大同世界。从这个意义上讲，本书的理论高度和学术框架都具有重要价值，将为麦卡勒斯研究开创全新的阐释空间。

第 二 章

《心是孤独的猎手》之"反犹主义"解构

众所周知，《心是孤独的猎手》出版之时，麦卡勒斯只有23岁，是作家名副其实的成名作。当少女麦卡勒斯认认真真地书写这个故事之时，父母还没有给她配备打字机，直到故事完成并需要打印出来时，打字机才以珍贵礼物的形式，赫然出现在她的书桌上。这部小说的雏形只是一个短篇作品，当时取名为《傻瓜》，是作家十多岁时的练笔之作。《傻瓜》的情节结构和叙事手段未免稚嫩，却将"精神隔绝"和"爱之孤独"等麦卡勒斯日后驾轻就熟的主题，刻画得惟妙惟肖，并且营造出了令人伤感的艺术氛围。

> 在她的故事中，"傻瓜"是一个小男孩的外号，他跟正处在青春期的表哥皮特生活在一起。皮特认为这孩子太容易受骗了，因此皮特给他设计了一段令他痛苦的经历，打碎了他的幻想。傻瓜努力想取得皮特的认同，努力想让表哥把他当作"一个真正的兄弟"，而皮特的所有感情都倾注在他的偶像梅贝丽身上。（卡尔 2006：45）

对于人与人之间的关系问题，《傻瓜》秉持一种否定和悲观的态度：面对一心取悦自己的对方，人们很可能会加以轻视，却义无反顾地将感情抛向别人，哪怕此人对你毫不在乎。"爱之无力"的论断，可以说贯穿了麦卡勒斯的一生，也渗透在她的几乎每一部作品中，标志着她对人生的独特体验。而《傻瓜》的创作过程，正是她早年生活的一段写照，是她痛定思痛之后的艺术感悟。麦卡勒斯曾经被目为"音乐神童"，跟随玛丽·塔克学习弹钢琴，整整延续了 4 年时间。麦卡勒斯对老师顶礼膜拜，准备将音乐当作一生的事业追求，但某天却突然被告知：塔克全家即将搬走，她跟塔克夫人学习音乐的经历很快要中止。处于青春期的麦卡勒斯，失去了当时最仰仗的精神寄托，遭受到前所未有的打击，便毅然决定放弃音乐，转而投向文学创作。一直到 16 年后的 1950 年春天，麦卡勒斯才得以和玛丽·塔克重续师生情，而这时麦卡勒斯早已功成名就，其戏剧《婚礼的成员》刚刚在百老汇大获成功。麦卡勒斯研究者们，往往忽视这段经历对《心是孤独的猎手》的深刻影响，而是普遍承认它最终促成了《婚礼的成员》的诞生。事实上，麦卡勒斯 1934 年春天与塔克夫人分离，正是发生在她写作《傻瓜》期间，所造成的心理创伤可想而知。这是麦卡勒斯人生中的大事件之一，客观来说，它不仅对《心是孤独的猎手》和《婚礼的成员》有重大影响，对麦卡勒斯其他小说的形塑也是不言而喻的。

第一节　《心是孤独的猎手》国内外 已有研究成果述评

　　《心是孤独的猎手》自出版以来，就以其深邃的主题、精湛的叙事和完美的结构而著称于世。麦卡勒斯以年轻作者的身份，老道地驾驭着全书，在评论界和读者群中一直传为佳话。"它像一道闪亮的风景突然出现在文学界，得到了评论家的高度赞誉，他们声称此书的年轻作者是十年以来最令人兴奋的天才。"（卡尔2006：105）"每一天似乎都带来新的消息、新的邀请和预想不到的机会。在他们到达纽约几个星期之后，卡森在霍顿·米夫林的编辑罗伯特·林斯考特告诉她书卖得好极了。"（卡尔2006：106）

查利恩·克拉克的论文《悲欢交织：卡森·麦卡勒斯小说的悲喜剧色彩》，有一部分篇幅专门论及《心是孤独的猎手》。像马克·吐温一样，麦卡勒斯也喜欢刻画一些令人难忘的戏剧性场景，令读者既惊恐又开心。麦卡勒斯采取的有效方法之一，是让儿童进入成人角色，从而提升喜剧效果降低悲剧色彩。《心是孤独的猎手》的类似情景，发生于蹒跚学步的幼儿威尔逊（Baby Wilson）遭遇枪击事件，而"凶手"巴布尔（Bubber Kelly）是米克的弟弟。被威尔逊的可爱甜美所迷醉，巴布尔竟然企图一举灭掉浑然懵懂的威尔逊，完全戏仿了"激情导致谋杀"的爱情故事。当威尔逊四脚朝天、鲜血淋漓地躺在人行道上，他手里紧握的仍然是糖果盒，可见琐碎细节和强烈物欲所营造的氛围大大加强，而悲剧效果由此被冲淡了。威尔逊的母亲立刻表现得义愤填膺，扬言威尔逊的伤痕永远无法弥补，而这个婴儿原本是可以像秀兰·邓波儿（Shirley Temple）[①] 那样成为耀眼童星的。

米克告诫弟弟巴布尔，如果他被抓进监狱，那么就会坐上小电椅并被处以电刑，这一情景为整篇小说增添了别出心裁的悲喜

---

① 秀兰·邓波儿（Shirley Temple，1928—2014），早期为美国著名童星之一，后来是美国历史上第一位女礼宾司司长。她3岁时由母亲安排进入幼儿舞蹈学校接受训练，6岁时成功出演歌舞片《起立欢呼》，在随后的一年中，邓波儿出演了《新群芳大会》、《小安琪》、《小情人》等8部影片，年仅7岁就获得了第7届奥斯卡特别金像奖。1999年，邓波儿以其童星时期的成就，被美国电影学会选为百年来最伟大的女演员第18名。2014年，邓波儿在美国加州的家中去世，享年85岁。

剧意味（Clark 1975：161—166）。

1982 年，弗朗西斯·佩登发表论文《〈心是孤独的猎手〉的孤独症手势》，从一个新的角度来探讨麦卡勒斯小说中的孤独问题。它认为麦卡勒斯赋予人物以相当孤僻的心理，孤独者们渴望诉说并有人倾听，并非为了交流感情，而是为了寻求一面自我反省的镜子。所以，精神隔绝群体貌似与他人沟通，实质上却是力图与自我达成和谐。《心是孤独的猎手》的书名是个隐喻（metaphor），在整个故事中表现为提喻（synecdoche），说明一切问题皆出自内心（Paden 1982：453—463）。

在 2003 年出版的学术专著《怪异的身体：麦卡勒斯小说中的性别和身份》中，格里森·怀特运用巴赫金的"怪诞理论"以及性别和心理分析原理，来阐述麦卡勒斯的主要作品。该书采用新颖而激进的角度重新审视麦卡勒斯小说，认为变动不安的性别功能和性取向带来解放和救赎的可能性，这些都是小说的主旨所在。格里森·怀特专辟一章来分析麦卡勒斯作品中的假小子形象（tomboy），提醒人们不能将《心是孤独的猎手》中的米克和《婚礼的成员》中的弗兰淇解读为畸形人物（freak），尽管她们都与畸形相关，但"怪诞"（grotesque）一词更加适合她们，因为她们的身份并非一成不变，而是处于变幻莫测的状态当中。论及《心是孤独的猎手》，格里森·怀特指出，尽管米克的音乐家之梦破灭了——她最后辍了学，进入传统女性的刻板模式，并且在乌尔沃斯服装珠宝店站柜台（Woolworth costume jewelry counter）以补贴家用——但她就像弗兰淇一样，其不断成长的身体和不入俗套的主体性，激励着读者，促使他们对传统的思考和生存方式提出质疑。格里森·怀特坚信，即使小说结尾时故事叙述结束了，但米克和弗兰淇依然在向前走，在不停地成长（Gleeson-White2003：37）。

《矛盾和超越——麦卡勒斯小说中的犹太人》，是拉利·荷肖恩2008年的力作。论及《心是孤独的猎手》时，它逐一分析了小说主要人物与传统犹太性的渊源。考普兰德一直对犹太民族颇感兴趣，因为它和黑人民族一样，都是遭受种族迫害的少数族裔，所以当他看到辛格脸部轮廓具有闪族人特征，便由此断定辛格具备犹太血统。令考普兰德崇拜的两位英雄都是犹太人，一位是本尼迪克特·斯宾诺莎（Benedict Spinoza），另一位是卡尔·马克思（Karl Marx）。犹太人并不能特别影响到麦卡勒斯的思维方式，因为斯宾诺莎和马克思等也都具备世俗肉身，但不可否认的是，麦卡勒斯视犹太人为睿智族群的代表，认为他们与物欲横流的环境格格不入。考普兰德一心想成为《圣经》中的摩西，带领他的人民走出统治者的领域，但他倡导的并不是黑奴叙事，而是斯宾诺莎和马克思等犹太人的巨大影响力，是借用欧洲白人的力量来超越种族局限性。考普兰德总是将犹太人和黑人等量齐观，将犹太人也纳入历史思考中，因为纳粹剥夺了犹太人的合法经济权和文化权，黑人也同样被剥夺了这一切。谈及辛格的艺术功能，荷肖恩强调辛格乃书中其他人物谋求自我救赎的参照物，因而犹太人说他是犹太血统，土耳其人则断定他来自于土耳其。不得不承认，辛格并不只是代表遭受迫害的他者，他还是个智者，拥有强大而准确的理解能力，脸上洋溢着犹太人的亲切感，是其他白人所不能比拟的。

在荷肖恩看来，另一个人物比夫拥有八分之一犹太血统，天生具备哲学思索的能力和习惯。比夫的祖先是来自阿姆斯特丹和苏格兰的犹太人，而麦卡勒斯家乡佐治亚的哥伦布，也曾接纳过诸多逃离欧洲的受宗教迫害者。比夫的犹太身份将自己和书中其余四人联结在一起，比夫由此获得犹太艺术家的身份提升，他身上那种追寻自我和质询世界的艺术家气质也得到大大加强，兼具东方性和西方性，融合基督形象和佛祖形象于一体。他质疑一切的性格倾向与生俱来，"为什么"的问题与他如影随形，宛如血管中汩汩流淌的血液。《心是孤独的猎手》中的哈里（Harry Minowitz），是米克的同龄人，麦卡勒斯根据自己对犹太民族的理解，赋予他罗曼蒂克、超凡脱俗的犹太身份。麦卡勒斯在塑造哈里这个形象时，将一些非犹太因素也糅进去，体现出她痴迷于想象和现实边界的写作态度。如果说米克想到上帝就战战兢兢、如履薄冰，哈里的身份建构却与其泛神论（pantheism）思想密切相关。泛神论也是一种宗教，类似于浸礼教、天主教和犹太教，宣扬人在死亡和安葬之后，将变成植物、尘土、火、云和水之类，千年之后就归于世界。麦卡勒斯对于泛神论的独特阐释，使得人们能够超脱自我局限而获得广阔生存空间，哈里就是依托犹太性和泛神论世界观，最终走出世俗的污泥浊水，获得一条明净的自我实现之路（Hershon 2008：52—72）。

艾琳·巴雷特于 2011 年发表论文《卡森·麦卡勒斯〈心是孤独的猎手〉和詹姆斯·鲍德温〈另一个国家〉中非凡的人性》，将两书中的主要人物进行比照，彰显两部作品的种族、阶级和性别主题。尽管两部小说的出版年代整整相差 22 年，却存在显著的相似之处；除却赋予两位作家灵感的文学兴趣和社会运动之外，鲍德温的性别和种族观念，也深受麦卡勒斯影响。在结构上两者都分为三大部分，对话设置同样精妙绝伦，音乐（不管是古典音乐、布鲁斯还是爵士乐）都响彻整部作品。《心是孤独的猎手》的故事场景，也是鲍德温小说中主人公们经常光顾的区域。两者都呈现了中心人物身边的社会局外人团体：比如《心是孤独的猎手》中全神贯注地倾听者辛格，聚焦于他的倾诉者五花八门，包括工人运动积极分子杰克（Jake Blount）、咖啡馆老板比夫（Biff Brennon）、少女米克（Mick Kelly）、黑人内科医生考普兰德（Copeland），而小说结尾处辛格的自杀，则导致这些人重新审视以往倾诉的意义和价值；《另一个国家》中的爵士鼓手鲁夫斯（Rufus Scott），跳下乔治·华盛顿大桥自杀，其对于社会畸零人团体的意义，在于呼应麦卡勒斯小说中辛格的艺术力量，因为鲁夫斯自杀所折射出的人性愤懑和绝望，促使他的姐姐阿达（Ida Scott）、他的秘密情人埃里克（Eric）以及卡斯（Cass Silenski）等，来重新估量他们生活中的种族、性别和阶级观念。

为了更加清晰地阐明以上两部作品的艺术渊源，巴雷特还做了背景铺垫，不仅追溯麦卡勒斯和鲍德温的相似经历，而且挖掘两者在创作主题上的交集。在 1940 年到 1943 年间，麦卡勒斯和鲍德温都曾在纽约布鲁克林大街，与一群艺术家群居。那里会聚了放浪形骸的知识分子群体，包括性解放者和种族问题理论家们，其中就有大诗人奥登和黑人作家赖特、休斯等。麦卡勒斯 1946 年受古根海姆奖金（Guggenheim Fellowship）的资助，前往法国巴黎造访，受到法国知识界的热烈欢迎；而鲍德温受到罗森瓦尔德奖金（Rosenwald Fellowship）资助，于 1948 年 11 月也来到了巴黎，受到麦卡勒斯那时的亲密朋友杜鲁门·卡波特①等的热情接待。麦卡勒斯和鲍德温都曾被引介给萨特和波伏娃，从而对存在主义哲学和女性主义理论有了更深切的体会。在他们各自的传记作者笔下，两位作家交情不浅，对于艺术、生活和政治

---

① 杜鲁门·卡波特（Truman Capote, 1924—1984），美国作家，著有多部经典文学作品，包括中篇小说《第凡内早餐》（1958）与《冷血》（1965）。他生于新奥尔良，自幼父母离异，17 岁便高中辍学，后来受雇于《纽约客》开始写作生涯。卡波特两次获得欧·亨利短篇小说奖，在《冷血》一书中，他开创了"真实罪行"类纪实文学，被公认是大众文化的里程碑。2005 年，好莱坞大银幕再现了这位传奇作家写作《冷血》的经历，该片为菲利普·霍夫曼赢得了奥斯卡影帝。

等，都具有共同见解。就性别问题而言，麦卡勒斯反对既定的女性性别身份，而鲍德温则拒绝既定的男性角色。从少女时代伊始，麦卡勒斯偏爱舒适而非时尚的衣着，十几岁时就只身前往纽约求学，其早期小说中也有描写女性月经的禁忌话题。在事业风生水起之时，她住在著名的同性恋者聚居区，与诸多女性关系暧昧不清，却又与丈夫保持着剪不断理还乱的关系。在写作生涯的起始阶段，鲍德温公开宣告他的同性恋身份，而埃德加·胡佛（Edgar Hoover）① 于 1962 年谴责鲍德温在《另外一个国家》中公开谈论这一话题。直到弥留之际，鲍德温仍坚持让男性友人或者兄弟来贴身照顾他的饮食起居。就种族问题而言，麦卡勒斯和鲍德温都勇敢面对美国的种族偏见。在去世之前写给约翰·休斯敦（John Huston）② 的一封信中，麦卡勒斯重温她深感兴趣的话题——种族歧视，表达她对于种族暴动的关注，批判美国的种族主义政策，悲悯黑人们的生存状况。而就在同一年（1967），鲍德温也在翘首以盼黑人民族的福祉，认为给他们带来希望的，并非非暴力的黑人和白人联盟，而是当年七月在新泽西纽瓦克（Newark）举行的黑人民权会议。而且，鲍德温崇尚激进运动，

---

① 　埃德加·胡佛（Edgar Hoover，1895—1972），美国联邦调查局第一任局长，任职长达 48 年。作为一个叱咤风云近半个世纪的传奇人物，他的名气远远超过电影明星，权势让总统也望尘莫及。他曾经是一个时代的象征，也是美国民众的偶像。胡佛生前在美国民众中声望很高，但是死后有关他的争议却越来越激烈。许多批评者认为，他的行为已经超出了联邦调查局的职责范围。他利用联邦调查局骚扰政治异见者和政治活跃分子，收集整理政治领袖的秘密档案，还使用非法手段收集证据。也正是由于胡佛掌管联邦调查局时间过长且富于争议，现在的联邦调查局局长任期限制为 10 年。

② 　约翰·休斯顿（John Huston，1906—1987），是以反叛和古怪著称的伟大导演。他 9 次被奥斯卡提名，曾摘得奥斯卡最佳导演和最佳剧本奖。他 4 次入围威尼斯国际电影节主竞赛单元，1 次入围戛纳国际电影节主竞赛单元，1 次入围柏林国际电影节主竞赛单元。

视它为民权运动舞台上最重要的部分。终其一生,鲍德温的"斑斑劣迹"在联邦调查局档案里有两千条之多,都是他致力于种族平等和公开同性恋的种种表现。总而言之,无论是麦卡勒斯和鲍德温的私人生活也好,还是他们的创作主线和社会生活也罢,都具有平分秋色之妙(Barrett 2011:217—226)。

2013年,本·萨克斯顿以《在麦卡勒斯〈心是孤独的猎手〉中找寻陀思妥耶夫斯基的"白痴"》为题,来比较两部作品中的聋哑人辛格和"白痴"密希肯。两部小说都设置了不确定因素和模棱两可性:《白痴》中的人物在精神之爱和肉体之爱中难以取舍,似乎宗教和性爱可以轻易替代或者共处;《心是孤独的猎手》中的辛格之梦代表圣洁的柏拉图之爱,还是身体的欲望?辛格梦到的不明之物(unknown thing),究竟是十字架还是身体器官?一切都没有明确答案,麦卡勒斯和陀思妥耶夫斯基对以上问题采取保留和沉默的态度,将诸多悬念留给读者去思考和解决,比如身体和精神、昏聩和顿悟、心灵之爱和肌肤之爱,等等。由此可见,以上两本书的模棱两可性,最深刻地体现于两位圣徒般沉默不语的主人公身上。假如密希肯和辛格是基督式形象,那么他们也是病体恹恹的基督,非不愿而是不能去拯救他人。他们承载着别人的希望、忏悔和请求,不得不扛起力所不能及的重任。如果说陀思妥耶夫斯基在《卡拉马佐夫兄弟》(*The Brothers Karamazov*)塑造了更为积极向上的英雄形象,那么麦卡勒斯则取材于她自己的三角恋、双性恋、单相思等,继续描摹爱与被爱之间的尴尬局面。这就是为什么麦卡勒斯在小说或生活中,总是对禁忌之爱三缄其口,也是她热衷于刻画冲突和纠结型人物的原因所在,更是她向陀思妥耶夫斯基及其《白痴》汲取养分和灵感的根源。

萨克斯顿同时提供了一些重要的背景信息,来表明麦卡勒斯和陀思妥耶夫斯基的文学渊源。麦卡勒斯 13 岁开始阅读俄国伟大的现实主义作品，憧憬美国南方之外遥远而广阔的天地。对于她来说，初读陀思妥耶夫斯基小说所引起的强烈震撼，一直激荡在她的散文、小说和私人生活中。俄罗斯作家对麦卡勒斯的写作的确意义非凡，她曾不止在一个场合对此强调过。1941 年她发表"俄罗斯现实主义作家和美国南方文学"（*Russian Realists and Southern Literature*），大胆地声称她沿用美国南方式创作路数，其实是俄国现实主义作家（尤其是托尔斯泰和陀思妥耶夫斯）亦步亦趋的追随者。此外，她还曾至少两次将自己命运多舛的经历，与《白痴》中谜一般的英雄人物密希肯相提并论。在 1999 年出版的遗作《阐释和夜光》（*Illumination and Nightglare*）中，麦卡勒斯提及与安妮玛瑞·克拉拉克—舒瓦森巴赫（Annemarie Clarac-Schwarzenbach）初次见面的情景，认为安妮玛瑞光芒万丈的身影甫一出现，自己脑海中涌现的，只有《白痴》中密希肯和娜塔西娅（Natasya Filipovna）电光火石般的初相见。安妮玛瑞是有着惊人美貌和绝世才华的瑞士女作家，令麦卡勒斯痴迷不已，后者对前者曾热烈追逐，却没有引起相同的回应。而密希肯对娜塔西娅心醉神迷倾尽所爱，也只落得个抱憾终生的下场。另一次是在 1941 年，麦卡勒斯在写给大卫·戴蒙德的信中，问戴蒙德最近是否读过陀思妥耶夫斯基的《白痴》，认为如果戴蒙德读过的话，就会理解她为什么感觉自己像罗果钦（Rogochin）和密希肯之间的插足者。而戴蒙德这个天才作曲家和小提琴家，曾和麦卡勒斯及其丈夫利夫斯之间产生过一段三角恋（Saxton 2013：103—108）。

克莱尔·雷恩菲尔 2013 年发表文章《无望的抵抗：卡森·麦卡勒斯〈心是孤独的猎手〉的自我凝视》，运用萨特的存在主义理论，来考量麦卡勒斯作品中的人类基本生存状态。借由萨特

"凝视理论"，读者会发现：《心是孤独的猎手》中主要人物采用反击（by retaliating）手段，来确认命运的存在；为避免客体化于他者之手，他们抢先进行自我客体化。人物与辛格的关系宛若一面镜子，人们对镜像展开自我凝视，从而自我定位以达到抵抗的目的。当镜子破碎一地，自我实现之旅以悲剧结尾，人物就处于无助的尴尬境地，而这是他们一直以来最为恐惧的，迫使他们不得不重新调整生存状态和走向。如此一来，《心是孤独的猎手》揭示了人类抵抗悲剧命运和存在困境的努力，他们挑战来自他人的凝视，不断地尝试并遭受失败，以此来建构他们的身份主体。小说的主要人物米克、考普兰医生、杰克、比夫、辛格等，从满怀希望到幻想破灭，构建了一条通向生存困境的体验之旅。他们经由自我凝视，试图克服和穿越生存险境，但辛格之死让他们醒悟到宿命无法超越。麦卡勒斯这部代表作显示，人们可以规避来自他人的凝视，但正如萨特所预言的那样，人类对于自我的生存命运完全无能为力。许多评论家拒绝承认《心是孤独的猎手》的悲观基调，坚持米克等人很可能实现自我救赎，但这样解读未免过于自欺欺人，根本掩盖不了人类孤独的生存境况（Lenviel 2013：115—120）。

在国内外国文学研究领域，《心是孤独的猎手》的已有研究成果大多集中于探讨"孤独"主题。章启平的文章《论〈心是孤独的猎人〉之中心主题——孤独》，强调麦卡勒斯具有将主题意蕴和价值理念渗透到日常生活的天赋。麦卡勒斯成功地把抽象哲学概念，融入一个个栩栩如生的人物形象中，揭示出悲剧性的孤独主题。小说中大量充斥的"疾病患者"和"怪诞人物"，折射出无法治愈的"美国病"，即由孤独而产生的苦闷和绝望心情。麦卡勒斯力图展示的悖论在于，人们试图融入社会群体来摆脱孤独，但往往会体验到更加深刻的孤苦无依情绪。麦卡勒斯本人长期缠绵病榻，对其笔下的病态社会和人物寄予怜悯之心。同时，麦卡勒斯将资本主义制度下人性的异化刻画得入木三分，断定这是人物悲剧命运的根源所在，也是时代的局限性所在（章启平 1998：15—21）。

傅树斌 2000 年发表《〈心是孤独的猎人〉主题剖析》一文，通过对小说主要人物进行分析，来揭示"精神隔绝"的成因。原因之一在于，此种孤独是符合心理学规律的，因而是一种进步的表现，说明人们对生活不断提出要求和挑战。原因之二在于，随着美国社会现代化和城市化进程的推进，人们从农业社会进入工业社会，消费浪潮促使人与人之间的关系变得冷漠而复杂。小说主人公们不仅产生了心理问题，而且还必须面对种族暴力等社会问题。这些社会或个人的症结，深刻暴露了资本主义制度的劣根性，也正是麦卡勒斯敏锐洞察力的生动体现。傅树斌的论文并没有运用某种理论来架构全局，而是立足于文本细读，显示出麦卡勒斯作品最初引进国内时，评论界对它们的关注和肯定（傅树斌 2000：108—111）。

朱振武、王岩合作的论文《信仰危机下的孤独——〈心是孤独的猎手〉的主题解读》，指出普遍的信仰危机导致人类的精神危机，这是麦卡勒斯小说悲剧性基调的根由。论文的框架大体分为三大部分：信仰失落中的孤独、信仰冲突中的孤独、信仰的重建与孤独的解救。论文作者认为，信仰在人类的精神生活中起着举足轻重的作用，而在当今社会信仰危机已然成为一种普遍存在的现象。现代人在信仰失落后随之失去了人生的价值导向和精神支柱，因此陷入了孤独的困境。麦卡勒斯终生被这种孤独所困扰，其处女作《心是孤独的猎手》，深刻揭示了美国传统价值观崩溃的 20 世纪初期人们被信仰危机困在孤独迷惘之中得不到救赎的社会现实，为当今人类的精神危机敲响了警钟。重建信仰，建立正确的价值观，回归信仰的终极关怀，是现代人摆脱孤独困境的门径之一（朱振武、王岩 2009：201—211）。

林斌在《"精神隔绝"的宗教内涵——〈心是孤独的猎手〉中的基督形象塑造与宗教反讽特征》中，认为"精神隔绝"是贯穿麦卡勒斯作品的一条主线，这一主题与麦卡勒斯在美国南方背景中的身份界定密切相关，而宗教也是麦卡勒斯之社会身份构建的一个重要组成部分。麦卡勒斯曾宣称，写作对她来说就是一个"寻找上帝"的过程。在文学创作中，"怪异"是麦卡勒斯在寻求"确定性"过程中表现上帝缺席或在场的一种特殊方式。该文聚焦于小说《心是孤独的猎手》中的"怪异"基督形象塑造，揭示文本中建构与解构两条并行线索之间的悖论，尝试在作品的宗教反讽特征中探索麦卡勒斯"精神隔绝"主题的深层内涵（林斌 2011：83—91）。

纵观国内外对于《心是孤独的猎手》的阐释成果，笔者可以得出以下几点结论：第一，相较于英美国家内容丰富、视角纷呈的研究现状，《心是孤独的猎手》在国内学界并没有涌现出百花齐放、百家争鸣的局面，相关论文并无太多来自于很有影响力的外国文学期刊。第二，在《心是孤独的猎手》的国外研究中，麦卡勒斯和其他知名作家的对比分析，比如她和赖特、陀思妥耶夫斯基等人的比较，可谓是一大特色。难能可贵的是，学者们提供了诸多文学圈的背景知识，虽然其中不乏当时社会的文化信息，但涉及政治和意识形态层面的，却并不多见。第三，国内较有质量的几篇论文，大多集中探析《心是孤独的猎手》的精神隔绝主题，依然没有走出麦卡勒斯研究的以往窠臼，总体呈现出研究视角单调的特点。基于以上分析，笔者认为：作为麦卡勒斯的成名作，《心是孤独的猎手》多少年来广受读者欢迎，其文本所含的信息量之丰富，令人叹为观止。因此，即使时至今日，中国学界仍然有必要对其展开进一步挖掘，以期为麦卡勒斯研究增添一道新的风景。本章内容将以伊格尔顿的意识形态理论为框架，结合阿多诺关于奥斯维辛犹太人大屠杀的有关言论，来挖掘《心是孤独的猎手》的犹太性议题。笔者将在细读文本的基础上，面向当时的文化历史和政治语境，力图呈现该小说解构"反犹主义"意识形态的决心和勇气。

第二节　麦卡勒斯的犹太情结

　　众所周知，麦卡勒斯对于种族问题的态度是较为明朗的。她在艺术界拥有众多黑人和犹太人朋友，与他们情投意合肝胆相照。正如传记作家卡尔所言："卡森尖锐的社会意识，她对任何民族或种族团体中受压迫的人群的深刻同情，她认为美国不应该再推迟援助欧洲盟国的信念，她与流亡的朋友们分享的亲近的感情——所有这一切都使她强烈意识到自己作为一个作家的责任。"（卡尔 2006：142）她乐于将有色人种纳入她的小说，赋予他们重要的篇幅和地位，彰显她一以贯之的自由理念和平等思想。如果说《没有指针的钟》里的舍曼和《婚礼的成员》中的贝丽尼斯等，是麦卡勒斯浓墨重彩刻画的黑人形象，而《金色眼睛的映像》里的安纳克莱托是亚洲人代表，那么《心是孤独的猎手》中的辛格和《伤心咖啡馆之歌》中的罗锅李蒙之类，则与犹太民族有着千丝万缕的关系。这些拥有少数族裔身份的各色人等，经由麦卡勒斯的精心打磨，变得熠熠生辉光彩照人，令读者们记忆犹新的同时，也成为世界文学宝库中的经典形象。

　　然而，当《伤心咖啡馆之歌》在《哈泼时尚》发表后，麦卡勒斯却于1942年8月受到匿名信恐吓，谴责她具有"反犹主义"倾向。这是令麦卡勒斯始料未及的事情，作为一个有良知的公众人物，她一向对受迫害的弱势群体充满同情心，万万没想到会遭遇如此莫须有的罪名，这一事件带给她的震惊和痛苦可想而知。

但是，比父亲的健康更让卡森烦躁不安的，是她到家第二天早晨收到的一封匿名信。她收到了不少关于《伤心咖啡馆之歌》的来信，总的来说，读者是喜欢它的。但是，在一捆信中，有一封信只有一段文字，署名是"一个美国人"。信是用手写在一张6英尺宽8英尺长的信纸上，信笺上方印着象征爱国的红、白、蓝三色和一幅画，画的是炮弹在空中轰炸飘扬的美国国旗，下面写着"让国旗飘扬"。信是这样写的："致尊敬的年轻作家：你的故事我刚开始读，但在第二页的末尾，你取笑犹太人。在了解了出版商是谁之后，我不奇怪会有这样的小说出来。为什么你不能放过种族这个话题，停下来四周看看，去了解一下谁是大骗子政客，谁是金融机构的头目。你的朋友刘易斯先生，或许还有希特勒。我肯定会猛烈地抨击《哈泼时尚》，直到你和你们这种人学会像犹太人那样有人性。"（卡尔 2006：242）

匿名信的作者语词激烈，将麦卡勒斯与希特勒相提并论，其攻击性的强烈程度完全一目了然。匿名信把矛头直指《伤心咖啡馆之歌》中罗锅李蒙这一形象，指责麦卡勒斯对待犹太人的态度有失公允。原来这部小说开场不久，李蒙即来到爱密利亚小姐家认亲，随即遭到爱密利亚小姐的拒绝和围观者的嘲笑。这群人对李蒙嬉笑怒骂，将他与镇上的犹太人范因斯坦归为一类人，讥讽他们都具有胆小、脆弱、女性化的特点。在上述那封信中，麦卡勒斯由此受到责骂，被认为与赫斯特报业集团的《哈泼时尚》沆瀣一气，甚至与法西斯主义脱不了干系。

麦卡勒斯对此事的回应大致可以分为三个步骤。首先，她写信给艺术界的一众朋友，竭力寻求支持和安慰。在写给牛顿·艾尔文、阿尔弗雷德·卡津的信中，她一再表现得茫然不知所措，因为《伤心咖啡馆之歌》出版之前，麦卡勒斯曾将手稿寄给诸多朋友指正，但没有一个人提出任何异议。据统计，麦卡勒斯在这一时期写信相当频繁，"她写给艾尔弗雷德·卡津5封信，戴蒙德3封，艾尔文4封，还有与此事有关的信写给乔治·戴维斯、玛丽·洛·阿斯维尔和无数其他人，乞求每个人与可能给她建议的其他人联系，请求人家给她打电话或发电报，告诉她对这件事的感受。"（卡尔 2006：244）接着，麦卡勒斯开始解释她采用嘲讽式写作姿态的真正用意。《伤心咖啡馆之歌》立足于民谣和传奇故事，采用轻松和挖苦的口吻，无论如何都是不足为怪的。在她戏谑的笔调下，跃然纸上的不仅有犹太人，还有来自各个民族的各种人群。换句话说，麦卡勒斯在这篇小说中极尽调侃之能事，绝对没有针对犹太人的意思，而只是此情此景对于写作基调的需要。"她在小说里嘲笑和挖苦所有的人，并不只是针对犹人人的。她在每一封信中都解释说，这本书是她的神话小说——通篇采用讽刺的笔调和与之相应的风格。整部小说是在一种漠视、狭隘、刻薄和野蛮的背景下展开的，而小说中的悲哀和忧伤则源于她对于人类内在残忍的深刻认识。"（卡尔 2006：243）另外，麦卡勒斯再次强调自己对于种族问题的立场。她认为那些对《伤心咖啡馆之歌》反应过激的人，要么认知水平有限而进入误读的陷阱，要么对小说作者不了解而妄加揣测。她对于反犹主义和法西斯主义历来深恶痛绝，这一点是毋庸置疑的。她作品中有关少数族裔人群的描写，既是为了体现普遍人性和人类共同境遇，也是为了倡导世界和谐与平等。"那个犹太人，卡森说，是按照她描写所有其他角色所运用的传统的、轻松的方式来处理的。她无意取笑犹太人。这是一个危机四伏的悲剧故事，谴责的不是犹太人，而是容许这样的堕落发生的社会。那些读过卡森作品的人都知道，她非常憎恨自己国家的法西斯分子，痛恨对任何少数人群的歧视，特别是存在于她的家乡南方的一些不民主的法规，现在要让卡森来为自己的作品辩护，对她来说，简直是个荒唐的笑话。但是，只要有人误解她，她就不能安心。"（卡尔 2006：243）

国内麦卡勒斯研究学者林斌，也针对《伤心咖啡馆之歌》遭受的无端指责，进行过深入挖掘和探索。她分析了那封匿名信中提及的几大关键词，即"犹太人"、"刘易斯先生"和"《哈泼时尚》"。小说中的犹太人范因斯坦，如果被解读成女性化和残疾人意象，那么就会彰显欧洲白人中心主义意识形态，表明少数族裔是天生低劣和未开化的，这是相当危险的本质主义误导。而《哈泼时尚》当时归赫斯特报业集团所有，其掌门人赫斯特在 20 世纪 30 年代确实与纳粹主义较为投缘。刘易斯先生也写过一部小说，来张扬希特勒式的法西斯主义。然而"作家与各种意识形态之间的关系却是一个极其复杂的问题，其中要涉及文本意图、作者意图的分析。"（林斌 2004：32—37）刘易斯先生的所作所为，以及《哈泼时尚》曾经一度的不良导向，都不足以说明麦卡勒斯及其小说具有反犹意识。最后，林斌得出了这样的结论："匿名信的作者对《伤心咖啡馆之歌》的解读未免有断章取义之嫌，他无意中提供了一个'过度阐释'的反面例证。"（林斌 2004：37）从另一个层面来说，那封无中生有的匿名信，反倒帮助人们廓清了一个事实，那就是麦卡勒斯拥有知识分子的良心和正义，对于法西斯主义和种族主义历来持反对立场，自始至终都没有姑息和迁就过。

　　而实际上早在《心是孤独的猎手》中，麦卡勒斯就开始关注犹太人的生存和思想问题。黑人医生考普兰德不仅给自己的一个儿子取名为卡尔·马克思，还在非裔美国人中间宣扬马克思主义理论内核。马克思成为考普兰德不可或缺的精神领袖，是他极为仰仗的个人希望和民族依托，同时他还竭尽全力将马克思理念广为传播、发扬光大。考普兰德是这样来描述马克思及其理论精髓的：

　　……卡尔·马克思是一个智慧的人。他学习、工作，理解周围的世界。他说这个世界分化成两个阶级——穷人和富人。每一个富人都有一千个穷人为他工作，让他变得更富。他没有把世界分成黑人、白人或是中国人——对卡尔·马克思来说，属于百万穷人中的一员还是属于极少数的富人阶级比他的肤色更重要。卡尔·马克思一生的使命是让人人平等，平均财富，世界上不再有贫富分化，每个人都有份。这是卡尔·马克思留给我们的戒条之一："各尽所能，按需分配"……

　　……土地、泥土、树木——这些东西都叫做天然资源。人类并不制造这些天然资源——人类只是开发它们，用于劳动中。因此任何人或集团有权占有它们吗？一个人怎么能占有庄稼需要的土地、空间、阳光和雨水？对于这些东西，一个人怎么能说"这是我的"而不许别人分享呢？因此马克思说这些天然资源应该属于每一个人，不应该被分成一小块一小块，而应当根据各尽所能的原则被所有人使用。比如说一个人死了，把骡子留给了他的四个儿子。儿子们不希望把骡子割成四块，一人拿走一块。他们会集体占有和使用骡子。这就是马克思说的所有天然资源应该被占有的方式——

不是被一群富人而是被世界上一切劳动者集体来占有。（麦卡勒斯 2005：179—181）

马克思是德国犹太人，曾著书立说阐述犹太性议题，这是在知识界几乎人尽皆知的事实。在《论犹太人问题》中，表面上看，马克思似乎对犹太人提出批判和声讨，实际上却是对犹太社会的担忧和关怀。基于这种视角的学者并不在少数，他们都对马克思和犹太人的关系问题表现出浓厚兴趣，并表达了富有创造性的观点。张倩红的论文《从〈论犹太人问题〉看马克思的犹太观》，以《论犹太人问题》为切入点，探讨青年马克思的犹太观，认为这本书不能作为马克思反对犹太人的檄文；恰恰相反，它其实体现了马克思对犹太人命运的深切关注。马克思主张从世俗的基础而非宗教角度探讨犹太问题，并把对犹太教特性的揭露上升到对资本主义本质的批判，从而体现出马克思的蓬勃锐气与深邃思想（张倩红 2004：91—99）。在《人类解放前提论——马克思〈论犹太人问题〉解读》中，李金和提出，马克思的学说是关于人类解放的学说，是把人从一切"非人"的或"异化"的境遇中"解放"出来的价值本体论。在《论犹太人问题》中，马克思通过对鲍威尔关于犹太人解放问题局限性的批判，将犹太人解放问题纳入反对资本主义社会的斗争，以犹太人的解放问题为个案剖解了人类解放的三个基本前提——宗教解放、政治解放和经济解放（李金和 2011：35—37）。

原海成在《马克思与反犹主义——以马克思的〈论犹太人问题〉为个案》一文中，认为反犹主义是一个现代性问题，犹太人问题指向犹太人的解放运动中的公民权问题，而马克思与反犹主义的关系应放在启蒙运动的语境中来考察。马克思借助犹太教和商业性的犹太精神的区分，并在对国家的批判中，实现了犹太人问题从宗教冲突向市民社会的阶层冲突的转变。从马克思的思想主流来看，马克思不是一个反犹主义者（原海成 2013：119—122）。《论犹太人问题》涉及政治解放、人性解放、公民权、国家、宗教、自由等诸多重大议题，但具体到马克思对于犹太人的立场时，学界的声音是趋于一致的。在笔者看来，马克思其实是将犹太人当作个案，来阐明社会人权和政治意识形态的问题，毋庸置疑是正义和进步的。马克思在《论犹太人问题》中，虽然指出部分犹太人垄断财富和金钱的不良现象，却并非对犹太族裔进行穷追猛打，而是对整个资本主义社会及其私有制等弊端，展开本质性的揭露和批判。麦卡勒斯在《心是孤独的猎手》中假借考普兰德医生之口，反复强调马克思主义思想的重大作用，其中的重要意义不言而喻：马克思对穷人和富人阶级差异的研究，与他对种族问题的关注一脉相承，就犹太民族而言，他的同情和爱护之心溢于言表。而这，既是黑人医生考普兰德的世界观，也是白人作家麦卡勒斯的价值取向。

让考普兰德医生顶礼膜拜的犹太英雄，除了马克思之外还有斯宾诺莎。如前文所述，《心是孤独的猎手》中最重要的主人公，当属聋哑人辛格，他是小说其他主要人物得以生存的支柱和中心。在考普兰德的眼中，辛格颇具犹太人风范："辛格先生站在门道。很多人盯着他看。考普兰德医生不记得自己是否招呼过他。哑巴一个人站着。他的脸有点像斯宾诺莎的一幅画像。一张犹太人的脸。看见他挺高兴。"（麦卡勒斯 2006：179）"他是个聪明的男人，他能理解强烈的真正的使命，他理解的方式是其他白人所不能的。他倾听的时候，脸部是温柔的，犹太式的，一个属于被压迫民族的人的理解力。"（麦卡勒斯 2006：128）斯宾诺莎（Baruch de Spinoza，1632—1677），是与法国笛卡尔①和德国莱布尼茨②齐名的荷兰哲学家，是最重要的欧陆理性主义者之一，在西方近代哲学史上享有盛誉。斯宾诺莎出生于阿姆斯特丹，是葡萄牙裔犹太商人子弟。斯宾诺莎先祖可谓饱经磨难，因为西班牙政府和天主教教会对犹太人的宗教和种族实施迫害，他们于1492年曾举家逃难到葡萄牙，后又于1592年逃亡到荷兰。其祖父和父亲都是德高望重的犹太商人，都曾在犹太社区担任要职，在犹太人群中拥有举足轻重的地位。斯宾诺莎自小进入犹太神学学校，希伯来文、犹太法典以及中世纪的犹太哲学等，都是他当时的必修科目。学界对于斯宾诺莎的研究历来长盛不衰，它不仅是哲学等领域的课题，也是外国文学研究者感兴趣的话题。乔国强的《论斯宾诺莎对辛格创作的影响》一文，强调斯宾诺莎是现代犹太思想的主要肇始者之一，他在对传统犹太宗教重新阐释、界说的基础上，提出了有理性地爱上帝、上帝的属性是能动以及对世俗生活德行的倡导等系列思想，都对辛格的创作产生了深远的影响。该论文着重探讨了两个问题：一是辛格如何有扬弃地继承、吸收了斯宾诺莎的哲学思想；二是辛格有意识地把

---

① 笛卡尔（全名勒内·笛卡尔，René Descartes，1596—1650），被誉为"解析几何之父"、"现代哲学之父"和"近代科学的始祖"。他是二元论唯心主义思想的代表人物，留下名言"我思故我在"，提出"普遍怀疑"的主张，是欧洲近代资产阶级哲学的奠基人之一。其哲学理念深深影响了之后的几代欧洲人，开拓了所谓"欧陆理性主义"哲学。笛卡尔自成体系，在哲学史上产生深远的影响；同时，他又是一位勇于探索的科学家，所建立的解析几何在数学史上具有划时代的意义。简言之，笛卡尔堪称17世纪欧洲哲学界和科学界最有影响的巨匠之一。

② 莱布尼茨（Gottfried Leibniz，1646—1716），是德国哲学家和数学家，和牛顿同为微积分的创建人，留下名言"世界上没有两片相同的树叶"。他与斯宾诺莎有私交，后者的哲学给他以深刻印象，但随着时间的推移，他最后断然与斯宾诺莎的观念分道扬镳。莱布尼茨以微积分和二进制等数学成就为世人所铭记，又以单子论和认识论等哲学成就名垂千古。

斯宾诺莎的理论引进小说中，意在表达、揭示现代犹太人在传统与现代夹缝间尴尬与错位的历史命运（乔国强 2006：49—53）。在论文《穿越斯宾诺莎的伦理世界——论"市场街的斯宾诺莎"中的理智与情感》中，王长国同样认为哲学家斯宾诺莎是犹太作家辛格的精神导师，前者对后者的思想及创作影响是多面的、深远的，这种影响在"市场街的斯宾诺莎"中表现得最为集中和典型。该论文以辛格的小说"市场街的斯宾诺莎"为个案，以斯宾诺莎的哲学为参照，用互文性的方法集中探讨两个问题：一是斯宾诺莎的伦理思想如何被辛格做了艺术处理，从伦理世界切换到艺术世界的；二是辛格身处现代社会，深感传统犹太文化相对落伍，在寻求与现代思想的对接中，怎样扬弃斯宾诺莎思想的。由此，人们可以把握辛格复杂的思想倾向和独特的个人信仰（王长国 2011：93—99）。张军的文章《析辛格心中的两个迦南——以〈傻瓜吉姆佩尔〉和〈市场街的斯宾诺莎〉为例》，认为辛格的作品反复体现了他对传统犹太宗教伦理的矛盾和困惑。《傻瓜吉姆佩尔》和《市场街的斯宾诺莎》体现了多元化家庭宗教环境和斯宾诺莎学说对他的影响，并揭示了辛格心中的两个迦南[①]：精神层面上的迦南和世俗层面上的迦南（张军 2008：112—115）。

　　纵观以上几篇引述文献，其共同点一目了然：它们都用斯宾诺莎及其哲学理论，来关照犹太作家辛格的作品。论文作者们分析了犹太宗教、犹太伦理是如何在斯宾诺莎哲学中体现出来的，

---

　　①　迦南（Canaan）是当今的巴勒斯坦阿拉伯人聚居区。据说大约在公元前1900 年至 1500 年之间，亚伯拉罕带领希伯来人迁移到地中海的"迦南"（Canaan）地区，被《圣经》称作是一块"流着奶和蜜"的土地。犹太极端正统派不认同"迦南"这个词，后来罗马人进入迦南，驱逐犹太人，公元 1 世纪末犹太人和迦南基本失去任何联系。

同时关注斯宾诺莎对辛格创作的深刻影响。这样一来，辛格笔下犹太人的心路历程和命运遭际，就与现实中的犹太人历史形成互文关系。作家辛格揭示了犹太人的生存境遇，其实反映的是全人类的普遍处境，其中的宏大气魄和广阔阐释视野，无不令人叹为观止。《心是孤独的猎手》中的聋哑人辛格，和美国犹太裔作家辛格的名字相同，不管是巧合也好还是有意为之也罢，麦卡勒斯的犹太观都得到了进一步阐明。考普兰德尊崇聋哑人辛格，将他与伟大哲学家斯宾诺莎相提并论。考普兰德竭力加以宣扬的，不仅仅是两者的圣徒和智者形象，还在于他们所折射出的犹太人风貌和思想。直到弥留之际，"他（考普兰德医生）的内心响起另一些沉默的声音。耶稣和约翰·布朗的声音。伟大的斯宾诺莎的声音，卡尔·马克思的声音……"（麦卡勒斯 2006：314）关于这一点，学者们也深有感触，纷纷表达各自的学术见解。兰瑟·戴维斯认为，黑人医生考普兰德幻想自己能够像摩西一样，带领犹太人走出压迫者的掌控，因为依据美国黑奴的文化传统，《圣经》是属于犹太人的，里面的耶稣是第二个摩西（Levine 1978：50）。麦克唐纳德指出，考普兰德自我教导要反抗那些统治者，并非为了弘扬黑奴叙事和黑人理想，而是要超越白人优越论所设置的阴影。《心是孤独的猎手》似乎在坚持一种犹太—诺斯替（Jewish-Gnostic）教派模式，而且还是一种数字占卜术（MacDonald 1976：168—187）。瑞兹柏姆断定麦卡勒斯极有可能读过乔伊斯的《尤里西斯》，因为该书中的布鲁姆将自己与犹太基督相提并论，这样布鲁姆便与卡尔·马克思、斯宾诺莎等人一样变成异教徒，这是麦卡勒斯以非正统方式来理解的犹太人形象（Cheyette 1996：102—113）。柏森在《黑人和犹太人》一书中表示，黑人在蓄奴制时代的惨痛经历，堪比犹太人大屠杀时代的死亡集中营（1971 Berson：185）。《矛盾和超越——麦卡勒斯小说

中的犹太人》的写作者荷肖恩，认为麦卡勒斯早年的练笔之作
The Aliens 和 *Untitled Piece* 里的珠宝商，都和《心是孤独的猎手》
中的辛格一样，是反物质世界的精神教父。对麦卡勒斯而言，如
果说她的思想和哲学体系曾受到犹太人或者犹太事件的特别影
响，那么斯宾诺莎和马克思终究是绕不开的话题，犹太人就像这
两位伟大哲学家一样，具有敏锐意识来与粗暴的物质世界抗衡。
而且，麦卡勒斯对斯宾诺莎和马克思有独到见解，并将犹太人和
黑人相提并论，认为他们都曾遭受纳粹主义的驱逐和迫害（Her-
shon 2008：54—55）。在笔者看来，以上观点各抒己见精彩纷呈，
归纳起来不外乎两点：其一，麦卡勒斯对犹太人持拥护态度；其
二，麦卡勒斯笔端的犹太人，和黑人等其他少数族裔一样，都是
饱经创伤的群体，是值得大书特书的历史内容和文本资源。正如
小说接近尾声时，考普兰德医生所宣告的那样：

> 纳粹剥夺了犹太人的法律、经济和文化生活。这里，黑
> 人也一直被剥夺了这些。如果说在德国发生的对钱物成批的
> 和戏剧化的抢劫，并没有发生在这里，那不过是因为黑人从
> 一开始就没有致富的机会。
> ……
> "犹太人和黑人，"考普兰德医生痛苦地说，"我们同胞
> 的历史将和犹太人漫长的历史相提并论——只会更血腥，更
> 野蛮，像一种海鸥。如果你捉住一只，在它的腿上缠住一根
> 细红绳，剩下的鸟会把他啄死。"（麦卡勒斯 2006：285）

《心是孤独的猎手》中最确凿无疑名正言顺的犹太人，当属
少年哈里·米诺维兹（Harry Minowitz）。极为凑巧的是，哈里和
斯宾诺莎一样都具有犹太身份，而且还都是不折不扣的泛神论者

(pantheist)。泛神论是一种将自然界与神等同起来，以强调自然界至高无上的哲学观点。认为神就存在于自然界一切事物中，并没有另外的超自然的主宰或精神力量。持泛神论观点的杰出代表，在西方有斯宾诺莎、斐希德（Johann G. Fichte）①、黑格尔（Wilhelm Friedrich Hegel）②、谢林（Friedrich W. J. Schelling）③等人，在中国则有著名诗人郭沫若。比如斯宾诺莎是近代著名的泛神论哲学家，其泛神论具有唯物主义实质。他把实体称为神或自然，认为神既具有思维的属性，又具有广延的属性，一切事物都存在于神内，神是万物的内因（梁军 2010：17—20）。又比如在郭沫若的新诗中，人与大自然融为一体，从泛神论思想出发，诗人把宇宙世界看成一个不断进化、更新的过程，从宇宙万物中看到能动性和创造力（吴定宁 2002：31—38）。麦卡勒斯笔下的少年哈里，深信人在去世后会成为大自然的一部分，达到"天

① 斐希德（Johann Gottlieb Fichte，1762—1814），德国著名哲学家，被公认为在康德和黑格尔思想之间起到承上启下的桥梁作用。像笛卡尔和康德等前辈一样，斐希德在哲学上常常受到主体性和主体意识等概念的激发。同时，他还在政治哲学方面著述颇丰，也是德国国家主义的倡导者。

② 黑格尔（Georg Wilhelm Friedrich Hegel，1770—1831），是德国古典哲学集大成者，标志着德国哲学中由康德起始的德国古典哲学运动的巅峰。黑格尔对康德学说时有批判，但康德哲学体系无疑是黑格尔思想的基石。黑格尔哲学是马克思唯物主义辩证法的主要源头，19世纪末的美国和英国大哲学家，大多深受黑格尔学派影响。

③ 谢林（Friedrich Wilhelm Joseph von Schelling，1775—1854）德国哲学家，是德国唯心主义发展中期的主要人物，处在斐希特和黑格尔之间。谢林一生的思想发展过程通常被分为早期和晚期两个主要阶段。在早期，他批判过封建专制制度，表达了实现资产阶级法治的要求；把康德与斐希特的主观唯心主义转变为客观唯心主义，把他们的主观辩证法推广到外部世界，为后来黑格尔哲学体系的建立创造了条件。在神学院学习时，黑格尔、荷尔德林和谢林住在同一个宿舍，也算得上是哲学界一件津津乐道的大事件。在晚年，谢林从资产阶级法治的倡导者转变为封建专制制度的卫道士，从包含合理内核的客观唯心论走向天主教神学。

人合一"的境界。"哈里是泛神论者。这是一种信仰，和浸礼会、天主教或犹太教一样。哈里相信人死了被埋以后会变成植物、火、土、云和水。在你最后成为世界的一部分之前，需要上千年的时间。"（麦卡勒斯2006：253）而在麦卡勒斯本人的创作历程中，也写过一个短篇小说，取名为《树·岩石·云》，表达人最终与大自然融为一体的理想王国。这个故事以一个老年流浪汉为主人公，因为被心爱的女人所抛弃，便整日沉醉在酒精中无法自拔。他在绝望中突然顿悟生命之真谛，认为幸福快乐皆来自于"爱的科学"。"这个理论认为，爱必须始于某个没有生命的东西——一棵树，一块岩石，一片云。从养一条金鱼开始，他的科学扩展到包括一切生命。"（卡尔2006：207）笔者无意花费笔墨来追溯麦卡勒斯泛神论思维的成因，但至少可以说明她所刻画的哈里拥有泛神论思想，是水到渠成的结果。将人类的情感寄予大自然中，这种生态观念不言而喻是进步和正义的，是对人类中心主义的反拨。而犹太人和黑人所遭受的种族歧视和压迫，根源可以追溯到欧洲中心主义思想。无论是人类中心主义还是欧洲中心主义，都是对二元对立观点的过度颂扬，结果只能是一方掌握统治权，另一方则不可避免沦为他者。这两种观念都对差异性实行压制，对含混性和杂糅性视而不见，一意孤行推行黑与白、少数族裔和主流社会、自然与人类等二元论思想，实质上就是纳粹主义和法西斯主义的体现。哈里倡导泛神论世界观，体现出犹太文化尊崇世界和平与社会和谐的本质特征，这也是麦卡勒斯对于犹太性的准确把握和理解。

　　哈里在泛神论思想的指导下，对纳粹主义深恶痛绝，对希特勒及其法西斯主义极度憎恨。在美国南方的种族歧视氛围中，哈里的人生充满艰辛和酸楚，却又无法直抒胸臆来表达压抑和愤懑。作为犹太寒门子弟的哈里，从小到大和母亲相依为命，孤儿寡母饱尝沧桑的人生况味，非一般人能够体会和了解。"但在职业学校时，他们读到《艾凡赫》①里的犹太人时，其他的孩子都转过去看他。他跑回家，哭。他母亲让他退学了。他停了整整一年学。"（麦卡勒斯 2006：235）哈里长期被迫处于沉默和失语状态，只有在好朋友米克面前，他才能够彻底放松畅所欲言，抒发他的哲学理念和价值导向。

"我过去是一个法西斯分子。我过去认为我是。是这样。你知道那些图片，在欧洲我们这么大的人行军，唱歌、步调一致。我过去以为这很棒。所有的人都互相宣誓忠诚，而且有一个领导。他们都有同样的思想，步调一致地行军。我没怎么想过发生在犹太少数民族身上的事，因为我不愿意去想。因为那时我不愿意像犹太人那样想。你看，我不知道。我只是看到照片，读了照片下面的话，我不理解。我从不知道它是一件多么可怕的事。我觉得我是法西斯分子。当然后来我发现不是那样的。"

……

"像这样"，哈里说："过去我一直对自己有大的野心。一个伟大的工程师、伟大的医生或律师。但现在我不那样想了。我想的全是世界上发生的事。法西斯主义和发生在欧洲

---

① 《艾凡赫》（*Ivanhoe*, 1819）是英国作家司各特最出名的小说，也是其描写中世纪生活的历史小说中最优秀的一部。我国早在 1905 年就出版了林纾和魏易合译的文言文译本，改名为《撒克逊劫后英雄略》，郭沫若后来也声称深受此历史小说的影响。作者瓦尔特·司各特（Walter Scott, 1771—1832），被誉为历史小说之父，生在爱丁堡一个没落的贵族家庭，两岁时因患小儿麻痹症而导致终生残疾。在文学经典中，莎士比亚和司格特都以擅长刻画犹太人形象而著称，在这一点上司格特的重要地位仅次于莎士比亚。

的可怕的事——另一方面是民主党。我的意思是我无法把精力花在我理想的生活上，因为我对别的东西想得太多。每天晚上我都梦想杀掉希特勒。我在夜里醒来，口干舌燥，对什么都感到很害怕——我不知道是什么。"（麦卡勒斯 2006：234—236）

《艾凡赫》之所以被哈里所提及，是因为它揭示了犹太人所遭受的社会歧视和压制。在论文《从〈艾凡赫〉看犹太人的困境及司格特的犹太观》中，尹静媛等指出，作家司格特通过对犹太商人艾萨克及其女儿丽贝卡一系列遭遇的描述，无情地揭露了盛行于欧洲社会近千年的反犹主义罪恶，同时也表达出他对不同民族和信仰的社会成员之间和平共处的美好愿望（尹静媛、李云南 2005：122—125）。莫玉梅等人则认为，《艾凡赫》生动地再现了 12 世纪末英格兰波诡云谲的政治与社会情状，堪称历史小说中的佳作。但从后殖民主义的角度来看，司各特笔下的犹太人的东方异族身份明显，犹太少女丽贝卡的"他者"形象，更是进一步地将 18 世纪末 19 世纪初英国的殖民思想、种族观念和西方文化霸权埋念有力地揭露出来（莫玉梅、苗兵 2014：16—20）。依据笔者的思考和总结，《艾凡赫》在《心是孤独的猎手》中，体现出的言下之意是丰富而深刻的。其一，历史小说包含历史和小说的双重特征，即使在历史层面，其文本的阐释性和主观性也俯拾皆是。《艾凡赫》在别有用心的主流阶层眼中，是批判犹太商人唯利是图本质的檄文，所以当学生们在读这本书时，都不约而同地凝视犹太孩子哈里。这种凝视具有权威和规训的力量，尽显主流霸权的强势，而哈里之类的少数族裔人群成为被凝视的客体，在势单力薄的情形下除了失语和退缩别无他途。其二，《艾凡赫》这部声名显赫的历史小说，与《心是孤独的猎手》形成互文关系；前者彰显司格特对于犹太人的正面评价，在比照中提升麦卡勒斯的价值导向，表明两者之间志趣相投，惺惺相惜。如此一来，麦卡勒斯的犹太观也就一目了然，那种指责她具有"反犹主义"倾向的言论，当然不攻自破。

第三节 身份认同：解构"反犹主义" 意识形态

从《心是孤独的猎手》开始，麦卡勒斯创作的种族立场就已经一清二楚，此后自始至终一以贯之。如果说莎士比亚和司格特，都在其作品中塑造过众多经典犹太人形象，那么麦卡勒斯也算得上一位步他们后尘的作家。麦卡勒斯的犹太观，以具象的形式分布在小说中，《心是孤独的猎手》和《伤心咖啡馆之歌》表现得尤其突出。这些来自犹太族裔的人物群像，被刻画得如此栩栩如生，以至于有读者混淆了虚构和真实的界限，气势汹汹地对麦卡勒斯兴师问罪。在《心是孤独的猎手》中，辛格是人们认为的犹太人，依据其品行特征和言谈举止，考普兰德断定他来自犹太民族。哈里是货真价实的犹太寒门子弟，尽管屡次遭受打击，但是并没有完全丧失生活勇气，而是勤勉地追寻主体价值和人生意义。除此之外，麦卡勒斯还在这部小说中呈现了另外一个犹太人的生存视角，他就是咖啡店老板比夫。比夫是拥有八分之一犹太血统的中年人，他和杰克之间的对话显露出真实身份：

> "你总站着，都在想什么？"杰克·布朗特问他，"你像德国的犹太人。"
>
> "我有八分之一的犹太血统"，比夫说，"我母亲的祖父

是阿姆斯特丹的犹太人。但我其他的亲戚都是苏格兰人和爱尔兰人混合的后裔。"（麦卡勒斯 2006：215）

　　比夫和前文提及的斯宾诺莎一样，都是来自于荷兰阿姆斯特丹的犹太人，而且他们的祖先都有过漂洋过海的移民经历。这样的互文性设置，当然不是麦卡勒斯信马由缰的巧合，至少是她信笔所至灵光乍现的结果，而最大的可能性则是麦卡勒斯苦心经营，有意为之。麦卡勒斯将比夫的家族经历和族裔身份，与伟大的哲学家斯宾诺莎并列起来，一方面提升了比夫的哲理层次，另一方面也将斯宾诺莎拖下高高的神坛，降到世俗的层面来与比夫等人相提并论。麦卡勒斯的家乡佐治亚，早在 18 世纪伊始，就慷慨接纳了来自英格兰、苏格兰、爱尔兰、德国等地的政治和宗教难民。犹太人长期以来遭受不公正的社会待遇，而正是因为多少年来颠沛的命运，才将他们磨砺得睿智而坚韧，小说之外的斯宾诺莎和小说之内的比夫莫不如此。

　　《心是孤独的猎手》发表于 1940 年 6 月，而奥斯维辛集中营建于 1940 年 4 月，不得不说这是一个惊人的巧合。如前文所述，《心是孤独的猎手》从构思到完成，花费了麦卡勒斯好几年时间。因此，人们无法断言麦卡勒斯具有超常的政治敏锐性，几年前就能够预见奥斯维辛犹太死亡营的建成，甚至预测到 1942 年 110 万犹太人在里面被惨无人道地杀戮。然而，有一点却是明白无误的，那就是麦卡勒斯打磨这部成名作之时，世界范围内的反犹主义思潮已是风声鹤唳。麦卡勒斯从小就对各种偏见和伤害刻骨铭心，早年就对种族歧视等社会现象持反对态度，而美国南方又是种族偏见极为严重的区域。所以，麦卡勒斯对种族问题的关注应该说起步很早，欧洲和美国的反犹浪潮在她心灵上刻有烙印，是一件极其正常的事情。否则，她怎么可能在 1940 年与托马斯·曼①的一对犹太血统儿女成为挚友呢？而且，麦卡勒斯在声名鹊起之后，在知识界拥有众多朋友，他们来自于不同年龄层和种族。简言之，麦卡勒斯在结交艺术界同仁的时候，根本不考虑性别和肤色等方面的差异，只在乎是否志同道合。

在《心是孤独的猎手》中，比夫身上的八分之一是犹太血统，其实是另一道关于"身体政治"的风景线。和杰克、考普兰德以及米克相比，比夫无疑具有内敛和自省的个性，堪称是一个冷静的旁观者形象。辛格这样来评价比夫："但'纽约咖啡馆'老板不同——他不像其他人。他长着浓黑的络腮胡，每天要刮两次。他有一把电动剃须刀。他观察。"（麦卡勒斯 2006：203）喜欢洞察世事的比夫，也喜欢像哲学家那样思考问题："他在椅子里来回地摇。他明白什么？什么也不明白。他向哪里去？哪里也不。他想要什么？求知？什么？一个意义。为什么？一个谜。"（麦卡勒斯 2006：225）在日常生活中，比夫拥有犹太人善良、大度和含蓄等优良品质：他善待来咖啡馆的每一个人，哪怕此人穷困潦倒且赊账很多；他为妻子的溘然离世忧伤不已；他喜欢少女米克，却将它深深埋藏在心底。犹太人自我克制的品质在比夫身上表现突出，与法西斯主义的张狂形成鲜明对比。在社会生活的审美机制中，如果说比夫擅长平衡理性和感性之间的关系，那么高举"反犹主义"旗帜的纳粹极权主义者们，则将感性和理性置于一片混乱的境地。恰如伊格尔顿在《美学意识形态》里所认为的那样：

---

① 托马斯·曼（1875—1955），德国作家，1929 年因《魔山》获得诺贝尔文学奖。他妻子有犹太血统，儿女又都是公开的同性恋者，这一切使得纳粹对他家实行变本加厉的迫害。1933 年希特勒上台，托马斯·曼撰文谴责法西斯对德国文化的歪曲和破坏，此后被迫流亡国外。

　　阿多诺①的身体政治与巴赫金式的身体政治正好相反：只有身体的形象才能超越渎神的谎言——巴赫金式的人物创造物。在纳粹兴起的时期，整个美学都关注于感性的、天真的创造性生活，成为不可逆转的非形象化——正如阿多诺在《最小的道德》一书中所指出的，因为法西斯"是绝对的感性……在第三帝国，新闻和谣传的抽象恐怖作为唯一的刺激大行其道，足以在大众虚弱的感觉中枢中煽起一种短暂的激情"。在这样的条件下，感觉成为一种不关涉内容的震惊：任何事情这时都能成为令人愉快的，正如吸毒成瘾、对吗啡已经不敏感的人会不加区别地攫取任何种类的药品一样。把身体以及身体的愉快毫无疑义地断定为肯定性的范畴是一种危险的幻觉，在社会秩序中，为了社会自己的目的而具体化并且控制肉体的快感，就像社会对思想的殖民化一样残酷无情。任何回到身体的方式，如果不能对这种真理推断作出分析都是幼稚的；正因为阿多诺确信他所意识到的这一点，所以在努力拯救他称之为认识的"肉体性契机"（somatic moment）方面他毫不畏缩，这种契机是伴随着我们的全部意识行为而且绝不会被耗尽的基本维度。即使在审美的条件已经被法西斯以及"大众"（mass）所永久性污染的情况下，也绝不能放弃审美工程。（伊格尔顿 2013：328）

　　阿多诺是当代著名美学家，也是一位犹太知识分子。他的那句名言"奥斯维辛之后写诗是野蛮的"，至今仍然广为传颂。在

---

　　① 西奥多·阿多诺（Theodor Adorno, 1903—1969），德国哲学家，法兰克福学派第一代主要代表人物，拥护"否定的辩证法"，反对统一性，提倡差异性；他认为艺术的本质特征应该是否定性，即艺术对现实世界具有否定和批判功能，并同时对现实具有救赎功能。

伊格尔顿看来，巴赫金的"身体政治"概念是审美狂欢化和审美碎片化，即审美是无拘无束，随心所欲，是不受任何规范限制的。在巴赫金那里，审美就是彻底感性化，从而让理性主义束之高阁。而阿多诺的观点正好与此南辕北辙，认为"强制性的统一性原则，处于启蒙理性的核心，也阻止了思想陷入放纵之中；而且根据它自己的病理学方式，它模仿、也阻碍主体和客体之间的真正和谐。然而'这需要理性判断而不是排斥或者取消理性判断'——因此那些取消理性的人被放逐也就并不令人吃惊了。"（伊格尔顿 2013：330）一句话，阿多诺看到启蒙理性虽然阻止平等、自由、和谐等人性要求，但现实中需要理性判断，也绝不能取消理性维度，否则就会陷入法西斯主义和纳粹主义的可怕漩涡。在希特勒授意下的犹太大屠杀，惨无人道灭绝人性，归根结底可以看作是极权分子审美理想无限膨胀的结果。在希特勒等刽子手的思想和行动中，任由自我意志和感性想象张牙舞爪，甚至连大规模剥夺犹太人的生命权利都在所不惜。因此，审美要把握适度的原则，若是感性过了头，那么无论是对于个体还是集团来说都将是灾难。

比夫酷爱进行哲理性思索，可以解读成他对犹太身份的追寻。在《大屠杀叙事与犹太身份认同：欧茨[①]书信体小说〈表姐妹〉的犹太寻根主题及叙事策略分析》中，学者林斌这样来描述美国作家欧茨"犹太大屠杀"主题创作：这个大屠杀后叙事："……（《表姐妹》）文本在某种程度上承载了欧茨自身犹太寻根的心路历程。欧茨近年来对犹太题材的关注其实源自她新近

---

① 乔伊·卡罗尔·奥茨（Joyce Carol Oates, 1938— ），美国当代著名小说家，自 1963 年出版首部短篇小说集《北门边》以来，迄今为止已发表长篇小说四十余部。代表作品有《表姐妹》、《他们》、《人间乐园》、《漆黑的水》、《大瀑布》等，她曾多次获诺贝尔文学奖提名。

获得的犹太身份。在构思另一部犹太题材的长篇小说《纹身女孩》（2003）之前不久，她偶然得知自己身上原来具有四分之一的犹太血统：祖母是犹太裔，19世纪末为了逃避宗教迫害而离开德国，移民至美国后放弃了犹太教信仰，甚至选择了将种族记忆从个人生活乃至家族历史中彻底抹去。正是有关家族历史和个人身份的这一惊人发现促使欧茨开始对犹太问题进行思考，她目前正在创作的一部自传体长篇小说《掘墓人的女儿》还将进一步发掘这一犹太寻根主题。"（林斌 2007：3—10）不管是比夫的八分之一犹太血统，还是欧茨的四分之一犹太血统，都让他们萌发出追寻犹太身份的冲动和激情。欧茨通过写作来回归民族精神的家园，而比夫则幻化成犹太知识分子和艺术家的形象，来寻找久已失落的根基。荷肖恩在《矛盾和超越——麦卡勒斯小说中的犹太人》中指出，比夫通过追问和质疑来寻求文化之根，就这点而言，他比麦卡勒斯小说的其他人物更能代表艺术家形象。比夫这样的犹太人在麦卡勒斯心中占有一席之地，这是毫无疑问的，只不过它们也许以无意识形态存在着，以至于麦卡勒斯并没有清晰地意识到（Hershon 2008：52—72）。

　　比夫在文本中俨然是哲学家和艺术家的结合体，是理性和感性的适度掌控者，其个人意识形态是有迹可寻的。他爱好读书和读报，擅长对社会时事进行分析和思考，是个极具洞察力的人物形象。他习惯于条分缕析，将一切事物都归置得井井有条，对历史事件也是如此。国际、国内和当地在过去发生的重大事件，他都了如指掌，并且以此为自豪和满足。

　　　　报纸乱七八糟。两个星期他没整理过一张报纸。他从柜台下面拾起一叠报纸。训练有素的眼睛从报头扫到报尾。明天他要检查储藏室里的几叠，看看能不能重新归类。打些架子，用那些运罐头的结实箱子做一些抽屉。从一九一八年十月二十七日起，按照时间顺序排到现在。用文件夹和贴在上面的标签标出历史事件。分成三类——国际事件，从停战协议开始，到后来的慕尼黑协定；第二是国内；第三是当地消息，从莱斯特镇长在镇俱乐部枪杀妻子到哈德逊工厂大火。过去二十年中发生的事都有目录、摘要，不漏掉一桩。比夫摩擦着下巴，脸在手的后面露出静静的微笑……"（麦卡勒斯 2006：126）

从上述引文推断，比夫的这些行为和心理活动发生在1938年左右，也即《心是孤独的猎手》故事里的当下时间。这时欧洲的反犹气氛愈演愈烈，多年积累的灿烂文明和文化颇有颓势。而此后不久的奥斯维辛大屠杀，更将人性和历史践踏得体无完肤，将纳粹的野蛮和暴力发挥到巅峰状态。正如阿多诺所指出的："（这是）一个永久性灾难的寓言。身体仍然存在着，蔑视工具理性的蹂躏；在纳粹的死亡集中营，这种蹂躏达到了极点。在阿多诺看来，在这样的事件之后就再也没有真正的历史了，只有曙光和那个时代的后果仍然无精打采地、毫无意义地延续着。"（伊格尔顿 2013：327）阿多诺的言下之意十分清楚：奥斯维辛之后，人类就再也没有真正的历史了。比夫对以往20年的报纸分门别类，并对其中的历史内容谙熟于心，让读者对犹太大屠杀前后的世界文明史进行比照，从而让整部作品拥有史诗般的宏伟框架。不仅如此，比夫这一习惯还折射出犹太人的可贵品质：他们深谙历史的价值，懂得以史为鉴的道理，明白历史在某种意义上并非一去不复返，而是能对当下生活提供无穷的启示和意义。据此，笔者认为《心是孤独的猎手》具有双重文本结构，即显文本和潜文本。显文本是小说故事脉络，讲述的是犹太人建构身份的诉求；潜文本是犹太人遭受种族歧视和杀戮的历史，是反犹主义姿态高扬的现实。表面上看两个文本并行不悖，共同推进小说故事情节的发展，而实质上显文本对潜文本不断实行反抗和消解，以便达到彻底解构潜文本的目的。像哈里等人一样，比夫这个犹太人是显文本中的主线之一，对潜文本的颠覆作用十分巨大。通过展示这些犹太人的言行举止和心路历程，麦卡勒斯用心良苦地瓦解了"反犹主义"意识形态，让边缘弱势群体的少数族裔重拾主体性。

《审美意识形态》认为，阿多诺用曲折的语言来压住思想，因为思想无法概括事物的本质，概念和事物不是一一对应的关系。作为犹太人的阿多诺，对生存危机极度敏感，对统一性等极权思想极端反感。

晦涩的、令人生厌的写作实践本身，是解决这种矛盾的方法，把话语定位在持续的危机状态之中，曲折地回到它自身，在每一个句子的结构上都尽力避免客体的"坏的"直接性以及概念虚假的自我同一。辩证思想挖掘客体使它从虚幻的自我同一中释放，因而在绝对理念苍白的阵营中冒着把客体消灭掉的危险；阿多诺对这个问题的暂时性回答，是对不可表达性采取一种游击战术，这是一种用概念来框住对象，却又以某种理智的杂技在瞬间用概念构建客体滑动起来的哲学风格。他的文本中的每一个句子都因此而被迫超负荷；每一个短语都成为辩证法的奇迹和杰作，在思想将消失在它自身矛盾中的那一瞬间把它固定下来……所有的马克思主义哲学家都被看作是辩证的思想家，但只有在阿多诺这里，人们才感受到繁重紧张的模式活跃在每一个短语中，活跃在语言对沉默的撞击中，这使得读者一看到某种片段的观

点马上就会想到其反面。（伊格尔顿 2013：325—326）

阿多诺认为在生存困境中事物和概念就是不一致，其实麦卡勒斯及其笔下的比夫又何尝不是呢？《心是孤独的猎手》貌似没有太多笔墨提及比夫的犹太身份问题，实则是麦卡勒斯惯用的迂回曲折之笔法，就像她对同性恋主题一样犹抱琵琶半遮面。比夫通过哲思和追问，来超越和解构反犹主义意识形态，基本上都是在思想内部完成的，因为他并没有投身于社会革命的洪流中。麦卡勒斯写作上的过人之处有许多，其中之一就在于她塑造了杰克这个革命活动家，以此来增补比夫在社会实践部分的缺憾。杰克不是犹太人，却与马克思等犹太革命家惊人地相似，他们对资本主义制度都深恶痛绝，对工人运动都抱着狂热的态度，都誓死捍卫工人阶级的社会地位和身份主体。

纵观历史记载，美国犹太人中曾出现过一批工运积极分子，为提升美国工人阶级的社会地位立下过汗马功劳。比如未央的《成功的美国人》，就是这样来描述犹太民族对自由的渴求以及工运分子应运而生的局面："绝大多数美国犹太人或其先辈，都是因逃避宗教和种族迫害而从欧洲来到美国的，他们抱着追求平等和自由的憧憬，与美国文化中固有的自由主义和多元民主相融合，形成了美国犹太文化中强烈的自由主义色彩。犹太人中支持社会平等的力量较强，美国各大工会的早期领导人中有不少是犹太裔人士，美国服装工人联合会、国际妇女服装工人联盟等组织就是以犹太工运积极分子为核心建立起来的。"（未央 2000：55—56）实际上，从 19 世纪中后期到 20 世纪初，在相对成熟的革命理论的指导下，欧洲的共产主义运动风起云涌。出现了一大批优秀的犹太革命家和工运领袖，如德国伟大的革命导师卡尔·马克思、法国的左翼领袖罗莎·卢森堡①、匈牙利共产党领袖库恩·贝拉②以及俄国的托洛茨基③等人（http：//tieba. baidu. com/p/1591982275）。《心是孤独的猎手》中的杰克，以激情四溢的形象出现，体现出满腔的政治热情，堪与上文提及的犹太社会活动家们媲美。国内学者傅树斌这样评价杰克的政治性：他是一个激进的鼓动者，是工人阶级的积极分子，看到了整个世界的政治制度都是建立在谎言的基础上；他的真理就是要打碎这种谎言制度，建立真实的制度……（傅树斌 2000：108—111）杰克要建立社会真理和正义，将政治制度从伪善中解救出来，为此他形成了一整套理论和价值观。

>　　……他观察资本和权力的缓慢积聚，他看到了今天它们的顶峰期。美国在他的眼里就是疯人院。他看见人们为了生存如何打劫自己的兄弟。他看见饥饿的儿童和为了填饱肚子

---

①　罗莎·卢森堡（Rosa Luxemburg，1871—1919），犹太人，是德国马克思主义政治家、社会主义哲学家及革命家，属于德国共产党的奠基人之一。1915 年，当德国社会民主党宣布支持德国参与第一次世界大战时，她和卡尔·李卜克内西合作成立马克思主义革命团体"斯巴达克同盟"，与社民党内以艾伯特为代表的右倾势力斗争，该组织后来转为德国共产党。罗莎·卢森堡还起草了德国共产党党纲，于1919 年被右翼敢死队逮捕并杀害。

②　库恩·贝拉（Kun Bela，1886—1939），犹太人，是匈牙利共产主义革命家，匈牙利苏维埃共和国的主要创建者和领导者。1919 年宣布成立匈牙利苏维埃共和国，出任外交人民委员，后兼任军事人民委员。他曾多次会晤列宁，在苏维埃政权被颠覆后侨居奥地利。著有《论匈牙利苏维埃共和国》、《库恩文章和讲话选集》等，是卓越的马克思列宁主义理论家。他于 1937 年受诬告被捕，1939 年死在狱中，1956 年恢复名誉。

③　托洛茨基（1879—1940），犹太人，俄国与世界历史上最重要的无产阶级革命家之一，列宁最亲密的战友，20 世纪国际共产主义运动的左翼领袖，工农红军、第三国际和第四国际的主要缔造者。托洛茨基以对古典马克思主义"不断革命"和"世界革命"的独创性发展闻名于世。

不得不一周工作六十小时的妇女。他看见该死的失业大军，几亿美金和几千公里荒芜的土地。他看见战争即将爆发。他看见人们受了太多的苦而变得卑鄙、丑陋，他们身上有些东西在死去。但他看见的最重要的事就是：世界的整个系统都建立在一个谎言之上。尽管这个谎言像照耀我们的太阳一样显而易见——那些不知道的人却一直生活在其中，他们就是看不见真相。（麦卡勒斯 2006：144—145）

这是杰克在向辛格袒露心声时所说的一段话，基本表明了他对美国社会的看法。此处的"他"指的是善于思考、乐于改革的美国工运分子，杰克认为自己就是其中的杰出代表。杰克颇有"众人皆醉我独醒"的味道，他愤世嫉俗，道出了世界格局残忍而不公正的现状。他常常在人前滔滔不绝，以此宣扬自己的政治主张，表明改革社会的决心。如果说比夫属于内省式的犹太人，那么杰克就是锋芒毕露的政治家，他们结合起来就成为马克思那样的完美领袖。诺曼·霍兰德在读者反映层面提出"身份主题"理论，认为读者对文学作品的阐释动机来自于自身的心理需求，而不是在于文本本身的需要（Holland 1980：118—33）。在这种理论框架下，读者假如将杰克和比夫结合起来解读，让他们进行互补和完善，也就是情理之中的事情了。因此，杰克与犹太人群有着千丝万缕的联系，麦卡勒斯在小说文本中安排杰克和辛格、比夫等人接触，加强了"反犹主义"意识形态解构的力度和现实性。

麦卡勒斯对于"反犹主义"意识形态的抵制，呈现出稳定而鲜明的政治立场。麦卡勒斯被个别人冠以"反犹主义者"的滑稽标签和无端指责，皆因《伤心咖啡馆之歌》而起，然而犹太人形象并不局限于她的某一本书之中，而是成为她知识结构的重要组成部分，分散在其系列小说的方方面面。像麦卡勒斯的其他作品一样，《心是孤独的猎手》也以美国南方小镇为创作语境，然而它却超越了狭小的地理空间，将故事延伸到广阔的历史时空之中。马克思、斯宾诺莎等伟大学者，自由穿梭在文本中为世人指点迷津，他们的犹太身份忠实服务于麦卡勒斯的解构意图。奥斯维辛犹太大屠杀事件，与比夫和哈里等人的世俗经历遥相呼应，形成潜文本和显文本的双层线索，于是"反犹主义"价值体系顺理成章地被颠覆。麦卡勒斯常常采用反讽和幽默的笔调，来呈现世界的荒诞，在刻画犹太人时也免不了此类轻松戏谑的口吻。这种幽默到了伊格尔顿的视阈中，就具有了崇高的意义："幽默把险恶的世界转化成快乐的场所；因此，幽默就相似于古典的崇高，它同样允许我们从不受周围的恐怖影响的感觉中获得满足。"（伊格尔顿 2013：246）麦卡勒斯就是以这种方式，揭示出"反犹主义"违背人性的实质，从而在文化层面上成功消解了它。

第 三 章

酷儿理论视野中的《金色眼睛的映像》

《金色眼睛的映像》是麦卡勒斯的第二部长篇小说，也是她一蹴而就的作品。故事构思于 1939 年，几乎就在《心是孤独的猎手》手稿完成之后，麦卡勒斯立即投入这部原名为《营房》的小说创作中。据麦卡勒斯透露，本书的灵感来自于她当时新婚的丈夫利夫斯讲的一件事："一个偷窥狂在布莱格堡军营被拘捕，这个年轻的士兵正在已婚军官宿舍偷窥时被抓住了。"（卡尔 2006：97）那个"偷窥狂士兵"后来演变成二等兵威廉姆斯，而军官则是潘德顿上尉，他们在《金色眼睛的映像》中以情敌的面目出现，前者还死在了后者的手枪之下。写作这部小说只花了麦卡勒斯两个月的时间，与其他作品艰难的写作过程相比，这本书带给麦卡勒斯的顺利程度简直无与伦比。创作进程如此之快，部分原因是《心是孤独的猎手》已让年轻的作家历练良久，另外一部分原因则是她对军营相对熟悉，因为就在她的家乡佐治亚的哥伦布，就有著名的本宁堡军事基地①。她对军营印象如此记忆深刻，以至于产生了写作它的冲动，正如麦卡勒斯扪心自问

① 本宁堡军事基地，位于美国南方佐治亚的哥伦布，拥有 107627 人口，面积 182000 英亩。该基地建立于 1918 年，被称为"美国陆军卓越演习中心"，也是"装甲和步兵之家"。本宁堡军事基地最初为参与第一次世界大战的部队提供基础训练，在第二次世界大战期间，它大约拥有 4000 名军官和 95000 名士兵。

的那样："她听从自己心灵的召唤写了这篇小说。尽管她用打字机敲出这篇小说时是 21 岁，但这个故事在她少年时代第一次踏上本宁堡这片陌生的土地时就开始在头脑中酝酿了。她不可能不把这个故事写出来，就像她不可能阻止地球运转一样。"（卡尔 2006：99）

虽然麦卡勒斯声称写作此书异常轻松，但对于它日后的读者接受程度却时有焦虑。《心是孤独的猎手》出版后好评如潮，为她赢得文坛"新秀"和"天才"的美誉，同时也让她盛名之下不胜负荷，担心《金色眼睛的映像》无法收获以前的辉煌。果不其然，《金色眼睛的映像》于 1940 年连载于《哈泼时尚》，第二年又由霍顿·米夫林出版，得到的公众评论可谓毁誉参半：前者饱受杂志编辑们追捧，成为读者大众热议的焦点；后者却招致铺天盖地的负面评议，甚至惹来匿名恐吓电话。"小说出版几个星期后，一个匿名电话令全家人非常紧张。一个自称库·克鲁克斯·克兰斯曼的人打来电话说他和他的朋友晚上要过来收拾她。他说，他在第一本书里是一个'黑人的情人'，现在她又证明自己还是一个'同性恋者'。"（卡尔 2006：144）这个恐吓分子后来并没有真的现身，但同一部作品导致两种截然不同的评价，今天看来也是件令人啼笑皆非的事情。此时的麦卡勒斯却泰然自若，一再声称这部小说只是童话或神话故事，是用俄罗斯现实主义手法写成的悲喜剧。她并没有表现出后来《伤心咖啡馆之歌》受到遣责时的惊慌失措，然而《金色眼睛的映像》一经问世，便将面对不平凡的遭际，却是不争的事实，因为它涉及当时美国社会的一个禁忌话题——同性恋。

第一节　《金色眼睛的映像》国内外
已有研究成果述评

《金色眼睛的映像》正式出版后，所遭遇的指责和攻击主要分为三大类。第一类认为这部小说过于变态和荒诞，令人在阅读过程中非常不舒服；第二类指出它的写作水平拙劣，应该去恶补专业写作课，以便学习到马克·吐温和契诃夫等文学大师的写作精髓；第三类认为它将神圣的军营过度妖魔化，是对国家和军人的无情亵渎。就连麦卡勒斯家乡哥伦布的一众亲朋好友和左邻右舍，都对这本书的情节内容相当不以为然：

> 卡森说她的父亲厌恶地把刊登小说的杂志扔了出去，心里纳闷自己的孩子怎么会编出这么个故事。法耶特维尔那些认识卡森的人们异口同声地点头说："正如我们所怀疑的——这个麦卡勒斯女孩是个怪鸭。"小说在哥伦布和本宁堡也引起了一些难堪，因为人们在猜测是谁给她讲了那个古怪的故事。乔治·马歇尔①将军曾经是本宁堡指挥官，通过塔克夫妇见过卡森，在他们两家都离开本宁堡之后，还跟塔克夫妇开玩笑，并担心说"整个军营是否而名誉扫地"。本

---

① 乔治·马歇尔（George Marshall，1880—1959），美国军事家和政治家，陆军五星上将。他于毕业于弗吉尼亚军校，参加过第一次世界大战。1924 年夏到 1927 年春末，在美军驻天津第 15 步兵团任主任参谋，学习了汉语。1939 年任美国陆军参谋长，在第二次世界大战中他任陆军参谋长，为富兰克林·罗斯福出谋划策，坚持先攻纳粹德国再攻日本帝国，为美国在第二次世界大战中的胜利作出了不可磨灭的贡献。战后的 1947 年，杜鲁门任命马歇尔为美国国务卿，实施"欧洲复兴计划"（ERP），向饱受战争蹂躏的欧洲经济输送美国资金。马歇尔被丘吉尔称为"胜利的组织者"，于 1953 年获得诺贝尔和平奖。

宁堡不止一个军官的妻子还记得，当时乔治·巴顿①太太取消订阅《哈泼时尚》，以抗议该杂志发表的这篇小说，并呼吁军营的其他妻子们也这样做。（卡尔 2006：99）

　　事实上，《金色眼睛的映像》在遭受口诛笔伐的同时，也不乏一些正面赞扬的声音。即使在有人指责这部作品"变态"的时候，依然有人承认它"不失为一本结构精巧、令人战栗的杰作"。（卡尔 2006：144）根据麦卡勒斯童年时代的钢琴老师塔克夫人所言，即使佐治亚哥伦布的人们对它的内容很不以为然，大多数读者仍然"认为故事是纯粹虚构的，而且对卡森这样的年纪能写出这样的故事感到惊叹"。（卡尔 2006：99）麦卡勒斯的朋友、美国著名桂冠诗人路易斯·昂特梅耶（Louis Untermeyer 1885—1977），对新出炉的《金色眼睛的映像》评价很高，甚至由此将麦卡勒斯比作詹姆斯和托尔斯泰。他称赞说："我发现它完全不同于我们时代已经产生的任何东西。它是在美国写出的最引人注目、最不可思议的小说之一。"（卡尔 2006：117）。值得一提的是，贵为伟大艺术家的昂特梅耶，在美国称赞麦卡勒斯为大天才。

　　美国著名剧作家田纳西·威廉姆斯，于 1950 年在《金色眼睛的映像》"新方向"版序言中，对这部小说作了中肯的评价。他认为该小说本身相当不错，之所以在当时的美国遭受冷遇，是因为评论家们不喜欢其中的哥特手法和怪诞主题。也就是说，评

---

　　①　乔治·巴顿（George Patton，1885—1945），美国著名军事将领。第一次世界大战之后，巴顿组建了美国第一支坦克部队，获得"美国第一坦克兵"的美誉。第二次世界大战全面爆发时，巴顿受到陆军参谋长马歇尔的赏识，在战争中表现出卓越的军事才能。在盟军北非登陆、突尼斯战役、西西里岛登陆、诺曼底登陆等重大战役中，巴顿均立下赫赫成功。战后，他于 1945 年 12 月死于车祸，享年 60 岁。

论界很不待见哥特、怪诞、暴力等文本特征，而麦卡勒斯小说却酷爱这些元素，《金色眼睛的映像》中一些血淋淋的场景，以及那时属于伦理禁忌的同性恋和双性恋故事，都极大地挑战了公众的价值观和容忍度。事实上，诸如麦卡勒斯之类的所谓"哥特流派"作家，不仅具有惊人的洞察力，而且其传情达意的本领也异于常人。他们能够直观地表达出令人惊悚的感觉和场景，其狂暴程度近似于非理性和疯癫，令一些读者根本接受不了，麦卡勒斯的文本就属于这一范畴（Williams 1950：xi）。应该说，后来与麦卡勒斯成为挚交的戏剧家威廉姆斯，认为《金色眼睛的映像》瑕不掩瑜，文本中的哥特因素并不能遮挡其中的耀眼光芒，从而给了这本小说比较正面的解读。威廉姆斯的解析不断给后人以启示，也为后来各种丰富的阐释视角提供了可能性。来自日本札幌城市大学（Sapporo City University）的学者松井美穗，发表相关论文《一个菲律宾人眼睛里的映像：南方男性气质和殖民主体》，对比《金色眼睛的映像》里菲律宾男佣、潘德顿上尉和兰顿少校的性别身份。她敏锐地将南方社会的性别符号，与西班牙—美国战争的帝国主义编码交织在一起，来一探菲律宾人的历史和文化变迁。松井美穗阐明了性别政治和美帝国主义之间的关系，即美国对菲律宾旷日持久的战争，是为维护美国男人的政治体系。菲律宾遭受美国殖民后，菲裔美国人大大增加，美国国内的就业和住房竞争日益激烈，这难免削弱了美利坚以往较为雄壮的男性气质。然而即便如此，菲律宾男性移民与美国男性居民相比，仍然呈现出弱者化趋势。从1899年到1912年间，美国对菲律宾进行殖民化统治，美国的住家菲佣75%都是男性。他们被去性别化，与女主人一起维持家庭运转，并与他们的家庭主妇产生性别和习俗同化，从而使自己的男性气质进一步弱化。《金色眼睛的映像》中的男菲佣安纳克莱托，就具有女性化的象征意义。兰顿和潘德顿之类的美国男性，意识到他们唯有歧视安纳克莱托，才能够在小菲佣"殖民他者"（colonial other）和女性气质的衬托下，彰显他们自身的阳刚之气。而安纳克莱托事事模仿艾莉森，仿佛是她的另一个自我，这种模仿颠覆了殖民和种族等级。安纳克莱托还鼓励艾莉森和兰顿离婚，表明南方社会意识形态被白人妇女和小菲佣联手击败。麦卡勒斯就是用这种去性别和去殖民化的主仆关系，成功解构了南方军营的性别和种族二元论思想（Matsui 2013：121—127）。

国内学界对于《金色眼睛的映像》的研究，大致可以分为四类。第一类聚焦于性别政治的内涵；第二类挖掘该小说的生态女性主义意蕴；第三类探讨后现代主义视阈中的异化主题；第四类在以往研究的基础上继续揭示哥特传统和怪诞意象。林斌 2008 年发表论文《权力关系的性别隐喻——麦卡勒斯〈金色眼睛的映像〉中哥特意象的后现代解读》，指出值得人们思考并与当下有关的问题，是哥特传统与后现代之间存在的由表及里的契合性会在文本中有着怎样的体现？若是将麦卡勒斯的这部哥特小说代表作置于后现代文化的语境之中加以考察，它又将呈现出何种深层叙事结构呢？该文尝试对其哥特意象作出一种后现代解读，以期揭示麦卡勒斯作品"怪诞"和"恐怖"氛围的源泉。可以说，作品中军营构成的哥特式象征空间不仅是美国南方现实社会的一个怪诞缩影，而且为等级社会中权力关系提供了一个性别隐喻，而主流意识形态中的这种"性别两分"观念正是美国文化中暴力成分的主要根源之一（林斌 2008：96—104）。

2013 年，林斌又发表新作《"自然之镜"中的文明映像——〈金色眼睛的映像〉的女性生态视角》，认为自《金色眼睛的映像》问世以来，评论界一直对标题推出的哥特意象表现出浓厚的兴趣，它为麦卡勒斯小说的主题研究开启了一扇窗户。但是，所谓"艺术之镜"的传统阐释忽略了该镜像生成场所的自然属性，因而有关自然与文明、人类与非人类物种之间的关系这个文本意义层面一直未得到足够重视。林斌认为，从生态批评角度来看，"金色眼睛"是用以折射和反观价值扭曲的人类文明的一面"自然之镜"。该文从贯穿全书的这一核心意象入手，运用女性生态主义批评方法，探究麦卡勒斯笔下自我与他者、"她者"及"它者"之间的关系，尝试对其挑战人类中心主义和父权体制的生态自然观作出分析，以期揭示麦氏"精神隔绝"说的生态批评维度（林斌 2013：113—120）。

　　荆兴梅 2009 年的论文《〈金色眼睛的映像〉的后现代主义特征》，认为麦卡勒斯的这部重要代表作，具有晚期后现代主义小说的典型特征：亦真亦幻的浪漫气息和流畅完整的故事情节。而小说对潘多拉神话原型的解构，揭示出女性沦为被注视的客体时遭受的悲剧性命运实质。该文用"怪诞性"的概念，来诠释主人公的异化和降格，从而批判了法西斯主义和种族主义等体制灭绝人性的本质特征（荆兴梅 2009：103—105）。

　　田颖 2010 年发表的论文《"南方神话"的解构和"真实南方"的建构——解读〈金色眼睛的映像〉》，认为长久以来，麦卡勒斯的小说《金色眼睛的映像》被贴上了"南方哥特小说"的标签，作品的怪诞风格是批评的焦点，但以怪诞、哥特为关键词的文学评论往往忽视作品中颠覆的本质。将文本的解读置于其特定的社会和历史背景中，小说从解构和建构两个方面颠覆了美国南方等级社会的主流意识形态。小说揭示了现代文明对传统的侵蚀，解构了"南方神话"的宏大叙事，而巴赫金的狂欢诗学为分析作品提供了新的视角。通过塑造小说中的狂欢形象，作者建构了一个神话幻灭之后的"真实南方"。在解构与建构之间，麦卡勒斯用作品见证了美国南方社会的嬗变（田颖 2010：75—82）。

张立新 2013 年以《论〈金色眼睛的映像〉中的三重隐喻——以"马"的意象为中心》为题，抓住《金色眼睛的映像》中的一个关键意象——"马"，探讨其隐含的思想意识及审美意义。张立新发现"马"的意象和小说主要人物形成种种对应关系，并且透过三组人物形成了三重隐喻：一是人的原始蒙昧；二是性的放纵；三是同性恋欲望。"马"的意象不仅成为塑造人物形象的重要艺术手段，最为重要的是"马"的三重隐喻在"精神隔绝"主题的表达中，发挥了关键作用：第一重隐喻借由人物的象征性特征超越历史限制，表达了"精神隔绝"是现代人的基本生存境遇这一现实；第二重隐喻揭示出人与人交流的单极性，凸显了破除"精神隔绝"之途的困难重重；第三重隐喻借同性恋者合理的情欲追求，因身份限制无以实现的事实，为"精神隔绝"涂上一层更加绝望的色彩。三重隐喻联系起来，暗示人类发展的三个不同阶段，构成了人类"精神隔绝"状态的完整象征（张立新 2013：107—114）。

可以看出，《金色眼睛的映像》的国内外已有成果并没有形成铺天盖地之势，研究的视角却呈现出广阔性和多样化的态势。它们涉及性别权力分布、空间权力结构等，深入探索女性和自然的关系、殖民他者和帝国主义话语之类的议题，可谓各抒己见，精彩纷呈。本章将在前人研究的基础上，放眼于政治美学和意识形态理论，用酷儿理论（queer theory）来进一步探讨《金色眼睛的映像》，以期呈现有关这部小说的崭新研究资料。

第二节　朱迪斯·巴特勒视阈下的
"酷儿"形象

　　酷儿理论最初来自美国女权主义者罗丽蒂斯（Teresa de Lauretis）。罗丽蒂斯是美国加州大学桑塔·克鲁斯（Santa Cruz）分校的教授，她1991年在《差异》杂志的一期"女同性恋与男同性恋的性"专号中，率先提出了酷儿一词及其理论。实际上早在20世纪60年代末70年代初，美国社会就出现了LGBT这一术语，指代的是以下四大人群：女同性恋（lesbian）、男同性恋（gay）、双性恋（bisexual）、跨性别者（transgender）。众所周知，这个时期是美国文化和世界历史的多事之秋：1968年法国爆发"五月风暴"，导致学生大规模罢课和工人全面罢工；同期美国有成千上万的黑人加入"黑豹党"组织，涌现出安吉拉·戴维斯之类的美国共产党英雄人物；1969年妇女解放思潮席卷西方，女权主义运动如火如荼；美国国内的反越战行动也蓬勃发展，数百万民众投身于抗议战争的行列中。在这样风起云涌的政治背景下，英国于1970年产生了同性恋解放阵线（GLF），之后LGBT的术语也应运而生，它们都旨在争取非异性恋者的合法生存权益。一直到了20世纪90年代初，酷儿理论才在社会学中登堂入室，正式取代了先前LGBT的位置，成为性别身份研究中的重要词汇。它的重要性绝非是语言上的革新，而是从意识形态上大大拓展了视角，将这一理论运用到广阔的后现代语境中。正如我国学者李银河所指出的那样："酷儿理论不是指某种特定的理论，而是多种跨学科理论的综合，它来自史学、社会学、文学等多种学科。酷儿理论是一种自外于主流文化的立场：这些人和他们的理论在主流文化中找不到自己的位置，也不愿意在主流文化中为自己找位置。'酷儿'这一概念作为对一个社会群体的指称，包括了所有在性倾向方面与主流文化和占统治地位的社会性别规范或性规范不符的人。酷儿理论就是这些人的理论。'酷儿'这一概念指的是在文化中所有非常态（nonstraight）的表达方式，这一范畴既包括男同性恋、女同性恋和双性恋的立场，也包括所有其他潜在的、不可归类的非常态立场。"（李银河 2002：23—29）酷儿理论的内涵，已经远远超出了同性恋的范围，延伸到一切不符既定规范、有悖主流意识形态的方方面面。可见，酷儿和 LG-BT 的称谓相比，更具有革命和解构的力度，体现出时代发展的先锋意识。

朱迪斯·巴特勒（Judith Butler，1956—　　）是著名的酷儿理论专家。她本身就是女同性恋者，同时也是一位犹太裔美国女性主义批评家，在身份政治和性别认同方面成就卓著。巴特勒早年酷爱哲学，黑格尔、马克思、海德格尔[①]等，都是令她顶礼膜拜的大师。她尤其钟情于现象学，克尔凯郭尔[②]、梅

---

① 海德格尔（Martin Heidegger，1889—1976），现象学大师胡塞尔的学生，是 20 世纪存在主义哲学的创始人和主要代表之一。海德格尔有生之年发表多部著作和论文来阐述其哲学思想，比如《存在与时间》、《康德和形而上学问题》、《柏拉图的真理学说》、《林中路》，等等。他对现代资本主义社会制度的弊端和局限性有着清醒的认识，对技术理性带来的人性异化和物化格外警觉，提出过"诗意栖居"的生活主张。他曾于 1933 年加入纳粹党，从此因为政治上的不清不楚而饱受诟病。他于 1976 年去世，享年 87 岁。

② 克尔凯郭尔（Soren Kierkegaard，1813—1855）丹麦宗教哲学心理学家、现代存在主义哲学的创始人。他反对黑格尔的泛理论，认为哲学研究的不是客观存在而是个人的"存在"，哲学的起点是个人，终点是上帝。其主要代表作有《恐惧与颤栗》、《非此即彼》等。

洛·庞蒂①和法兰克福学派，都是她研究的对象，甚至她的博士论文都是在一位现象学教授的指导下完成的。后来，巴特勒经历了里程碑式的转变，从现象学转向了后结构主义，转向了福柯式的性别思考，其研究焦点也从主体问题转移到了性别问题。巴特勒于 1990 年发表著作《性别麻烦：女性主义与身份的颠覆》（*Gender Trouble*：*Feminism and the Subversion of Identity*），自此一鸣惊人，成为性别身份研究领域一位举足轻重的人物。巴特勒此后相继出版《至关重要的身体：论"性"的话语界限》（*Bodies That Matter*：*On the Discursive Limits of "Sex"*，1993）、《可激动的语言：操演的政治》（*Excitable Speech*：*A Politics of the Performative*，1997）和《权力的心理生活：服从的理论》（*The Psychic Life of Power*：*Theories in Subjection*，1997）等作品，形成其酷儿理论的一整套体系。毫不夸张地说，巴特勒颠覆了关于性别问题的传统观点，号召人们审视那些约定俗成习以为常的理念，以揭示其中的权力结构和性别压迫。尽管巴特勒的观念迄今为止还没有渗透到日常生活中，但她已经在理论上另辟蹊径，提供了一种看待性别身份的新思维和新方法。

性别操演理论（gender performativity），可以看作是巴特勒思想体系的核心成分。事实上，《性别麻烦：女性主义与身份的颠覆》这本巴特勒的成名作，已基本上覆盖了巴特勒的重要观念，其中最著名的当属性别操演理论。我国学者都岚岚多年来致力于巴特勒的性别理论研究，她这样来阐发自己的解读视角：

---

① 梅洛·庞蒂（Maurice Merleau-Ponty，1908—1961），法国 20 世纪最重要的哲学家、思想家之一。他在存在主义盛行年代与萨特齐名，是法国存在主义的杰出代表。他最重要的哲学著作《知觉现象学》和萨特的《存在与虚无》一起被视作法国现象学运动的奠基之作。

　　那么，什么是性别操演呢？我们通常认为性别以一种内在的本质运作，它等待着我们去揭示其意义，但是朱迪斯·巴特勒认为，并不存在一个先在的性别本体和本质，它只是我们的一种期待，正是这种期待的结果产生了它所期待的现象本身。也就是说，并不存在一个先在的生理性别（sex），我们认为我们自身有某种"本质"的性别特质，这其实是社会规范不断作用于我们身体的结果。因此在朱迪斯·巴特勒看来，生理性别并不是先于社会话语存在的事实，它和社会性别一样，都是话语建构的结果。我们再也无法对生理性别和社会性别作出区分，而只能说性别形成于某些持续的行为生产中，这些行为的产生受制于话语规则和实践，正是这些持续的话语规范对身体进行性别的风格化而使性别得到暂时的稳固。性别的"内在本质"其实是服从于性别规范的一系列行为的重复，在性别表达的背后没有性别的本体身份，性别身份形成于持续的操演行为中，先有操演行为，后有性别身份，这就是朱迪斯·巴特勒提出的性别操演理论。（都岚岚 2010：65—72）

　　在笔者看来，巴特勒的性别操演理论包含以下几层意义：第一，诸如男/女、异性恋/同性恋之类的二分法，实际上是本质主义的表现，完全违背人类生存的能动性和创造性。第二，之所以会出现这些二元对立的观念，是因为各种社会规范所致，而象征系统内林林总总的规则，都是语言建构的产物，充满了主观性和随意性。第三，人们的性别身份貌似稳固，实则不然，而是不断重复性别的操演行为，形成"固定性别"的误解和误读。换言之，巴特勒强调人的性别是变动不安的，不应该有异性恋和同性恋之分，而应该让一切处于原初状态，如流水一般本真自然。巴特勒当然是在为同性恋、双性恋和跨性别群体争得一席之地，表明他们只不过遵循自然法则而已，所作所为并非冒天下之大不韪。

《金色眼睛的映像》这部小说，就讲述了一个关于同性恋的故事。潘德顿上尉和利奥诺拉、兰顿少校和艾莉森，分别是住在军营中的两对夫妇，同时也是过从甚密的朋友。这两个家庭常常在一起消磨闲暇时光，而兰顿少校和利奥诺拉其实另有私情，这令艾莉森饱受精神折磨，以至于身体素质每况愈下，终于不治而亡。潘德顿上尉是一位同性恋者，他先是痴迷于兰顿少校，后又对二等兵威廉姆斯暗生情愫，却苦于无法直抒胸臆致使心理几近变态。而威廉姆斯暗恋的对象是利奥诺拉，他夜夜潜入到后者的房间进行偷窥，终有一天被潘德顿上尉发现，继而丧命于潘德顿上尉的枪下。

小说将一段错综复杂的同性恋，放置于军营的背景之下，所形成的张力不言而喻。文本开篇便呈现了军事基地的轮廓："和平时期的哨所是个乏味的地方。不是没有事情发生，但是他们一而再再而三地发生，十分雷同。军事基地本身的总体规划让它显得更加单调——巨大的混凝土营房，一排排整齐的军官之家，每一间都和另一间一模一样，体育馆，教堂，高尔夫球场及游泳池——一切都根据刻板的模式所设计。不过，哨所的乏味主要是它的与世隔绝和过度安逸造成的，一旦男人踏入军旅，他只需亦步亦趋就可以了。"（麦卡勒斯 2007：1）如前文所言，麦卡勒斯对军营是再熟悉不过的，因为在她的家乡佐治亚的哥伦布，就有著名的本宁堡军事基地；而对她产生重大影响的音乐老师塔克夫人，就曾经是这个基地的军官太太。应该说，麦卡勒斯不仅从小对营房的环境耳濡目染，而且对军官及其家属的生活较为熟悉。然而就此断定《金色眼睛的映像》直接取材于本宁堡军事基地，未免又是一件令人啼笑皆非的事情，因为众所周知，小说是现实与想象的结合体。《金色眼睛的映像》一经出版即招致众多非议，其中不乏来自麦卡勒斯家乡那座军营的声音，批评的焦点自然是麦卡勒斯对军队的描摹过于不堪和夸张。军营理应是神圣之所，军人更是主流意识形态的代表，又怎会出现小说中所描写的"畸人畸恋"呢？但根据文献记载，无论人们愿意接受与否，这却是一个不争的事实：

> 这并不是说美国是一个一律或普遍反感同性恋的国家。2010 年 12 月《华盛顿邮报》的一次民意调查显示，77% 的人赞成公开的同性恋者应该被允许服兵役，和 1993 年的 44% 相比，这个数字有相当的增加，有 70% 的白人传教士赞成取消军队里的同性恋禁令。2011 年 7 月《华盛顿邮报》的一份民意调查显示，关于同性婚姻的看法已经严重分化：51% 的人觉得应该合法化，45% 的人觉得不应该合法化。随着时间的推移，这又是一个朝着支持同性恋方向的转变：在 2003 年，只有 37% 的人认为同性婚姻应该合法化，而有 55% 的人反对。(柯林、威尔森、毛兴贵 2013：40)

以上数据表明，美国军队中的同性恋现象由来已久。美国总统奥巴马于 2010 年签署法令，表明军人可以将同性恋身份公开化却不必脱下军装。而在这之前，美国军方一直采取"不问、不说"的政策对待同性恋军人：他们一旦公开同性恋身份，立即会遭遇到强制退伍。奥巴马此举引来多方评议，既有赞扬声也有反对的意见。人们若追根溯源就会发现：军队同性恋并非现代社会的独特产物，而是古已有之。

公元前 378 年，古希腊城邦底比斯的将军高吉达斯创建了一支很特别的军队，即底比斯"圣军"，它由 300 人（150 对）组成，士兵们是从底比斯的各个军团里面挑选出来的，而且这些士兵皆出身贵族。挑选的标准是：同性恋、恋人关系、战斗力强悍。圣军的一位指挥官曾说："同一氏族或同一部落的人在危急时刻很少互相帮助，一个军团应该将相爱的战士编在一起，这样才能组成牢不可破、坚不可摧的部队，因为一个人是绝不愿在爱人面前丢脸的，而且他会为了保护所爱的人牺牲自己的性命。"

这样一支同性恋部队在当时能组建，这还要从古希腊的文化说起。翻阅古希腊的典籍，会发现古希腊有非常浓郁的同性恋文化，其中尤以底比斯为最，希腊历史学家色诺芬在著作中曾提到，在底比斯，成年男子和少年可以以一种近似公开化的婚姻关系同居。正是这一背景促成了"圣军"的顺利诞生。（佚名 2010：69）

在留克特拉战役中，"圣军"一举打败斯巴达军队，因为骁勇无敌而一战成名。尽管如此，这支军队最终难逃覆灭的命运，后来被亚历山大骑兵所歼灭。由此可见，遥远的古希腊历史便与同性恋结缘，它不但促成了亘古罕见的"圣军"之诞生，还穿越时空的隧道，延伸和弥漫到了现代军营中。以军队中的同性恋事件作为故事主线，这种情形在古今中外的文学作品中并不多见，麦卡勒斯却在《金色眼睛的映像》中进行了尝试。这一做法固然是麦卡勒斯特立独行的性格使然，但更应该归结于互文和戏仿等艺术手法的强大威力，将现代军官和古代士兵的生存状态等量齐观，由此展现麦卡勒斯小说史诗般的结构和主题。《金色眼睛的映像》中的军官，为隐秘的同性恋欲望所折磨，在日常

生活中寝食难安，不得不以枪杀案来收场。此情节与古希腊
"圣军"的惨败结局形成呼应，表明同性恋者无时无刻不在遭受
毁灭性的打击，从而变成社会的边缘人群和他者形象。不仅如
此，它还强化了朱迪斯·巴特勒的观点：人的性取向本来就是多
样化的，有些人是生而有之的，有些人又会随着岁月的流逝产生
变化；无论是所谓的同性恋还是异性恋，都要顺其自然才好，社
会文化不应该采用人为的规范，来强行对它们进行二元对立的划
分。

　　潘德顿上尉是个标准的同性恋者，放到马克思主义视阈中加
以解读，就会呈现出复杂而深邃的多重含义。潘德顿上尉这个人
物身上，体现出完全对立的两面性，既令人非常不齿又令人充满
同情。一方面他是学识渊博、位高权重的长官，另一方面他又是
自卑而纠结的懦夫，说到底他是拥有极权又深陷囹圄的矛盾体。
潘德顿上尉作为酷儿形象，属于不折不扣的复杂个体，他的个人
成长经历，就相当意味深长：

　　　　他被五个老处女姨妈养大。他的姨妈们过得并不痛苦，
　　除了在她们分开的时候；她们经常欢声笑语，不断地组织野
　　餐会、繁琐的远足，以及星期日大餐，她们会邀请其他的老
　　处女吃饭。然而，她们把这个小男孩当成某种撑起她们本人
　　十字架的支轴。上尉从来都不知道真正的爱是什么。他的姨
　　妈们在他身上倾注了极度夸张的感情，却不明白他也用同样
　　虚假的热情来回报她们……（麦卡勒斯 2007：81）

　　成年后的潘德顿，虽然凭借努力跻身于军官阶层，却难掩内
心的创伤和卑琐。灰暗的童年生活和教养，剥夺了他独立思考的
能力，也泯灭了他本应该富有的主观性和能动性："虽然上尉博

学多闻，但是一生中他的头脑里从来没有过任何自己的想法。一个想法的生成需要两种以上已知事实的合成，而上尉没有勇气这么做。"（麦卡勒斯 2007：12）他的思想萎缩、干枯、缺乏洞见，很直观地体现在身体外观之上，这一点从他骑马的姿势上就可见一斑："相反，上尉潘德腾根本就不擅长骑术，虽然他本人并未意识到这一点。他像严格的军纪官一样僵硬地坐在马术老师教他坐的位置上，丝毫也不敢乱动。假如他能从后面看见自己的模样，他就不会骑马了。他的臀部摊在马鞍上，松弛地抖动。所以士兵们叫他'垂臀上尉'。"（麦卡勒斯 2007：25）潘德顿既缺乏对生活本质的领悟力，又缺乏独善其身的果敢和决断力，所以常常陷入悲不自胜的境地："上尉用脚去踹松针，他撕心裂肺地大哭，哭声在树林里单薄地回响。"（麦卡勒斯 2007：82）然而还不止于此，最可悲的是他天生具有倒错的性取向，这种倾向令他倍感痛苦却又无计可施，因而只能三缄其口默默忍受："在性方面，上尉保持了男性与女性特质的微妙平衡，他拥有两种性别的敏感，却缺少两种性别的活力……如果不是因为妻子，他也许不会感受到这种根本的缺乏，或者说是过剩。和她在一起，他受尽了折磨。他有一个悲哀的嗜好：恋慕自己妻子的情人。"（麦卡勒斯 2007：11）所有这一切，都造就了潘德顿悲观绝望的心态，使他无法成就幸福积极的人生，而是沦落到社会畸零人的角色。

潘德顿对二等兵威廉姆斯隐秘的同性恋情，大致经历了三个阶段。在第一阶段，潘德顿表现出上司对下属高高在上、不屑一顾的姿态，对威廉姆斯采取了打击和压制的方法。从这一点不难推断出，潘德顿的阶级等级观念由来已久，他对于下层民众并不抱任何同情和怜悯之心，而是用极其轻蔑和鄙视的态度来对待他们。他的血液中其实流淌着法西斯主义的因子，他对士兵的恶劣态度，体现出他无意识中的身份优越感。威廉姆斯在他面前任劳任怨，却得不到他的理解和尊重，这种关系酷似资本家和无产阶级工人之间的差异。潘德顿上尉的言行举止类似资本家，而威廉姆斯则貌似无权无势的工人阶层，前者对后者极尽盘剥之能事，对后者身上的创造性和能动性视而不见。

> 他的烦躁一部分是恼人的二等兵威廉姆斯带来的。他看见被派给他的正是这名士兵，感到非常不快。哨所里上尉所熟悉的面孔大概不超过半打。他对所有的士兵都抱着提不起兴趣的轻蔑。对他来说，军官和士兵可能属于生物学上的同一属，却属于完全不同的种……除了这次不幸的意外，在上尉的头脑里，二等兵威廉姆斯还和马厩以及他妻子的马"火鸟"联系在一起——令人不舒服的联系。现在，橡树的错误是压倒骆驼的最后一根稻草。坐在桌边的上尉沉入了短暂而变态的白日梦——他想象自己撞见这士兵犯了某种罪，因此得以把他送上了军事法庭。（麦卡勒斯 2007：10）

在第二阶段，潘德顿上尉竟然对二等兵威廉姆斯心醉神迷。这一转变如此鬼使神差，连潘德顿本人都猝不及防。潘德顿容易陷于情绪的纠结之中无法自拔，为此他常常夜不能寐精疲力竭，不得不靠吃安眠药来维持睡眠。就在他外出散心、纵情策马扬鞭于树林中时，看到了威廉姆斯矫健完美的身体，从此一发不可收拾，陷入朝思暮想之中。在麦卡勒斯笔下，这种感情如此强烈而原始，已然融合成大自然的一部分。纵然潘德顿想尽办法去压抑这种感情，但它却是不由分说地肆意生长，完全处于潘德顿的掌控之外。

可是上尉感觉到一种尖锐的渴望，渴望他们之间能有某种接触。对士兵不断的念想让他心如猫抓。他尽可能地频繁地去马厩，又不能让人生疑。二等兵威廉姆斯帮他装上马鞍，他上马时帮他拽住缰绳。当上尉事先知道他肯定会遇到士兵时，他就会感到头晕目眩，心跳加速。在他们简短的不动声色的相遇之中，他的感官印象会发生奇怪的偏差；每当他靠近士兵，他就发现自己无法正常去看、去听，等他骑远了、等他独自一人之后那场景才第一次清晰地在脑子里呈现出来。想到这年轻男人的面容——沉默的眼睛，往往是湿润的肉感的厚嘴唇，孩子气的童仆式的刘海——他几乎不能忍受这个形象。他很少听到士兵说话，但他那模糊拖沓的南方口音不停地在他的后脑勺蜿蜒流淌，宛若一曲扰人心神的歌儿。（麦卡勒斯 2007：108—109）

在第三阶段，潘德顿上尉的同性恋情无法在现实中兑现，因而整日如困兽般焦虑不安，最终不得不付诸枪杀事件。麦卡勒斯与潘德顿一样，都是秘而不宣的双性恋者，她深谙此中的艰辛和痛苦，所以将潘德顿的焦灼心理刻画得如此传神："这个秋天，尤其是最近的这几个星期，他似乎加速地衰老了。他长出了黑眼圈，他的肤色发黄，带着污斑。他的牙齿也开始和他捣乱。牙医说他下面的两颗白齿需要拔掉再安上假牙，但是上尉一拖再拖，他实在是抽不出手术的时间。上尉总是紧绷着脸，久而久之左眼的肌肉被拉得痉挛了。眼皮的间歇性抽搐让他那扭曲的脸呈现出诡异的面瘫表情。"（麦卡勒斯 2007：127）潘德顿上尉身体的状态，直接反映了他的内心世界，他已经被这件"不伦之恋"彻底拖垮，随时随地面临肉体和精神的双重崩溃。就在这样充满张力的时刻，潘德顿亲眼见证了威廉姆斯的惊人秘密：后者竟然于夜半时分出现在利奥诺拉的房间里。在潘德顿的眼里，威廉姆斯究竟是偷窥了利奥诺拉，还是这两人早就有染，人们不得而知。"上尉是一名神枪手，他开了两枪，士兵胸口的正中间只留下了一个血肉绽开的黑洞。"（麦卡勒斯2007：151）如前文所示，潘德顿是个不善于思考和推理的人，加上他又极度懦弱，先前始终不愿面对妻子与兰顿少校越轨的事实，因此他此时此刻的谋杀动机，就有了多种可能性。

一方面，潘德顿枪杀威廉姆斯的行为，可以被看作是同性恋对异性恋主流意识形态的反抗。巴特勒在《至关重要的身体：论"性"的话语界限》中，"将身体推到主体构成的前台。她认为身体不只是生物学意义上的物质单位，更是权力、知识和话语的汇聚点。这就是说，身体的物质性不是纯粹的，它受到话语的控制……语言的意指实践具有构成力量，在语言的范围之外我们永远接触不到现实，因为事实的真相总是由语言来表述的。"（都岚岚2010：70）由语言建构起来的文化规范和社会制度，无疑具有虚构的属性，并不顾及事物的本质特征和自然需求。但就是这样的一套权威系统，主流阶层却奉其为圭臬，处心积虑地利用它们对差异性他者实施扼杀。潘德顿上尉的同性恋倾向，是与生俱来的生理机制，在主流价值观的审视下，则变成了不合常规的异类。这种情感虽然被潘德顿掩饰得严严实实，依然不时遭遇到异性恋主流意识形态的巨大冲击。在这里，利奥诺拉和兰顿少校的婚外情，与潘德顿藏于心间的同性恋情，形成了某种意义上的反讽效果。即使在素以纪律森严、道德严明的军营，人们也可以对婚外的异性恋置若罔闻，并不对其加以伦理性惩罚，致使兰顿和利奥诺拉更加肆无忌惮。利奥诺拉素以调情高手而著名，在和兰顿的关系中踌躇满志，在各种宴会派对中大放异彩。她不但没有因为婚内出轨受到丝毫困扰，反而在这一公开的秘密中，演变成具有强烈主体意识的尤物，成为男人们争相追逐的焦点。这一切都以无声的语言，宣告了异性恋价值体系无法撼动的地位，给潘德顿等同性恋者造成偌大的心理压力，而且随着时间的推移日积月累愈演愈烈，引起总爆发的导火索早已被点燃。在小说的前半部分，麦卡勒斯就这样陈述潘德顿的生死观："至于她与其他两元素的关系，那是相当之简单。在生和死这两个伟大本能的天平上，重量绝对倾斜到死亡的那一端。"（麦卡勒斯 2007：11）威廉姆斯偷窥利奥诺拉的事件，让潘德顿感到被威廉姆斯彻底背叛，尽管威廉姆斯对此从头至尾一无所知，但潘德顿显然已处于热烈的暗恋中无以解脱。最重要的是，此时的潘德顿才幡然醒悟：连他最思慕的威廉姆斯都是异性恋的倡导者和实践者，自己一厢情愿秉持的同性之爱只不过是愚蠢的笑话，是此生根本无法实现的。可以说，潘德顿枪杀威廉姆斯，是身陷绝望后的暴力行为，他是用极端的死亡之旅来抗衡和挑战异性恋传统。

另一方面，威廉姆斯的被杀事件，也是潘德顿之流对异性恋主流价值观的同化，以及对自身同性恋身份的扼杀。"借鉴米歇尔·福柯的权力生产理论，朱迪斯·巴特勒将主体化看作是一个充满矛盾和张力的过程：一方面，外在的权力对我们的心理施加影响，促使主体在屈从中诞生。'我宁愿在屈从中存在，也不愿不存在'的困境说明主体为了延续自己的存在，必须接受权力的管制、禁止和抑制。在服从的范围内，存在的代价就是屈从，正是在不可能作出选择的时候，主体把屈从当作存在的承诺加以追求。而另一方面，主体又成为权力的代言人和自我心灵的监视者，在心理空间中对自我进行监控和管制。"（都岚岚 2010：71—72）以上这段文字，入木三分地展示了主体与权力之间的关系，用到潘德顿身上恰如其分。潘德顿对妻子的偷情行径听之任之，正是为了在权力的管制下得以生存。他在利奥诺拉背叛婚姻为所欲为的状况下，自己非但没有采取任何措施加以补救和改善，还在艾莉森企图"抓丈夫和利奥诺拉现行"的过程中横加阻拦，有意无意助长了异性恋者婚外的不道德行为。他的做法貌似匪夷所思，实质上是为了掩盖自我的同性恋身份而采取的权宜之计。利奥诺拉虽然比较弱智，但对枕边人潘德顿的性取向不可能不了解，难怪她时常对他肆意侮辱，不屑一顾，而他常常恼羞成怒却无计可施。"她嫁给上尉时仍是个处女。婚礼后的第四天她还是处女，第五个晚上她的处女身份略有变化，但这种改变只是让她多少有些迷惑而已。至于后来的事很难说清。"（麦卡勒斯 2007：17）麦卡勒斯这样的描述，留给读者无尽的想象空间，也给评论家的解读带来多种向度。对利奥诺拉这样活力四射风情万种的女人，潘德顿居然可以在新婚之夜坐怀不乱，而且文本没有提供任何证据证明那时他另有所爱，潘德顿的生理取向和能力显然大有问题。此后他对妻子的婚外情不闻不问，甚至还有助纣为虐的架势，说明他和利奥诺拉已然达成某种默契：通过默许妻子的婚外情，他交换到的是自我同性恋身份之存在，且妻子为他保守秘密，不至于让他身败名裂。然而，主体在屈从于权力获得生存空间时，也不可避免地遭到同化，变成权威系统的同谋和帮凶。潘德顿最后置威廉姆斯于死地，其实是激情犯罪，他更想毁灭的是自己那不安分的肉体。潘德顿的性倾向一直处于主流体系的压制下，永远得不到释放和自由，他的爱欲本能遂转化成了死亡本能。他在杀死威廉姆斯的同时也杀死了自己，在戒律森严的象征系统凝视下，潘德顿之流深感势单力薄万念俱灰，幻灭和死亡已变成他们的潜意识。从这个意义上讲，潘德顿将主流价值观内化和吸收之后，又可被解读为权力系统的代言人；他用一颗子弹让威廉姆斯死于非命，是对自我越界行为实施惩罚。

第三节 权力与身体的角逐

酷儿理论在关注同性恋人群的同时，其研究的范围还拓展到了其他边缘弱势群体。朱迪斯·巴特勒正是这样付诸实践的："近年来，朱迪斯·巴特勒已从早期对性别身份的哲学探问转向关注更为宽泛的'他者'所处的政治困境，她将犹太人、怪异人、艾滋病人乃至当今世界一些民族国家中受战争折磨的普通百姓称作'危险的生命'（precarious life），从伦理学的角度思考他们被认为是邪恶的、不道德的，从而被暴力地剥夺了哀悼等权利的原因。可以说，朱迪斯·巴特勒的一系列著作始终在思考一个黑格尔式的命题，即主体的构成如何必须关涉他者性。为了建立'适宜'的主体性，社会要求驱逐不适宜、不清洁和无秩序的成分。"（都岚岚 2010：72）对于酷儿理论如此宽泛的研究视点，包括前文所提及的李银河、林斌等一系列中外学者都持类似态度，而这一切的理论渊源其实都要追溯到福柯。巴特勒当年受到福柯思想的深刻启示，才有了学术研究的重大转向，建立了她举世闻名的性别操演理论体系。众所周知，福柯以微观权力话语系统而著称，那么具体到性别、身体与权力的关系问题，福柯又是如何论述的呢？

通过形形色色的话语，法律对轻度性反常的惩处大幅度增加了；性行为异常归入了精神疾病；从童年时期到老年时期，一个性发展的规范得以界定，所有可能出现的偏差都被小心仔细地加以描述；教育控制和医学治疗也组织起来了；围绕最轻度的异常性行为，道德家们，尤其是医生，玩弄着一整套强有力的憎恶词汇……简而言之，就是构建一种在经

济上有用、在政治上保守的性。"（福柯 1999：32）

　　在福柯的名著《性史》中，法律、医学、教育等社会规范，都被视作为言语的建构，具有主观杜撰的性质。这样的一整套言语体系，维护正统主流的象征符号，惩戒同性恋等所谓的"异端邪说"，完全服务于统治阶层的利益。也就是说，冠冕堂皇的国家权力机构，自行界定对/错、黑/白、同性恋/异性恋、中心/边缘、正常/非正常的标准，并将它们确立为法律条文和规范，以此来掌控他者的命运。这样的建构看似天衣无缝，实则漏洞百出，处境边缘化的社会局外人，正是捕捉到其中的缝隙和空白，来颠覆中心意象的合法性，揭示权力关系的本质特征。

　　《金色眼睛的映像》中的艾莉森，就是这样一位军营中的边缘女性。首先，在主流意识形态的注视中，艾莉森最明显的身份标签莫过于以下几条：女人、身体多病、精神异常。小说这样介绍艾莉森的出场："兰顿太太几乎没有碰她的食物。她个头娇小，肤色黝黑，体质虚弱，鼻子很大，嘴唇敏感。她病得很重，一眼就可以看出。她的病不只是身体上的，悲伤和焦虑把她折磨得不成人样，真正到了疯狂的边缘。"（麦卡勒斯 2007：19）她和利奥诺拉形成鲜明的对比，如果说后者野性迷人，不可方物，那么前者在男性军官的眼中则是病态恹恹，不可理喻。为此，代表男权阶层的潘德顿和兰顿，都对艾莉森不胜其烦。潘德顿对艾莉森的厌恶之情几乎溢于言表，这在小说中被描写得相当具体而细致：

　　　　上尉潘德腾给兰顿太太倒水时，避开了她的眼睛。他讨厌她到极点，简直受不了多看她一眼。她非常安静和僵硬地坐在壁炉前编织。她的脸死一样的惨白，嘴唇有些肿而皲裂。她柔和的黑眼睛闪耀着火热的光芒。她今年二十九岁，比利奥诺拉小两岁。据说她曾有美妙的嗓音，但是哨所里没有一个人曾听过她唱歌。上尉盯着她的手，感到一阵恶心。她的手瘦得像鸡爪子，手指纤细，从指关节到手腕处可以看见发绿的细小血管。手中正在织的绯红毛衣衬得她的手愈发病态地苍白。上尉经常试图用各种卑鄙狡猾的方式伤害她。他首先是因为他对她完全不以为然而讨厌她。上尉也因为她曾帮过他一个忙而鄙视她——她知道并且替他保守了一个秘密，如果它被人知晓，将带给他最苦恼的尴尬。（麦卡勒斯2007：34）

艾莉森在潘德顿眼中毫无价值，主要源于三个层次的原因。在第一层面上，艾莉森病态的身体和萎靡的精神，挫败了男性对于女性气质的期待，他们希望看到的是容光焕发、仪态万方的健康女性形象，如此才能衬托他们自命不凡的阳刚之气。在第二层面上，潘德顿这样的男性，期盼成为所有弱势群体眼光汇聚的焦点，而艾莉森居然对他毫不在意，极大挫伤了他作为男性的优越感和自尊心。在第三层面上，潘德顿以体面的军官和绅士面目示人，实质上却有偷窃的恶习。这种有伤大雅的小偷小摸，却被艾莉森观察得一清二楚，他对她恨得咬牙切齿，是因为害怕这个秘密有一天会从她嘴里泄露出去。潘德顿的性格弱点暴露在"弱女子"艾莉森的面前，是对潘德顿男性气质的极大挑战，对此他又怎能甘愿服输呢？纵观这三个层面的剖析，潘德顿对艾莉森充满厌恶之情，始作俑者依然是权力本质。正如福柯所强调的那样，权力关系分布在日常生活的角角落落，它无孔不入无处不在："权力并非是某种获取、夺取或分享的东西。权力的行使来自无数方面，是在各种不平等与运动着的关系的相互影响中进行的。权力关系并非处于其他种类关系（经济过程、知识关系、性关系）之外，而是存在于这种关系之中；它们是种种关系之中发生的分裂、不平等和不平衡的直接后果。"（秦静 2002：81—87）而兰顿和艾莉森，是一对表面上和平相处的夫妇，其婚姻实质却早已是一具空壳。和绝大多数正常男人一样，兰顿也倾向于迷恋健康漂亮活色生香的女人，对于艾莉森这样的女性实在提不起兴趣。

> 他成功地把她显而易见的不快乐看成是某种病态和女性化的东西，完全在他的控制之外。他想起他们婚后不久发生的一件意外。他带艾莉森去射鹌鹑，之前她打过靶，却从未打过猎。他们惊起了一群鸟儿，他仍能清楚地记得冬天的落日下飞鸟的轨迹。因为他在注意艾莉森，所以他只打下一只鹌鹑，他还献宝似的坚称是她打下来的。她从狗的嘴里拿起鸟儿，却脸色大变。鸟还活着，他无所谓地打碎它的脑袋，把它交还给她。她握着这羽毛竖着的温暖的小身子，它在坠落时有些败坏了，他又凝视那没有生命的呆滞的小黑眼睛。她突然失声痛哭。少校用"女性化"和"病态"来形容此类事物；而且对男人来说，把一切都想明白没有什么好处。（麦卡勒斯 2007：37）

在兰顿的意识范畴中，艾莉森和鹌鹑等鸟儿并无二致，都属于弱小和次等的生命体。在这里，麦卡勒斯表现出了超前而可贵的生态女性主义思想，将女性与自然界的动物群体放到一起，来考察社会中的父权制体系。根据生态女性主义理念，女性福祉和权益的获取，依仗于男权中心主义之消解；而自然环境的提升和解放，则需要解构人类中心主义的桎梏。如此一来，女性和生态就可以以同盟军的姿态，一起来面对并挑战二元对立的主流意识形态。艾莉森是手无缚鸡之力的病弱女子，而且没有一技之长来确保经济独立，但这里的生态女性主义意识，却为她日后的全面觉醒留下了余地，也为整部小说的基调增添了一抹亮色。

> 生态女性主义者认为"自然"的概念是历史和社会的建构，不是一成不变的。他们认为自然不是僵硬的，而是活的；自然不是人们剥夺的对象，而是人赖以生存、和谐相处的基础。女性主义自然观的理论基础就是把女性与"自然"进行类比（即"无人类的自然"—no human nature），并把自然当成自己主要的议题，主张要清清楚楚地看世界，真真切切地感受世界，即从视觉、触觉、听觉和嗅觉等方面全方位地感受自然。生态女性主义者还认为自然不是与人对立存在的，而是与人和谐共存的有机体。在此机体中，人并非处于中心，而是处于边缘或最底层。女性生态主义者所欲构建的人与自然的理想模式是：人与自然是密切联系的二元，二者相互影响、共同发展。生态女性主义对自然的推崇与以自然为中心和讴歌对象的浪漫主义文学显然存在着某种渊源，这种渊源同样也是"自然"。（许德金、刘江 2007：35—39）

其次，作为军营中文艺女性的艾莉森，其艺术天分和习惯并不为主流阶层所接纳。艺术象征着感性和创造力，是人类生命活力和生存质量的生动体现，就像马克思和伊格尔顿等人所倡导的，是打破僵化体制和理性控制的有效途径。正如艾莉森不忍心猎杀鹌鹑等动物一样，对书本和艺术的爱好，正是她悲天悯人的善良本性所在。艺术教养让艾莉森与众不同，超脱于工具理性的刻板教条之外，对美好的东西格外敏感和珍惜，对社会和家庭弊端拥有批判精神。艾莉森和利奥诺拉表面上仿佛姐妹情深，和潘德顿夫妇似乎睦邻友好，实际上他们的个人爱好和价值观都是南辕北辙，根本属于两种不同的人群。在偌大的军队哨所，艾莉森的朋友寥寥无几，屈指算来只有威恩切克中尉和菲佣安纳克莱托。这样一个三人小团体，之所以具有较强的凝聚力，主要源于两大原因：其一，他们都属于社会畸零人和局外人，共同的边缘化命运将他们召集到一起，彼此心有戚戚，相依为命。其二，他们都对国家政治不感兴趣，对启蒙理性主义的条条框框弃之如敝屣，却为书本和艺术所吸引，成为军营中一个独特的小群体。在主流价值体系的评判中，他们是不合时宜的古怪人群，与整齐划一的大环境格格不入。而在艾莉森等人的心目中，那个所谓的大环境是堕落僵化的，唯有在阅读和音乐等活动中，他们才领略到生命的真谛，也才领悟到世界存在的真理。

关于这个威恩切克中尉，这里有必要多说几句，尽管除了兰顿太太他的存在在哨所所有人的眼里都无足轻重。他在军队里丢人现眼，快五十岁的人了还没有获得上尉军衔。他的眼睛问题严重，不久就要退役了。他住在给单身的中尉提供的公寓里，里面住的多半是刚从西点军校毕业的学生。两个小房间堆满了他这一辈子积攒的物品，包括一台大钢琴，一架子唱片，上千本书，一只安哥拉大猫，一些盆栽植物。他在客厅的墙上种了绿色爬山虎，地板上搁着空啤酒瓶或咖啡杯，很容易将人绊倒。老中尉还拉小提琴。从他的房间稀稀落落传来弦乐三重奏或四重奏的无伴奏旋律，这乐声让经过走廊的年轻军官们抓耳挠腮，面面相觑……除了其他的劣势，中尉还是个穷光蛋，因为他正在供两个侄子上学。他精

打细算以免入不敷出，他唯一的礼服已经破烂不堪，所以他只参加非去不可的社交活动。（麦卡勒斯 2007：39）

相对于潘德顿上尉和兰顿少校等军官，威恩切克可谓命运不济升迁无望，是个彻彻底底的失败者。利奥诺拉代表上流阶级的利益，与潘德顿、兰顿等属于同一阵营，也拥有相似的世界观和评判标准。在她眼中，威恩切克几乎一无是处："我简直不能理解你看上了他什么，艾莉森。当然我知道你们很谈得来，经常谈论阳春白雪。他叫我'女士'。他受不了我，他说'是的，女士'，'不，女士'。你想想吧！"就是这么一段评价，让利奥诺拉的浅薄无知一览无余，也让威恩切克的不利处境跃然纸上。然而，作为养尊处优军官太太的艾莉森，却从表象看到了本质，洞察到军营社会的浮躁、虚荣和伪善，愈加珍视威恩切克等人身上的真诚品质。所以"兰顿太太经常在傍晚时分来拜访他。他和威恩切克中尉一起演奏莫扎特的奏鸣曲，或者在壁炉前喝咖啡吃糖浆……兰顿太太得知他自己缝补衣服，就经常把自己的针线活带过来，缝补丈夫的衣物时也把中尉的衬衫内衣一起补了。有时他们两人坐少校的汽车一起出游——去一百五十里外的城市听音乐会。"（麦卡勒斯 2007：39）艾莉森和威恩切克中尉之间，丝毫没有越界的感情和举止，兰顿和其他人也深谙这一事实。因而，对于他们的共同爱好和结伴出游等行为，军营里自始至终没有任何飞短流长。可以说，威恩切克的命运遭际，与艾莉森的处境达成形影相吊的效果，是麦卡勒斯的精彩手笔。在后现代与后殖民的语境下，他们都属于酷儿一族，都承受了主流系统的压迫和非难，因而惺惺相惜，同舟共济，产生了稳固而可贵的阶级友谊。而在西方资本主义社会，女性、下层阶级、工人和同性恋者等人群，都被贬抑成他者群体，其命运是极其相同的。

20 世纪 70 年代，撒切尔夫人和里根的当选明显标志着
向右转的迹象。他们二人都决定打击工人力量，并逐渐消除
60 年代和 70 年代那场运动的成果。撒切尔夫人为了报复
1974 年的罢工事件，在矿工们长达一年富有英雄气概的罢
工之后击败了矿工。保守党政府还通过"第 28 条"来打击
同性恋者，这是一条反同性恋的法律，于 1988 年生效，直
到 2003 年才被废除（在苏格兰，2000 年就废除了），它禁
止地方议会"推动"同性恋，也禁止教师告知学生同性关
系"作为一种自诩的家庭关系"是可以接受的。（威尔森
2013：37）

从以上数据和事件可以看出，阶级压迫和性别压迫常常是同
步进行的，也具有相同的特质和内涵。在人类历史中，工人和同
性恋者都属于弱势群体，国家法律法规对它们的打击也常常同步
展开。同属酷儿阵营的女性，和他们的命运不相上下。

最后，艾莉森虽竭力抗争，但最终还是沦为父权制意识形态
的牺牲品。艾莉森年方 29 岁，正是一个女人的黄金岁月，却精
神委顿，缠绵病榻，这一切的始作俑者，就是兰顿和利奥诺拉之
间的私情。属于特权阶层的潘德顿上尉可以对此置之不理，追求
完美心细如发的艾莉森却做不到。麦卡勒斯并没有直接呈现兰顿
和利奥诺拉的偷情现场，而是用间接委婉的笔法，表达了这一事
件的细枝末节。

八个月前她得知丈夫的事，那真是当头一棒。她、威恩
切克中尉和安纳克莱托去另一个城市听音乐会和看戏，计划
待上两天两夜。但是第二天她发烧了，决定回家。傍晚时到

了家，安纳克莱托让她先在大门口下车，他把车开进车库。她在门前的人行道上停下来欣赏花茎。房子几乎一片漆黑，除了她丈夫的房间是亮的。大门紧锁，她站在外面，看见大厅的衣柜上有一件利奥诺拉的外套。她心想，要是潘德腾夫妇来的话，大门为什么会锁着呢。她突然想到可能他们在厨房调酒，而莫里斯在洗澡。她绕到后面。就在她迈进房子之前安纳克莱托冲下楼，小脸上的表情是那么的惊恐！他低声说他们必须去十英里外的城里，去取遗落的物品。她有些晕头转向地走上台阶，他一把拽住她的胳膊，机械而惊慌地说："你现在不能进屋，艾莉森夫人。"

对她真是当头一棒。她和安纳克莱托回到车里，又开走了。在自己的家里发生这种事，这种耻辱——她咽不下这口气……（麦卡勒斯 2007：51）

这件事情让艾莉森备受打击，从此一蹶不振离群索居。艾莉森之所以进入消沉和悲观的情绪中无法自拔，笔者认为大致有四层原因。第一，艾莉森崇尚艺术之美，鄙视生活中的粗俗和浅薄事物，应该说她拥有高雅的品位，对审美有着很高要求。这样一个追求完美的女人，当丈夫的出轨消息铁证如山之时，不肯面对也是情理之中的事。第二，艾莉森的丈夫兰顿少校，非但不为自己的不道德行为感到愧疚，反而变本加厉，为所欲为。他在艾莉森面前照样一副什么也没发生的架势，照样和奥利诺拉暗度陈仓，在公众面前依然表现得冠冕堂皇。这样的伪君子令艾莉森忍无可忍，却又不得不与他朝夕相处，对于艾莉森来说无疑是巨大的精神挑战。第三，艾莉森自觉已经忍耐到了极限，也曾再三思量与兰顿少校的离婚事宜，但都因为经济难以独立而偃旗息鼓。她想要保证自己和安纳克莱托生活有着落，但两人均无一技之长，若和兰顿离婚，他们主仆二人的生存将毫无保障。从这一点，人们也可以窥见妇女和少数族裔人群可悲的经济状况：他们中的很多人就业无门，只能靠嫁人和做帮佣维持生计；一旦远离他们所依赖的对象，就会变得寸步难行，人格的独立永远无力企及。第四，利奥诺拉与潘德顿的桃色事件，不仅潘德顿有推波助澜之势，而且整个军营都仿佛毫不在意，似乎只有艾莉森为此郁郁寡欢，还有安纳克莱托为她深感不平。如此一来，全世界好像都在与她为敌，不肯为她伸张正义、主持公道，他们俨然成为潘德顿和兰顿等男权势力的帮凶，一起对她这个弱女子实施迫害。

艾莉森最后被送进精神病院，这样的情节设置相当意味深长。在艾莉森准备抓丈夫与利奥诺拉"现行"的时候，是潘德顿从中阻拦，致使艾莉森歇斯底里、几近崩溃。就在她和安纳克莱托收拾行李，准备离开兰顿自谋生路时，她被兰顿强行送进了疗养院。艾莉森完全被当作精神病人来看待，并且很快就悲惨地死去，真正成为男权中心主义的祭品。

> 然而艾莉森似乎没有注意到这些精美的细节。她在桌边坐下，游移的目光长久地凝视这间屋子。她的眼睛还像以往那样漆黑和敏锐，她审视着坐在其他桌子旁边的所有人。最后她带着一丝苦涩轻轻地说："我的上帝，多么上流的一群人啊！"（麦卡勒斯 2007：126）

在《疯癫与文明》这部著作中，福柯这样来阐述精神病的文化意义："疯癫在人世中是一个令人啼笑皆非的符号，它使现实和幻想之间的标志错位，使巨大的悲剧性威胁仅成为记忆。它是一种被骚扰多于骚扰的生活，是一种荒诞的社会骚动，是理性的流动。"（福柯，2003：32）福柯认为世上并没有疯子，只有不同程度的疯癫状态而已，而社会是硕大无比的监狱，主流体制用语言建构的文化符号来监禁和归顺所有异己因素，从这个意义上讲遭到压制的往往是真理。福柯的后现代历史观和文艺观，揭示了主流意识形态的权力本质，呼吁弱势群体奋起抗争建立自身话语权，其实质和海登·怀特、琳达·哈钦的理论殊途同归（荆兴梅 2014：70）。在《金色眼睛的映像》整个文本中，艾莉森是最清醒、最具洞察力的人物形象，她看到了主流道德系统的虚伪本质，洞察到女性抗争二元对立的父权体系，其实无异于以卵击石。她在上述引文中所说的那句话，揭示出现代资本主义社会异化的真相：所谓的"真理"，只不过是当权者的语言建构，是为特权阶层的利益服务，边缘群体只是"真理"的牺牲品；所谓"上流人士"和"下流人士"之分，都是社会文化的主观阐释，"上流代表"如潘德顿和兰顿等高级军官，其道德思想却十分下流无耻。艾莉森一语道破了"真理"的实质，在这一点上，她与福柯的哲学体系一脉相承。

第四节 "他者"的主体建构之维

酷儿理论关注众多弱势群体，作为少数族裔一员的安纳克莱托，在这样的理论视野中也呈现出多元性和复杂性。日本学者松井美穗的论文《一个菲律宾人眼睛里的映像：南方男性气质和殖民主体》，认为《金色眼睛的映像》中的每个人物都不正常，都是怪诞的"酷儿"形象，连那匹名为"火鸟"的马都不例外。麦卡勒斯意识到自己异于常人的性取向，于是进而关注她那个时代美国南方的"边缘"和"异化"人群，因为那里的人们，依然为传统的性别和种族观念所左右。为了建构性别身份，麦卡勒斯不得不与南方习俗抗争，这使她深深体会到"异化"的含义，也使她从"酷儿"这个与众不同的视角来体察南方社会。小说中的菲佣安纳克莱托，使得麦卡勒斯得以从少数族裔"他者"的视点，来质询南方地区白人、异性恋、男权中心的主流意识形态，从而解构当权者制定的性别和种族象征符号（Matsui 2013：121）。在松井美穗看来，安纳克莱托是解读作品中其他人物乃至整个历史背景的重要媒介，非常值得学界加以关注和研究。

　　安纳克莱托作为美国菲佣的代表，其背后可以映照出悠长而厚重的历史景观。首先，美国对菲律宾漫长的殖民历史，使菲律宾人沦为美国人的附庸和影子。1898 年 4 月，美国向西班牙开战，从而拉开美西战争的序幕。美国的真正意图，当然是想从殖民大国西班牙手中分得一杯羹。8 个月后美国、西班牙、巴黎条约签订，美国最终如愿以偿：西班牙将全部菲律宾割让给美国。虽然菲律宾曾经全力反抗这一局面，也因此和美国兵戎相见，但战败后不得不接受美国的全面控制。自此以后，美国开始从法律、军事、政治、经济、文化、宗教等层面上，对菲律宾实施统治。从镇政府到省政府，美国在菲律宾建立了一整套地方体制，而这些"建制带来双重影响，一方面它把美国的政治制度复制到菲律宾；另一方面加深了菲律宾地主、资产阶级对美国的依赖……美国在菲律宾建立了一套很完善的殖民体制，从中央到地方牢牢地控制着菲律宾"（宋云伟 2008：55—56）。直到 1944 年菲律宾才获得独立，终于公开宣布脱离美国的殖民。即使在获取官方意义上的独立后，菲律宾依然长期依赖宗主国美国："菲律宾独立后，美国仍然在菲律宾保留军事基地，而且美军在菲律宾享有治外法权；美国干涉菲律宾内政，影响选举，扶植自己的代理人上台；在很长一段时间内，菲律宾的外交动向唯美国马首是瞻。这些都严重侵犯了菲律宾主权，是后殖民主义在政治影响方面的表现。"（宋云伟 2008：56）

其次，菲律宾移民像其他少数族裔一样，在美国历经种族歧视和压迫。据考古学家推断，最早一批亚洲人到北美定居，大约在冰河纪时期，以此推算他们应该是美洲印第安人的祖先。1578年，首批菲律宾人移民到美国加州，当时被称作"吕宋印度人"。一个鲜为人知的事实是，在1861年爆发的美国内战中，参战者有中国人、菲律宾人以及其他亚洲人，他们共同为美国奴隶制的废除浴血奋战。然而1934年，美国政府颁布泰丁斯—麦克杜飞法案（Tydings-McDuffie Act），以此削减菲律宾移民：

> 对菲律宾工人的敌意、大萧条，以及和平主义者主张在面对日本扩张的情况下自亚洲撤退等因素，导致美国政府决定加速菲律宾的独立以及阻止菲律宾人移民。1934年在美国总统赫伯特胡佛积极推动下，美国国会通过泰丁斯—麦克杜飞法案，明定菲律宾独立建国步骤，在正式独立前有十年的转型期，其间成立菲律宾国协。这项法案并不平等，因其仅允许每年五十名菲律宾人移民到美国，但美国人到菲律宾居住的人数并无限制。此外，本法案所规定的贸易条件也不平等，美国货品在十年过渡期可以完全自由且免关税输入菲律宾，但菲律宾货品仅前五年自由输入美国，后五年的关税则逐年上升。（http：//www.chineseinla.com/f/page_ view-topic/t_ 1456. html 2006）

直到1946年，美国总统杜鲁门才同意 Luce-Cellar 法案，允许每年有100位菲律宾人和印度人加入美国国籍。《金色眼睛的映像》的写作和发表，恰逢20世纪40年代初期，安纳克莱托被艾莉森收留并成为她的贴身佣人，应该与这段时间较为吻合。安纳克莱托和来自第三世界国家的其他移民一样，其身份危机如影随形。当他在家乡菲律宾时，正值这个国家处于美国的殖民统治下，所以生存举步维艰。当他被带到美利坚时，又被抛进美国"反移民"的时代洪流中，被看作劣等公民而受尽屈辱。

> 她记起七年前他们在菲律宾时安纳克莱托第一次到她家。他曾经是一个多么悲伤多么奇怪的小东西！他被其他的小男佣折磨得痛苦不堪，就整天像小狗一样紧紧跟着她。谁只要看他一眼，他就会突然哭出来，一边绞动他的双手。他十七岁，可是他病态、聪慧、惊恐的脸上分明是十岁孩子的无辜表情。他们准备回美国时，他哀求她带他一起走，她同意了。他们两个，她和安纳克莱托，或许可以在这世上找到生存的办法——然而等她不在了之后，他可怎么办呢？（麦卡勒斯 2007：65）

艾莉森对安纳克莱托有知遇之恩，他们主仆情深，他处处模仿她的行为，对她投桃报李忠心耿耿。兰顿认为男性气质的标志就是拥有健壮身体和爱国热情，而身为妻子的艾莉森却病体支离、心理脆弱，他因而判定艾莉森是病态血疯狂的。为此，兰顿不仅毫无愧意地出轨，而且将试图离家出走的艾莉森送进精神病院，显示出男性主导下国家机构残忍的一面。而作为佣人的安纳克莱托，在照顾艾莉森时体贴入微，更在情感上与艾莉森息息相通。在那些夜不成寐的岁月，安纳克莱托的陪伴和关心，无疑是解救艾莉森于水火的良药。

> 他拿来了水彩颜料，还用碟子端来了阿华田热饮。他升起了炉火，又在壁炉前放了一张牌桌。他的陪伴是多么大的安慰啊，她真想舒服地哭一场。他把碟子递给她，随后就舒

服地坐在桌边，一小口一小口地品着自己那杯阿华田。安纳克莱托身上的这个特点是最让她喜爱不过的；他有一种才能，他能化腐朽为神奇，什么样的局面最后都能被他变成某种节日。他表现出来的情形，根本不像是在深更半夜发善心来陪一个生病的女人，他更像是特地挑了这个时间来开一个非常特别的派对。每当他们遇到不愉快的事情需要面对时，他总能给它增添一些小小的欢乐……（麦卡勒斯 2007：97）

安纳克莱托爱艾莉森之所爱，恨艾莉森之所恨。他痛恨兰顿少校的出轨事件和伪善本性，因而对这位男主人嗤之以鼻爱理不理，常常弄得兰顿下不来台，却只能恼羞成怒、无计可施。安纳克莱托对潘德顿上尉也毫无尊敬可言，他像艾莉森一样了解潘德顿的劣根性，对潘德顿许多不为人知的恶习了如指掌。而利奥诺拉因为不断的风流韵事，在安纳克莱托眼中是个"晃荡的女人"，"一开始她（艾莉森）还以为这是一个当地的俚语，最后她才意识到原来安纳克莱托说的是'放荡的妓女'。"（麦卡勒斯2007：90）安纳克莱托和艾莉森一样，对"上流"军官阶层的本来面目一清二楚，"一个男人能达到怎样的愚蠢和残忍无情，迟钝生硬的莫里斯·兰顿只会有过之而无不及。利奥诺拉简直就是只野兽。小偷韦尔登·潘德腾无可救药地从根本上堕落了。这是怎样的一群人啊！"（麦卡勒斯2007：91）在这样一种恶劣的环境中，安纳克莱托唯有和艾莉森、威恩切克中尉在一起，才能感受到世界美好的一面。他们都崇尚欧洲文化，都喜欢用法语来交流；他们共同爱好音乐和读书，以及诸如此类一切提升情感和品位的艺术活动。不光如此，在潘德顿、兰顿、利奥诺拉心目中滑稽可笑的安纳克莱托，还擅长跳舞和绘画，他的即兴起舞和画作总能得到艾莉森的由衷赞叹。

安纳克莱托被兰顿之流视为女性化的人物，貌似反衬出白人男性的阳刚之气，实则凸显了他们的"酷儿"本质。安德马赫尔指出，美国的殖民扩张，很大一部分体现于主流中产阶级白人的异性恋男性气质建构，而这种男子气的建立依赖于或背反于屈从的"他者"，尤其是被殖民或被奴役的男人们，这些"他者"身上能投射出与美国白人男性相反的气质（Andermahr 1997：127—28）。也就是说，美国白人男性在与第三世界国家的被殖民男性对比中，方能彰显自身的优越感，也才能使得他们的男性气质更加鲜明，从而使得亚裔、非裔等男性更加女性化和低等化。沿袭这样的思维逻辑，霍根森强调：在菲律宾从美国手中赢得民族独立前后，由于妇女解放运动的蓬勃发展，美国社会呈阴盛阳衰的趋势。在绝大多数美帝国主义者看来，菲律宾男性野蛮、孩子气、女性化，缺乏自我约束和规范他人的能力，应该受到美国白人男性的管束，这样一来对菲律宾的殖民就大有裨益，可以免除美国本土的民族衰落和种族危机（Hoganson 1998：139）。显而易见，安德马赫尔和霍根森都对当时美国白人男性自以为是的想法持批评态度，这种批判立场深得笔者的赞同。在《金色眼睛的映像》中，安纳克莱托称得上是一个光彩照人的形象，他的身上不仅不存在智力低下的问题，反而是富有同情、爱心和敏锐洞察力的杰出代表。站在他的旁边，潘德顿和兰顿等人非但不能突出男子气概，反而尽显蠢笨、虚伪等拙劣品质。麦卡勒斯的初衷也正在于此，她塑造安纳克莱托这个非凡的"他者"形象，至少具有三层意图：第一，安纳克莱托本质上的卓越不凡，衬托出美国军营以至全社会男性气质的匮乏；第二，他是艾莉森的得力帮手和知心朋友，为艾莉森乃至一切女性的崛起增添力量；第三，他是来自第三世界菲律宾的边缘化"他者"，其处境与美国黑人、犹太人等极其相似，他面对白人的挑战时奋力反抗，表现出卓尔不群的民族精神。在故事的结尾处，潘德顿上尉杀害了二等兵威廉姆斯，看似体现了潘德顿所谓的男性气质和骑士英雄壮举，然而从隐喻和象征意义上，潘德顿已经沦落为彻底的"酷儿"，即一个不折不扣的怪诞形象。

安纳克莱托对艾莉森事事模仿亦步亦趋，几乎抹除了他们之间原本等级分明的种族界限。"安纳克莱托说那个法语词组时，特别开心地向少校投去了恶毒的一瞥。听他们在安静的房间里对话，常常在少校心中引起恐怖之感。他们的声音和发音惊人的相似，听上去像彼此轻柔的回声。唯一的区别是安纳克莱托叽叽喳喳如连珠炮，艾莉森的声音却很有节奏，镇静而从容。"（麦卡勒斯 2007：45）麦克多韦尔认为艾莉森是文本中头脑最清醒的人物，她对军营的观察解构了正常和不正常之间的鸿沟（McDowell 1980：59）。这样的评价运用到安纳克莱托身上，也同样恰如其分。如果说艾莉森运用女性的柔弱身体和强大的心理能量，给予男性沙文主义思想重重一击，那么安纳克莱托则借助少数族裔的"他者"地位，表达出内心的诉求，从某种程度上拆解了白人中心主义的神话。安纳克莱托和艾莉森主仆二人，联手解构了美国社会的主流意识形态，不能不说这是作家麦卡勒斯的伟大创造。

第 四 章

《伤心咖啡馆之歌》:用诗意栖居
对抗技术异化

在麦卡勒斯所有的小说中,《伤心咖啡馆之歌》被很多读者和评论家认为是她最好的作品。那时的麦卡勒斯在文学界已经小有名气,因为《心是孤独的猎手》和《金色眼睛的映像》为她赢得一个较为庞大的读者群。其时她正在苦心经营地写作《婚礼的成员》,而且写得颇不顺手,常常处于痛苦和纠结之中。《伤心咖啡馆之歌》就是在这期间完成的,这个短小精悍的故事仿佛浑然天成,令人读起来朗朗上口,爱不释手。它被引进国内文学领域时,李文俊先生的精彩翻译又有锦上添花之妙,使它一举成为外国文学中文译作之翘楚。《婚礼的成员》是麦卡勒斯费时费力最多的作品,《伤心咖啡馆之歌》却仿佛是即兴而作,但后者却跃居麦卡勒斯系列小说的榜首,不能不说这是一个连麦卡勒斯本人都没想到的惊喜。

《伤心咖啡馆之歌》以民谣的叙事方法,讲述了一个不可思议的三角恋故事。美国南方某座小镇上的生活一如既往沉闷而单调,咖啡店女老板爱密利亚小姐却经历了一段非同寻常的爱恨情仇。本来经营杂货铺的爱密利亚,不仅身材魁梧、个性强悍,而且能力超群医术高明,在方圆几十里拥有不小的威望。罗锅李蒙从天而降前来认亲,自称是爱密利亚的远房表兄,但对自己的身世和年龄等前尘往事语焉不详。面对其貌不扬、其他方面也乏善可陈的李蒙,爱密利亚小姐竟然一见倾心,把家中一切最好的东西悉数奉上,供他尽情享用。不但如此,为了取悦李蒙,爱密利亚毅然将杂货铺改成咖啡馆,以便让他在热闹的环境中身心舒畅。就在爱密利亚对眼前的生活心满意足之时,出狱归来的马文·马西前来寻仇,眼看一场恶性争斗近在眼前。原来很久以前,马文·马西曾对爱密利亚心驰神往,之后两人步入了婚姻殿堂,但爱密利亚一直对马文·马西恶语相向拳打脚踢,甚至在婚礼后的第十天将他赶出家门。净身出户的马文·马西丧失理智,居然干起抢劫加油站等不法勾当,最后只能被警察送进监狱进行改造。马文·马西此番归来来者不善,李蒙却情不自禁地被他身上的"恶棍气质"所吸引,死心塌地与他为伍。马文·马西扬言要和爱密利亚决斗,于是小镇上一场声势浩大的格斗场面就此摆开。就在爱密利亚即将打败马文·马西赢得胜利的当口,只见李蒙飞身而来,帮助马文·马西一举击败爱密利亚,把她推进惨败的境地。这两个男人索性一不做二不休,共同将爱密利亚的咖啡馆洗劫一空,之后远走他乡,逍遥法外。而腹背受敌的爱密利亚小姐,从此以后意气消沉一蹶不振,再也没有了往昔的锋芒和锐气,人们只能在茶余饭后、街头巷尾议论她隐居的生活。

相比于麦卡勒斯的其他作品,这部一气呵成、精彩纷呈的小说,在国内外学术界引起的关注度最高。当人们提及麦卡勒斯其人其作时,很多人要说及《伤心咖啡馆之歌》,尽管如此,它的发表也为作家带来不少的麻烦和困扰。比如众所周知的"匿名信事件",就是一封子虚乌有的"反犹主义"指控信件,麦卡勒斯曾为此饱受心理折磨。以今天的眼光来看,这部小说之所以广受瞩目,当然是因为它优秀的主题和叙事技巧,即使惹来意想不到的争议，也只能说明其中的罗锅李蒙形象颇具复杂性，使它拥有广阔的阐释空间。《伤心咖啡馆之歌》问世之时，正值第二次世界大战进行中的1943年，美国也已经在珍珠港事件之后参战。"卡森在1942—1943年秋冬写给朋友的每一封信中，都充满了对那些战斗在斯大林格勒、非洲和太平洋战区的士兵的关心和同情。一个人几乎可以根据她对正在发生的战争的描述，确定她写信的日期。"（卡尔2006：223）

第一节 《伤心咖啡馆之歌》国内外 已有研究成果述评

国外学界对《伤心咖啡馆之歌》的研究，已经涌现出较为丰富的成果。笔者经过综合分析，发现大致可以分为以下几类：第一类依然主要关注小说中的怪诞主题，这几乎成为麦卡勒斯作品的重要标签，也是学者们进行相关研究时始终绕不开的话题。在《"畸形人之屋"：卡森·麦卡勒斯〈伤心咖啡馆之歌〉的操演和怪诞》一文中，哥伦比亚州立大学学者斯卡格斯认为，麦卡勒斯作品充斥畸形人群像，以此彰显人类的普遍生存境遇。比如李蒙表兄就是其中的典型一员，他竭力融入正常人世界，但其扭曲的一面依旧很明显，这种畸形不但是形体上的，更是人格因素和心理层面的。对《伤心咖啡馆之歌》文本中怪异状态的描摹，与麦卡勒斯在"俄罗斯现实主义和南方文学"中的有关论调一脉相承。有评论者表明，如果有些学者认为麦卡勒斯呈现给人们的是现代社会的黑暗和无望，那么这样的评价其实并不理性。通过系列怪诞形象，麦卡勒斯试图给予"畸形人"精神救赎，她笔下的怪诞意象都是人类大家庭中不可缺少的成员，从这个意义上讲，她也是向全人类提供走出生存困境的有效途径

（Skaggs 2013：134—138）。

第二类涉及小说结尾处公路上的"苦役队"意象，对其中的民谣音乐进行历史溯源，并对宗教之爱展开阐释。巴娄的论文《"每天都有音乐"：〈伤心咖啡馆之歌〉的民歌源泉和公路苦役队》，从一个比较独特的角度，探析该小说中相关民谣的音乐特征。尾声中"十二个活着的人"的劳动号子曾经引起一些学者的研究兴趣：叙述者的声音娓娓道出苦役队及其劳作，但人们只读到他们用铁锹挖地时的劳动号子节奏，对它们的歌词内容却一无所知，这就将美国劳动号子的神秘性展露无遗。苦役队最后为何要出现？对于整部书的框架和主题而言，它究竟是锦上添花还是画蛇添足？这一切都引起评论界的好奇，从而诞生了视角各异的多种论点，甚至引发了激烈的争论。巴娄认为，光是分析《伤心咖啡馆之歌》的民谣功效远远不够，人们还需要挖掘作品中无处不在却又隐晦微妙的音乐性，探究美国劳动号子和民谣的历史文化意蕴，体察这种音乐切入的研究方法，对于小说结尾和主体部分的联结作用。（Barlow 2011：74—85）德雷克大学学者惠特尔，在《麦卡勒斯"十二个活着的人"和〈伤心咖啡馆之歌〉》中强调，批评家们曾经以一种敬畏的方式来解读小说尾声"十二个活着的人"，但却忽略了它的诗性特质，从而未能展示这部分内容和前面故事之间的关联。其实这个结尾片段意在与小说主要人物进行对比：爱密利亚小姐、李蒙表兄和马文·马西，都因为不安分的爱欲而深受其苦，这种爱出自人性本能，故而他们根本无法抵御，才会命中注定要失败。麦卡勒斯认为痛苦是人类的普遍处境，它在传说中或是在"苦役队"的生存现实中都是如此。麦卡勒斯笔下的人物都囚禁在自己的身份困境中，无法觉察自身和他人的生命真谛，预示着人物故事的悲剧性质。苦役队被脚镣捆绑在一起，却通过布鲁斯歌曲来超越尘世，使得民谣幻化为一种哲学启示。这十二个将死的囚犯，经由麦卡勒斯的美学创造，变成了永恒的灵魂。(Whittle 1980：158—159)

　　第三类关乎该小说中的一对重要主题，即种族身份和伦理差异。辛西娅·吴在《南方白人性的拓展研究：卡森·麦卡勒斯小说伦理差异的再语境化》中，认为《伤心咖啡馆之歌》的中心思想是伦理差异、白人种族化（white racialization）和身份协商（negotiation of identity），与"南方文艺复兴"时期的普遍文学主旨非常吻合。不管是盎格鲁血统还是非裔的美国南方作家，都试图想象和呈现一个内战后的新南方，以此来预设和关注种族问题，麦卡勒斯自然也不例外。她塑造出各色人物来解决以下问题：身为南方白人意义何在？有色人种的生存意义又何在？他者挑战抑或遵从白人主流意识形态，又会得到怎样不同的结果？而《伤心咖啡馆之歌》与绝大多数南方文学的不同之处，在于这部小说中并不存在美国黑人形象。既然"白人"和"黑人"的定义是以彼此为参照的，那么抛开"黑人"的概念之后，"白人"的概念还存在吗？不以"黑人性"为二元对立物的话，"白人性"是否也可以再语境化，以抵达相关历史文化的社会现实层面？辛西娅·吴在提出以上质询之后，认为麦卡勒斯的答案是肯定的，即使《伤心咖啡馆之歌》并未出现任何黑人素材，白人统治的历史语境也是完全可以再现的。麦卡勒斯采用浓墨重彩的手法，来表现盎格鲁—撒克逊欧洲移民形象，目的在于质疑南方白人的身份问题。特别要强调的是，非裔美国人物的缺失，并非说明《伤心咖啡馆之歌》意图呈现一种新型的伦理差异，即一种非黑人/白人之间对立的种族伦理。实际上，这种缺失是卓有成效的，它深入挖掘在"新南方"伊始的种族次序，却又不必推翻以往老生常谈的种族想象。(Synthia Wu 2001：44—56)

　　第四类的中心议题是比较研究，包括麦卡勒斯自身作品之间、麦卡勒斯和美国南方其他作家之间、麦卡勒斯和别国作家之间的对比，呈现出较为宽泛的比较文学视野。米拉尔的力作《卡森·麦卡勒斯〈婚礼的成员〉和〈伤心咖啡馆之歌〉的情感乌托邦功能》表明，麦卡勒斯并非以宏大社会视野而扬名立万，这是众人皆知的事实；直到她最后一部作品《没有指针的钟》出版十年之久，评论界还普遍认为麦卡勒斯的孤独来自于精神层面，而非出自于社会文化系统。自20世纪70年代以来，才有学者探索麦卡勒斯作品的性别作用和政治内涵等。米拉尔的这篇论文，探讨麦卡勒斯口中"我们"的社会意义，并根据有关"爱"的阐释开启个人和世界的崭新关系。麦卡勒斯小说中人与人之间爱的结果大抵是悲剧，最后证明只不过是单相思而已，因此正确的爱之解读方式不能仅凭个人情感，更要参考它在社会领域产生的后果，前者是彻底令人失望的，后者更具宽泛而乐观的社会所指。米拉尔着力剖析麦卡勒斯的两部小说：《婚礼的成员》是该研究的第一部分内容，其中的乌托邦幻想以各种不同的方式呈现，目的在于建构麦卡勒斯作品情感体验和社会维度之间的关联；第二部分内容完全在第一部分的基础上拓展开来，对《伤心咖啡馆之歌》的感情纠葛进行社会学分析，从而得出最终结论，认为爱在个人层面具有悲剧色彩，在社会和集体层面却具有充满喜剧和希望的一面。（Millar 2009：87—105）

来自瑞典乌普萨拉大学（Uppsala University）的马特洛克—泽曼，其论文《南方童话：凯瑟琳·安·波特的〈公主〉和卡森·麦卡勒斯的〈伤心咖啡馆之歌〉》表明，白雪公主、睡美人、灰姑娘等，都是传统童话的女性刻板模式，已经被众多评论家用来解构父权制性别观。南方女性作家波特和麦卡勒斯正是运用童话的母题，来探讨妇女独立、女性生育及其身份等类似的话题，呈现出前所未有的理论新视角。两位女作家笔端的女主人公，并不局限于父权制社会的"真女人"性别规范，早在 20 世纪 70 年代女性主义争端（feminist debates）之前，就已颠覆了僵化的童话传统。《公主》创作于 20 世纪 20 年代，实则为波特的生前未竟之作，其中的女主人公生活于魔幻空间；《伤心咖啡馆之歌》正式发表于 1943 年，其中的爱密利亚小姐似乎拥有强大的心理力量，能够抵御社会规范带来的巨大压力。在抵制社会压迫的漫长进程中，这些女主人公赢得了独立人格和主体身份。两部小说都对童话程式展开颠覆和革新，这在它们的故事结局中体现得淋漓尽致，因为爱密利亚小姐和公主都没有"从此以后生活得很快乐"，而是要么孤独终老要么凄凉死去。麦卡勒斯和波特就是以这种方式来阐明：既定性别规范到达一种极端程度而遭遇女性抵制时，究竟会发生什么（Matlok-Ziemann 2007：257—272）。

美国中田纳西州立大学（Middle Tennessee State University）的卡文德，发表期刊学术论文《麦卡勒斯的李蒙表兄：卡西莫多的南方风格》，将美国的《伤心咖啡馆之歌》和法国的《巴黎圣母院》放到一起进行研究，比较两部小说中具有怪诞特征的男主人公。麦卡勒斯曾经这样向公众解释她的创作灵感：罗锅李蒙有相对应的生活原型，那是当她住在米达大街七号时，在布鲁克林高地光顾酒吧过程中遇到的一个现实版的驼背男子。童话故事或田园诗罗曼司（idyllic romance）为了达到众生平等的效果，往往让残疾人和正常人之间的差异趋于弥合，因而总是给予他们圆满而幸福的结局。而麦卡勒斯的《伤心咖啡馆之歌》和雨果的《巴黎圣母院》却都以悲剧告终，且两则故事都提出相似的问题：谁才具有爱他人的权利？什么样的爱才是这个社会所允许和接受的？雨果认为不公正的社会制度是人类悲剧的源泉，其实这也是麦卡勒斯想要表达的思想，它们都以隐晦的方式潜行在文本的戏剧性冲突之下，由此可见两位作家的哲学理念具有异曲同工之妙。两部小说都有怪诞的驼背形象，那是作家们头脑中社会难题的对应物和集中体现，是他们思虑良久、意图申诉的人类困境。因此，当人们断言"正是植根于怪诞中的人道主义哲学使得麦卡勒斯为雨果作品所吸引"时，他们并非言过其实。毋庸讳言，这两部作品具有互文性，比如双声部或复调的叙述手法，一个声音采用一般过去时讲述故事，另一个声音运用一般现在时或评头论足或概括总结。两部小说在主题和结构上均有诸多共性，然而当麦卡勒斯被问及哪些文学大师对她的写作产生过影响时，她提及奥尼尔、俄国现实主义作家们、福克纳和福楼拜等等，却根本没有提到雨果。像麦卡勒斯这样阅读广泛的作家，完全可能被雨果那中世纪式的罗曼史故事所吸引，《巴黎圣母院》的残疾男主人公于是产生神秘的艺术同化，幻变成麦卡勒斯小说中谜一般的罗锅李蒙。李蒙表兄也许连自己都不知道还有更多的远方亲戚，当然不只是表妹爱密利亚，还应该包括"表亲卡西莫多"。（Cavender 2013：109—114）

国内的外国文学研究领域，对《伤心咖啡馆之歌》的研究也是硕果累累。早期的阐释文献主要集中于对作品的介绍，以及引导学者如何来更好理解这部作品；后来人们开始关注更多的理论视点，力图从更深更广的角度挖掘该作品的内涵。迄今为止，性别身份、生态女性主义理论、怪诞性、历史主题、存在主义理论等，都成为学者们解读《伤心咖啡馆之歌》的切入点和理论基础，相关成果呈现出多样化的特点。早在20世纪80年代初，赵毅衡就发表了《畸形社会孤独者的哀音——怎样理解〈伤心咖啡馆之歌〉》一文。他指出：1979年，上海译文出版社出版了《当代美国短篇小说集》，其中李文俊先生译的美国当代南方派女作家卡森·麦卡勒斯的名作《伤心咖啡馆之歌》引起了读书界的广泛注意，经常听到爱好文学的读者在谈论这部风格独特的作品。有些读者反映这部小说很难看懂。这部小说之所以不容易读懂，其原因并不在于文字艰涩，或情节复杂，或写法扑朔迷离，在这些方面它比起该集子中其他美国当代作家的作品来说，是最正常的，它几乎像古老的民谣一样朴实无华（赵毅衡 1982：96—99）。

　　20 世纪 90 年代，有两篇质量较高的相关文章值得一提。蔡春露发表论文《怪诞不怪　怪中寓真——评麦卡勒斯的小说〈伤心咖啡店之歌〉》，认为麦卡勒斯的这部代表作可谓怪诞艺术的典范之作。小说表现了这样一个主题：人在现代社会中，永远被禁锢于孤独之中，就像被禁闭在密不透风的铁屋里，无论呐喊、敲打、冲击，或付出何种代价，都无法冲破这种孤独的樊笼。虽然这一主题也受到许多其他现代派作家的关注，但在麦卡勒斯的这一作品中表现得更为集中有力，更富于戏剧冲突和浓郁的悲剧氛围。在麦卡勒斯的笔下，孤独感与爱的无能互为本源，爱不能冲破孤独，爱之愈烈，悲之愈深。小说中爱的悖谬与无能折射出当代西方文学关注的焦点：人在精神和道德荒原里的生存困境和异化（蔡春露 2002：84—88）。杨济余的文章《二重组合结构的范例——从"反讽—张力"诗学析〈伤心咖啡馆之歌〉》，认为作品独特的二重组合结构表现出对生命意识的直觉感知和对世界观、人生观的多向探索。具体体现在三个方面：第一是通俗文学形式与深奥哲理内容的组合，一方面，作者把人性、社会哲理的探索用简单明了的方式加以图解，能够引起更多读者共鸣；另一方面，这种内容（玄奥）和形式（浅俗）的不伦不类的组合，突破了传统小说的规范，推倒了高雅文学和大众文学之间冷漠的界碑，表现出作者强烈的革新意识。第二是现实主义与象征主义创作方法的组合，从表层（现实主义）意义来看，是"爱情乖谬性"的实证，是人性异化、自我疏离的资本主义社会冷酷性的形象展示；从深层（象征主义）意蕴而言，这种逻辑结构暗含了对托尔斯泰等思想家鼓吹的人道主义和爱的哲学的冷嘲热讽，它宣告了基督精神的破产。第三是喜剧性与悲剧性的二重组合，麦卡勒斯将悲喜剧作为整体构思的结构原则的审美高度，故意用喜剧眼光（上帝式的旁观姿态）鸟瞰严肃的悲剧生活，把怪诞、疯狂、惨痛化为耸耸肩膀的幽默和粗俗可怕的笑话，以证实自己并非不自知的傻瓜（杨济余1990：71—76）。

对《伤心咖啡馆之歌》研究最深入最系统的国内学者，仍然非林斌莫属，她先后从二元性别观、狂欢节乌托邦、文本过度阐释、女性乌托邦等方面，对麦卡勒斯的这部小说做了全面梳理。在《〈伤心咖啡馆之歌〉的"二元性别观"透视》中，林斌认为对卡森·麦卡勒斯的《伤心咖啡馆之歌》的早期评论一般都忽略了女主人公的性别身份，这种偏见直到20世纪70年代中期才得以逆转。该文从《伤心咖啡馆之歌》中女主人公爱密利亚的性别角色塑造入手，对有关这部作品近三十年间的女性主义批评作一简要回顾，并通过爱密利亚的男性气质透视南方小镇的二元性别观，从而揭示出作品的深层社会意义。在父权制"二元性别观"的语境下，所谓"特别的标准"暗示了铁板般令人压抑窒息的清规戒律松动的缝隙间流露出的些许宽容：小镇群体至少在表面上对爱密利亚表现出的一种敬畏、怜悯和轻蔑混杂的暧昧态度。爱密利亚的男性气质给她赢得了特权，却最终导致了她的毁灭。可以说，在"两性领域"夹缝中生存的爱密利亚正是"二元性别观"的牺牲品（林斌2003：33—41）。在《巴赫金视角下的性别秩序：浅析〈伤心咖啡馆之歌〉中的女性乌托邦理想及幻灭》中，林斌认为许多评论家都把该小说看作表现人类"精神隔绝"的普遍生存状态的一个生动寓言，却往往忽略其颠覆现实社会等级体系的乌托邦色彩。该文将《伤心咖啡馆之歌》的性别主题置于巴赫金狂欢化理论提供的视角下，尝试论述咖啡馆给南方小镇带来的"狂欢节乌托邦"世界对父权制二元性别观构成的颠覆力量，以及第二次世界大战以后美国现实生活中男权回潮对女性主义理想的性别秩序造成的巨大冲击（林斌 2003：91—99）。在《文本"过度阐释"及其历史语境分析——从〈伤心咖啡馆之歌〉的"反犹倾向"谈起》中，林斌指出《伤心咖啡馆之歌》的故事情节已经广为人知，然而作品问世后的一段插曲却多半鲜为人知：作者曾因"反犹倾向"的指控而一度遭受精神折磨。从《伤心咖啡馆之歌》的"反犹倾向"谈起，该文尝试对文本的"过度阐释"及其特定历史语境作出简要分析，从而加深理解麦卡勒斯的反主流立场（林斌 2004：32—37）。

就该小说的生态女性主义议题，有两篇论文值得关注。在《〈伤心咖啡馆之歌〉的存在主义解读》中，荆兴梅表示该小说是卡森·麦卡勒斯的重要代表作，它描摹了反复纠结的三角恋故事，揭示了匪夷所思的复杂人性。综观这位美国南方著名女作家的一生，萨特的存在主义对其成长和创作，起着不可忽视的作用。她用这一哲学理念，化解了疾病缠身感情受挫的自我困境，在文学上作出举世瞩目的成就；她更借助这一理论内核，阐明了小说中不可思议的爱恨情仇背后，那宏大叙事下爱和恨的真谛。通过对女主人公爱密利亚小姐性格特征以及作品中人物关系的存在主义解读，读者对人类境遇和普遍人性有了更为深刻的洞察和体会（荆兴梅 2009：21—24）。在《被毁之店铺 被摧之女性——〈伤心咖啡馆之歌〉的生态女性主义解读》中，许丽芹、周艳认为该小说正是通过对 20 世纪初美国社会父权制等级观统治下的自然、女性等弱势群体生存状态的描写，通过杂货铺被改成了咖啡馆，传统的农业手工业文明逐渐被工业化渗透，并借助爱密利亚的悲剧命运，说明在父权制的西方工业文明社会中，自然和女性一样，都是作为他者而存在的。作者把一颗被父权制文化揉碎的灵魂呈现在读者面前，表达了她反对父权制等级观，反对歧视，体现了渴望人与自然、人与人平等和谐相处的生态女性主义思想。作者呼吁：要在地球上繁衍生息，必须抛弃压迫性和统治性的对立模式，倡导生态智慧，建立男性与女性、文明与自然之间平等和谐的关系（许丽芹、周艳 2011：86—89）。

国内外关于《伤心咖啡馆之歌》的研究成果，相对于麦卡勒斯的其他几部小说来说，无疑呈现出令人惊喜的局面。从研究视角来讲，学者们百家争鸣，各显神通，不仅放眼于宏大的历史语境，更从文本细读入手，从小说细节来挖掘深邃的政治意义。从研究主题来讲，以上所列举的已有学术成果具备多样化的特点，从怪诞性到乌托邦，从南方童话到种族身份，从民谣音乐到"苦役队"的隐喻性，真是异彩纷呈，不一而足。从研究方法来讲，学界借用众多现代文学理论，将它们运用到文本的阐释过程中，以此在广度和深度上取得长足进步。生态女性主义理论、比较文学研究、存在主义哲学、后现代视野，等等，都被拿来解读《伤心咖啡馆之歌》，委实出现了不少新思路。然而以往的研究还存在明显的不足之处，比如鲜少有人分析过小说内外的相关时代大背景及其政治意识形态，也很少有人用海德格尔的存在政治学来剖析该书的"孤独"主题。本章将对以上空白进行填补，试图从宏观的角度来挖掘该小说的哲学性和现实性，以期给麦卡勒斯小说中的人物群像以及现代社会中的各色人等，提供生存的借鉴和现实的思考。

第二节　技术异化：一个衰败的世界

发轫于 18 世纪后半期的西方工业革命，确实曾给整个世界带来突飞猛进的技术革新，人们的生活质量也因此得以大大提升。然而随着工具理性堂而皇之地统治社会领域，人文环境遭受到前所未有的挑战和戕害，环境污染、核武器肆虐、战乱频繁等，都是威胁人类社会和人性机制的重大隐患，全球各国不得不将技术异化的问题提到议事日程。众多具有敏锐性和前瞻性思想的人士，都对这一现象忧心忡忡，并及时提出振聋发聩的警世恒言，试图挽救人类世界于水火之中。马克思、海德格尔、马尔库塞、弗洛姆等著名的人文学者，都在这一领域作出了杰出贡献。比如马克思就一针见血地指出了技术的"双刃剑"本质："在我们这个时代，每种事物好像都包含有自己的反面，我们看到，机器具有减少人类劳动和使劳动更为有效的神奇力量；然而却引起了饥饿和过度的疲劳……技术的胜利，似乎是以道德的败坏为代价换来的……现代工业、科学与现代贫困、衰颓之间的这种对抗，我们时代的生产力和社会关系之间对抗，是显而易见的、不可避免的和毋庸争辩的事实。"（马克思 1962：4）

技术异化带来的后果数不胜数，其中之一便是劳动价值的丧失。机器工业使得生产型社会顺理成章为消费型社会所替代，崇尚物质享受的消费主义观念应运而生，成为现代资本主义社会的一大特色。在金钱主义的腐蚀下，原本在审美活动中熠熠生辉的劳动行为，被挤压成了艰苦、无用、枯燥等能指符号，完全失去应有的价值所指。

　　迄今为止我们接受的文明训示使我们相信，劳动不单是谋生的手段，而它本身也体现了至高无上的价值和意义，即通过劳动而促成人的自我实现。因此，劳动不仅是手段，而且是目的。马克思在《1844 年经济学哲学手稿》中认为，人的自由自觉的活动（劳动），既是价值的积极源泉，又是人本身的最高价值。韦伯在《新教伦理与资本主义精神》一文中指出，认为只有劳动才能完成和实现人性而把职业看作是天职的这种精神，对于建设我们的经济生活的贡献是无与伦比的。法国社会学家弗里德曼认为，劳动是人的最重要的生活需要之一，正是在人直接参加的劳动和直接的生产过程中，人的才能、技术和艺术嗜好才得以实现，劳动也使人感受到自己理性的存在和生命的意义。（刘文海 101—114）

《伤心咖啡馆之歌》中的爱密利亚小姐，具有勤劳、能干、坚强等一系列正面的性格特征。小说在开始后不久就娓娓道出了她的劳动习惯，这与其说是在赞美爱密利亚本人的劳作天性，倒不如说是在追溯她父辈一代的传统美德，也就是农业社会时期人们对于劳动的肯定态度。

> 爱密利亚小姐从她父亲手里继承了这所房子，那时候，这里是一家主要经销饲料、鸟类以及谷物、鼻烟这样的土产的商店。爱密利亚小姐很有钱。除了这店铺，她在三英里外的沼泽地里还有一家酿酒厂，酿出来的酒在本县要算首屈一指了……
>
> 爱密利亚小姐靠了自己的一双手，日子过得挺兴旺。她做了大小香肠，拿到附近镇子上去卖。在晴朗的秋日，她碾压芦粟做糖浆，她糖缸里做出来的糖浆发暗金色，喷鼻香。她只花了两个星期就在店后用砖盖起了一间厕所。她木匠活

也很拿得起来……

　　爱密利亚小姐像往常一样，天一亮就下楼来了，她在水
泵那里冲了冲头，很快就开始干活了。小晌午时分，她给骡
子备上鞍，骑了它去看看自己的地，地里种的是棉花，就在
叉瀑公路附近。（麦卡勒斯 2012：3—12）

　　麦卡勒斯素喜童话和民谣风格的文学创作模式，前者如
《金色眼睛的映像》，后者如《伤心咖啡馆之歌》。这样的小说，
一般不会给定具体的时间界限，也缺乏特定的地理空间特征。也
就是说，麦卡勒斯小说所呈现的，常常是人类生活的普遍性寓
言，具有概括性和哲理性。在这样的前提下，《伤心咖啡馆之
歌》被放置到任何时间和空间维度，似乎都是合情合理的，它
看起来并不具备明显的时代风貌。然而文本中的一些细枝末节，
还是暴露了小说人物所处年代或作家所生活时期的重要讯息，使
得原本放之四海皆准的民谣故事，不可避免地指向了特殊的文化
历史和风土人情。比如文本屡次提到爱密利亚小姐的福特牌曲柄
汽车，就透露了该小说的故事情节发生之时，正是美国的工业
化、现代化、城市化发展之际。福特汽车诞生于 1908 年，刚开
始都是手摇曲柄车，此后不断风靡和壮大，成为全世界首屈一指
的名牌汽车。爱密利亚小姐经常摇动曲柄驾驶汽车去城里办事，
说明工业化和城市化浪潮已经涌入美国南方农村，这已是一桩无
可辩驳的事实。除此之外，麦卡勒斯作品常提及"棉纺织厂"
之类的话题，《伤心咖啡馆之歌》和《没有指针的钟》等小说莫
不如此。据记载，美国棉纺织工业的鼎盛时期是在 1925 年左右，
此后每况愈下渐成颓势，原因在于两方面：第一，纺织工业是劳
动密集型产业，需要高成本的劳动力；第二，织布和印染等纺织
工序，会造成严重的环境污染。鉴于以上两大因素，后来美国的

纺织工业都转移到第三世界国家，成了欠发达地区的产业。《伤心咖啡馆之歌》所能见到的典型工人形象，都来自镇上的棉纺织厂，它似乎是小说中唯一的一家工厂。它也是弗吉尼亚·斯潘塞·卡尔在《孤独的猎手：卡森·麦卡勒斯传》中所描摹的，那是麦卡勒斯少女时代家乡佐治亚哥伦布一道独特的风景线。所以，"棉纺织厂"频频出现在文本中的南方小镇上，也是美国工业化时代的标志，其中折射出的历史意义异常丰富。

实际上，美国的工业化进程一直从19世纪末延续到20世纪初，在如此漫长的技术渗透过程中，最先接受机器文明熏陶的，当属北方工业大都市。城市化带动大批移民北上，他们希望在日益庞大和富足的都市生活中，寻觅到属于自己的一片天地。跟先前相比，留在农村的人口越来越少，麦卡勒斯小说中的南方小镇总是以单调和沉闷的面目出现，这是有现实依据的。与北方都市蓬勃发展的节奏相比，南方农村的城市化步履稍显迟缓，但也已经显示出马不停蹄的趋势。许多人都逐步走出农业化的非功利时代，受到金钱主义和物质主义的渗透，变得日益实际和势利起来。比如爱密利亚小姐除了勤劳能干之外，最明显的标签就是唯利是图："在爱密利亚小姐看来，人的唯一用途就是从他们身上榨取出钱来。在这方面她是成功的。她用庄稼和自己的不动产作抵押，借款买下一家锯木厂，银行里存款日益增多——她成了方圆几英里内最有钱的女人。"（麦卡勒斯 2012：4）

可以说，爱密利亚小姐身上体现出新旧两种价值观的交融和冲突。一方面，农业社会的价值体系并没有完全从她身上消失殆尽；另一方面她又急功近利视钱如命。这种社会变迁时期的悖论特质，不只体现在个体的人格机制中，更是当时南方社会的普遍形态。《伤心咖啡馆之歌》中的人物群像，都表现出这样的矛盾心理，具有非常典型的时代和地域特征。在这两种伦理观和世界观的角逐中，功利性的一面时常会占据上风，小说中的所有人物似乎都无法免俗。例如爱密利亚小姐爱好自力更生，喜欢帮助他人，特别在医术和酿酒方面造诣颇深。她是个远近闻名的"医疗专家"，"是的，总的说来，大家都认为她是个好大夫。她那双手虽然很大，骨节凸出，却非常轻巧。她很能动脑筋，会使用上百种各不相同的治疗方法。逢到需要采用危险性最大最不寻常的治疗方法时，她也绝不手软。"（麦卡勒斯 2012：17）她酿制的酒更是一绝，不但美味无比，沁人心脾，而且还能对人的灵魂起到净化和启示的功效。然而当她对罗锅李蒙一见倾心之后，便开始使出浑身解数来讨好他，以便让他踏踏实实地留在她身边。爱密利亚小姐使用的方法，当然是从她自己的价值取向出发，那也是整个时代和南方社会的道德指向。它试图运用物质利益来收买人心、沟通感情，在一个消费主义和享乐主义泛滥成灾的年代，这几乎屡试不爽所向披靡。

> 这是她向他表示爱的一种方式。在最细微和最重大的问题上，他都受到她的信任。只有他一个人知道她的藏酒图保存在哪儿，从那张图上可以看出哪些威士忌埋在附近什么地方。只有他一个人有办法取到她的银行存款和她放古董的那口柜子的钥匙。他可以随便从现金柜里取钱，大把大把地拿，对于钱币在他口袋里发出的清脆的叮当声，他是很欣赏的。爱密利亚的一切产业也等于是他的，因为只要他一不高兴，爱密利亚小姐就慌了神，到处去找礼物来给他，以致到现在，手边已经没剩下什么可以给他的东西了。（麦卡勒斯 2012：40）

爱密利亚小姐获取爱情的方式，是用金钱来换取对方的认同，除此之外仿佛别无他法；马文·马西也不例外，他当年追求爱密利亚小姐时也是如此。在爱密利亚/李蒙、马文·马西/爱密利亚、李蒙/马文·马西三对关系中，情感的体验都是完全不对等和不平衡的。前者都对后者崇拜和信任到无以复加，都将后者宠爱和放纵到无法无天，而后者无一例外对前者恩将仇报，都对前者恨得咬牙切齿之后绝尘而去。如此令人匪夷所思的极端型爱和恨，在这部小说中都是通过物质的赠予和剥夺来实现的，不得不说麦卡勒斯对于物欲横流的社会之批判是辛辣而犀利的。就马文·马西而言，她对于爱密利亚小姐的钟情也相当不可思议，一个是邪恶而放荡的恶棍男性，一个是目中无人缺乏女性气质的大龄女子，人们很难想象他们之间有缔结姻缘的可能性。然而他看中了她，并且死缠烂打穷追不舍，在这一过程中他还性情大变，从一个无恶不作的街头混混，演变成对家人友爱、对街坊热情、对宗教虔诚的改良青年。"他还学习好的礼貌：他训练自己见到妇女要站起来让座，他不再骂娘、打架、乱用上帝的名义诅咒。两年里，他通过了考验，在各个方面都改善了自己的品性。在两年终了时，一天晚上，他去见爱密利亚小姐，带了一束沼泽里采来的花、一口袋香肠和一只银戒指——那天晚上，马文·马西向她表白了自己的爱情。"（麦卡勒斯 2012：31—32）如果说这里的戒指和香肠等物品除了拥有交换价值之外，还可以是爱情的象征符号，具有爱情的美好意义；那么等到爱密利亚小姐再也无法容忍马文·马西存在于她的生活中，遭受唾弃的新郎企图用丰厚的物质来赢得新娘的青睐，他将所有财产馈赠于她，这一切便具备了讽喻的意味。

　　天知道他这一夜是怎么过来的。他在后院转来转去，瞅着爱密利亚小姐，却总与她保持一段距离。快晌午时，他想出了一个念头，便动身往社会城的方向走去。他买回来一些礼物——一只白石戒指；一瓶当时牌子流行的粉红色指甲油；一只银手镯，上面有心心相印的图样；另外还有一盒要值两块五毛的糖果。爱密利亚小姐把这些精美的礼物打量了一番，拆开了糖果盒，因为她饿了。其他的礼物，她心中精明地给它们估了估价，接着便放到柜台上去准备出售了。

　　……

　　到了第四天，他干出了一件愚不可及的事：他到奇霍去请了一位律师回来。接着在爱密利亚小姐的办公室里，他签署了一份文件，把自己全部财产转让给她——这里指的是一块十英亩大小树林地，是他用攒下来的钱购置的。她绷着脸把文件研究了好半天，想弄清这里面会不会有什么鬼，接着便一本正经地放进写字桌抽屉里归档。那天下午，太阳还老高，马文·马西便独自带了一夸脱威士忌到沼泽地去了。快天黑时他醉醺醺地回来了，他眼睛湿漉漉，睁得老大，他走到爱密利亚小姐跟前，把手搭在她肩膀上。他正想说什么，还没开口，脸上就挨了她挥过来的一拳，势头好猛，使他一仰脖撞在墙上，一颗门牙当时就断了。（麦卡勒斯 2012：34—35）

　　当一切都可以通过金钱财物来衡量、估价和交换，人类弥足珍贵的情感自然而然沦落为商品，这种消费主义世界观和意识形态的产生，直接来自于工具理性和技术异化。现代科学技术发展到一定阶段，从某种意义上讲就成了洪水猛兽，开始狂妄地对道德伦理实行越界，进而造成人性异化和生态危机等后果。关于"技术异化"这一议题，西方诸多人文学者都发表过真知灼见，来表达他们对于世界发展走向的关切。海德格尔有关技术的异化理论，是这样来阐述的："为技术的统治之对象的事物愈来愈快，愈来愈无顾及，愈来愈完满地推行全球，取昔日习见的世事所俗成的一切而代之。技术的统治不仅把一切在者都立为生产过程中可制造的东西，而且通过市场把生产的产品提供出来。人的人性与物的物性都在贯彻意图的制造的范围之内分化为一个生产的计算出来的市场价值……由此，人本身及其事物都面临一种日益增长的危险，就是要变成单纯的材料以及对象化的功能。"（洪谦 1982：380）

　　人心不古是技术异化的后果之一，深陷消费浪潮中的人们，不仅用物质主义形式来传递爱的信息，还用同样的方式来表达仇恨和背离。如果说前者是采用慷慨赠予来加以实现，那么后者就是将对方的财物毁于一旦，来表现心中的愤怒和痛恨。在《伤心咖啡馆之歌》中，爱密利亚小姐新婚几天后就开始对马文·马西实施家庭暴力，招招都想置他于死地。从人本主义的角度来讲，她试图毁坏马文·马西最根本的物质基础，因为身体是人存在的物质形态，身体若被摧毁或消灭，思想和情感等形而上的东西便会销声匿迹，金钱财富等事项根本就无从谈起。爱密利亚小姐希望将马文·马西推进万劫不复的境地，甚至通过武力使他的肉体销声匿迹，从某种角度讲，她是用极致的手段来毁坏物质财富，从而发泄她出自肺腑的恨意。故事发展到后期，马文·马西和罗锅李蒙联手打败爱密利亚小姐，还把她经营多时的咖啡馆洗劫一空，以此表明他们对她刻骨铭心的恨和诅咒。

　　　马文·马西与小罗锅一定是天亮前一个小时左右离开小镇的。他们离开以前干了这些事：
　　　他们取来钥匙，打开了放古玩的百宝柜，取走了里面所有的物件。

他们砸碎了机器钢琴。

他们在咖啡馆桌子上刻了许多难听的粗话。

他们找到那只背后可以开启、画着瀑布的表，把它也拿走了。

他们把一加仑糖浆倒出来，倒得厨房一地都是，并且砸碎了所有的蜜饯瓶子。

他们到沼泽地去，把酿酒厂砸了个稀巴烂，新的大冷凝器和冷却器也都给毁了，还放了一把火烧了棚子。

他们做了一盆爱密利亚小姐最爱吃的小香肠玉米碴粥，里面掺了足够害死全县人的毒药，他们把这盆好菜诱人地放在咖啡馆柜台上。

他们干了一切他们想得出来的破坏勾当，但是并没有闯进爱密利亚小姐在那儿过夜的办公室。这以后，他们俩双双离去了。（麦卡勒斯 2012：75—76）

在充斥着物化和异化的资本主义社会，技术理性掌控着人们的喜怒哀乐和悲欢离合。有些学者表明，归根结底技术本身并没有危害，一切祸端皆出自于国家机器和制度，因为技术是中性客观的，唯有在人为作用的情况下才会发生负面功效。雅斯贝尔斯认为："技术只是一种手段，对于自己来说，既没有什么善，也没有什么恶，一切都决定于人；技术对于将如何利用它是漠不关心的。"（达夫里扬 1987：98）但还有些学者并不赞同这一观点，他们强调技术发展到高级阶段，必将最大可能和最大限度地为人类社会所利用，成为残害这个世界的工具。"同时，我们也应当承认，在相对意义上，技术的发展具有内在的继承性、连续性，特别是在技术发展的高级阶段，技术越来越表现出某种程度的自律性和自组织性。就是说，对技术的利用不仅由我们的意愿决定，也取决于我们所处的技术背景；对技术的掌握和控制也往往因为技术的似乎自我增长的动态特征而受到限制。例如，人不可能在技术水平状况较低的中世纪便造出原子弹；而计算机技术的发展，似乎必然导致智能机器人技术的出现。相对于我们利用、控制技术必须有一定的技术背景而言，它的确表现出某种自主性；但这只是相对的、外在的，不是技术内在的本质属性。就技术的本质而言，不自主是绝对的，自主是相对的。"（刘文海1994：108）

笔者比较倾向于后一种观点：现代科学的发展和人为力量的操控是相辅相成的关系，它们共同造就了晚期资本主义这个貌似繁荣实则衰败的世界。"繁荣"是科技给社会方方面面带来日新月异的发展和提高，"衰败"指的是被物质腐蚀的灵魂、被污染侵蚀的自然界、被现代战争造成的生灵涂炭，等等。技术革新是人类智慧的结晶，却反过来被人们曲解了它的初衷，致使它在越来越发达和尖端的同时，对世界造成致命的攻击。海德格尔认为若想了解客体的存在，就必须把它放到世界中，放到时间和空间巨大无涯的网络中。也就是在孤立和隔绝的时空中，客体——也即海德格尔所称的"此在"——是无法存在的，因为"此在"时刻处于变动不安的状态中，几乎可以是"无"的状态。那么"此在"与世界的关系究竟何在呢？海德格尔是这样思考的："在'真正的'此在与那衰败的世界之间存在着一种张力，前者在一种绝对的'向死而生'（living-towards-death）中选择自己最具个性的可能，后者则充满着毫无意义的喧嚣和怠懒的好奇心，心存着芸芸众生，是一种不断堕落的存在。"（伊格尔顿2013：277）具体到《伤心咖啡馆之歌》这部小说中来，人们的爱恨皆身不由己，完全任由主流意识形态所推动。技术异化导致人性异化，爱密利亚小姐、罗锅李蒙、马文·马西三者之间由爱生恨的悲剧故事，是美国社会工业化和现代化的必然结果，也必将在消费主义的世道中一代代演绎下去。

第三节　诗意栖居：孤独者的救赎

海德格尔认为，技术异化首先导致人与自然的割裂。在他看来，人类和自然的异化关系愈演愈烈，现代技术是不得不提的罪魁祸首之一。在科学技术的强势入侵之下，人类中心主义越发膨胀起来，用一种居高临下的姿态迫使自然俯首称臣。如此一来，它们之间的二元对立关系随之形成，平等与和谐的构架不复存在。"把人会集到技术展现中，即唤起他的限定的方式的全部的思想、追求和努力并使它们只集中在这一方式的展现上……让人和存在只在技术的可用性方面相遇，双方被限定和强求，只在物质化和加工的方式中相互涉及。"（绍伊博尔德 1998：68—70）《伤心咖啡馆之歌》中的爱密利亚小姐，在小说伊始时还是一位与大自然息息相通的女性：她钟爱土地，比如棉花地和沼泽地等等；她热爱农活，比如补鸡笼就是她的拿手好戏。随着咖啡馆的开张，现代文明的气息扑面而来，爱密利亚小姐与外界的接触变得越来越少，而是将更多的时间和精力用于经营咖啡馆和陪伴罗锅李蒙。到小说临近尾声之时，她提炼糖浆和酿酒的功力尽失，原来高明的医术也神秘地消失，可见现代消费主义的入侵，让她越来越远离自然世界，也几乎断送了她身为女性的一切天分。技术异化导致人性异化和物化，使得人们变成功利主义和物质主义的追逐者，时时刻刻被囚禁于机器文明之中，而彻底忘却诸多自然属性。

在现代科技的侵蚀之下，很多人被虚无主义世界观所笼罩，变成自身的奴隶。麦卡勒斯终其一生对"孤独"主题乐此不疲，正是她敏锐洞察力的生动体现,因为在工业文明物质繁荣的表象背后,埋藏着深重的人文危机。爱密利亚小姐、马文·马西、罗锅李蒙的三角关系中,几乎只有赤裸裸的金钱往来,并不存在对等的爱情因素。人们变得只是以自我为中心,似乎除了自己之外,再也不相信其他人的情感和表白。他们沉溺于自我的所思所想之中不能自拔,无法顾全旁人的喜怒哀乐,人与人之间形成难以穿越的信任危机。马文·马西的爱不能抵达爱密利亚小姐的心灵,更不能为她所感受和回馈;爱密利亚小姐的爱同样到达不了罗锅李蒙,所谓的爱只不过是一面面铜墙铁壁。更有甚者,被爱者不是用感激等正面感情来回报对方,而是违背传统伦理道德,用刻骨仇恨去肆意侮辱和毁灭施爱者。正常的人际关系趋于扭曲和变态,一切仿佛都变得虚无缥缈、无法把握,整个世界都处于非理性状态,交流和沟通好像难于上青天一般。从这一点来讲,麦卡勒斯作品中"孤独"的根源在于工业化和现代化的社会进程,在于由此带来的技术异化和人性虚化。"现代科技不仅彻底改变了人的本质,使文化的本质变为文化政治,从表面上看人虽然是各种存在者的主人,但随着将世界客观化的过程日渐繁复,人类受到外物的束缚和蒙蔽也日渐加深,人的存在愈来愈是被遮蔽、无根基和虚无荒谬的,人早已是自身的奴隶。而且现代科技使诸神隐退,现代形而上学演变为最彻底的虚无主义。在海德格尔看来,西方人认可和接受上帝死亡的事实,这一点只能表示上帝作为一种最神圣的价值被取消,但并不意味对最高价值的信仰也随之被摈弃。"(赵静蓉 2005:113—117)

那么面对技术异化和人性物化的社会格局,人类又应当何以自救从而走出困境呢?海德格尔提出了"诗意栖居"的理念,认为现世的人们过于实际,以至于在现实主义的滔天巨浪中迷失了本性,走进消费和金钱至上的误区。自我拯救的有效途径就是重返浪漫主义生活方式，重温大自然的诗情画意可以使人摆脱异化，艺术世界的至善至美能让人性复苏，两者都是消弭现代科技危险于无形的灵丹妙药。海德格尔明确提出："为了发现事物之美，我们必须让我们所见到的一切都纯然以本来面目出现，在我们的面前展示出其自身的形状和价值……我们必须任由我们遇见的一切都保持其原来的风貌；我们必须允许并赋予它属于它的一切，以及属于我们的一切。"（海德格尔 2002：109）海德格尔强调审美的非功利性，他的"存在的超验性"概念其实与尼采眼中的"超人"形象是一致的，都呼吁俗世中人挣脱物质束缚、奔向精神彼岸，去追寻那内心强大、超凡脱俗的理想境界。从这个意义上讲，海德格尔的审美想象与康德的美学思想一脉相承，都跳出了世俗功利的桎梏。海德格尔被誉为最后的浪漫主义者，麦卡勒斯与他相得益彰，也是将现实寓于浪漫想象的文学家。他们都将"思"和"诗"嫁接得天衣无缝，使得哲学思辨和文学艺术有机结合起来，通过语言的翅膀飞翔起来，超越了功利性的现实世界。所以说语言是通向"诗意栖居"的必经之途，因为"语言本身就是根本意义上的诗"（海德格尔 1997：58），"语言是存在的家园"。（海德格尔 1999：134）

麦卡勒斯的文字有巧夺天工之妙，正是经由它们，一个独特的诗性世界油然而生。《伤心咖啡馆之歌》中的爱密利亚小姐曾经是酿酒高手，小镇居民喝了她的酒，会不由自主忘却冷酷的现实世界，沉浸到忘乎所以的状态，进而领略到生存的真谛和意义。

爱密利亚小姐的酒确有特色。它很清冽，尝在舌头上味儿很冲，下了肚后劲又很大。但事情还不仅是这样。大家知道，用柠檬汁在白纸上写字是看不出来的。可是如果把纸拿到火上去烤一烤,就会显出棕色的字来,意思也就一清二楚了。请你设想威士忌是火,而写的字就是人们隐藏在自己灵魂深处的思想——这样,你就会明白爱密利亚小姐的酒意味着什么了。过去忽略了的事情,蛰伏在头脑一个阴暗的角落里的想法,都突然被认识、被理解了。一个从来只想到纺纱机、饭盒、床,然后又是纺纱机的纺织工人——这样一个人说不定某个星期天喝了几杯酒,见到了沼泽地里的一朵百合花。也许他会把花捏在手里,细细观察这纤细的金黄色的酒杯形状的花朵,他心中没准突然会升起一种像痛楚一样刺人的甜美的感觉。一个织布工人也许会突然抬起头来,生平第一次看到一月午夜天空中那种寒冽、神奇的光辉,于是一种觉察自己何等渺小的深深的恐惧会突然使他的心脏暂时停止跳动。一个人喝了爱密利亚小姐的酒以后就会出现这样的情况。他也许会感到痛苦,也许是快乐得瘫痪了一般——可是这样的经验能显示出真理,他使自己的灵魂温暖起来,见到了隐藏在那里的信息。(麦卡勒斯 2012:10)

以上这段文字,与尼采《悲剧的诞生》中的"酒神"和"日神"意象,具有类似的象征和隐喻意味。日神代表理性尊严和统一秩序,酒神代表冲动激情和狂欢本我。在古希腊人看来,生活既虚幻又痛苦,那么如何挣脱苦难获得幸福呢?他们一致认定日神对此无能为力,只有酒神能够运用原初自然的力量,来消除如影随形的人生之苦痛。"酒神狄奥尼索斯是丰收、享乐、放纵和生命丰盈的象征,它使人酩酊大醉后轻歌曼舞,并在狂欢与放纵中与世界融为一体。"(赵晓彬 2013:45—50)在尼采的视阈中,酒神崇拜让个体生命从各种压迫中解放出来,释放出本能的欢愉和自然的陶醉,这是其一。其二,酒神还能牵引人们走出个人主义的狭小天地，走向集体种族的宏大世界。《伤心咖啡馆之歌》中的小镇居民，在爱密利亚小姐酿造的美酒中，暂时忘却机器文明造成的戕害，达到一种众生狂欢的理想效果。并且，在灵魂得到温暖和启示之后，他们渐渐领悟关于人类存在的真相和哲理。酒神精神在小说中的作用还不止于此，它还引导"孤独者"们关注个体之外的广阔天地，寻求走出"精神隔绝"迷宫的路径。笔者在前文中曾提及，现代社会技术异化的真正元凶，其实并非高速发展的技术本身，而是资本主义国家机器和意识形态。人类幸福的实现，在于铲除资产阶级社会的不公正和不人道体制，阻止恶意的人为性技术膨胀，防止恶劣后果的一再发生。爱密利亚小姐等民众，在现代工业的泥淖中举步维艰，整日为孤寂和郁闷所笼罩，他们的爱和沟通都成为无法实现的奢望。酒神仪式能让镇上居民抛却阶级和种族等级，以诸神狂欢和平等的方式融合在一起，消除主流意识形态的统治作用。现代化和城市化进程中的小镇居民，一直以来处于边缘弱势地位，酒神意象至少让他们从文化上得以解构国家中心和权威意志。这样一来，遭遇异化和扭曲的人性得到恢复，从而进入原初和自然的状态，人们方能够诗意地徜徉和栖息在地球之上。

麦卡勒斯不仅利用"酒神"崇拜来抵制技术异化，而且还求助于"爱神"意象，来探讨诗性与哲学、美学与语言等的关系，其终极目标理所当然指向人的存在论。像许多艺术家一样，"爱"也是麦卡勒斯作品的永恒主题，然而和有些作家不同的是，麦卡勒斯笔下的"爱"更加多彩多姿、形态各异。她热衷于描写两性之爱，也擅长刻画同性之爱，尤其喜欢呈现扭曲的爱和不可得之爱。在《伤心咖啡馆之歌》中，麦卡勒斯就穿插了一段关于"爱"的宣言，这段著名的论述可以看作她对于"爱"这一议题的注解。

首先，爱情是发生在两个人之间的一种共同的经验——不过，说它是共同的经验并不意味着它在有关的两个人身上所引起的反响是同等的。世界上有爱者，也有被爱者，这是截然不同的两类人。往往，被爱者仅仅是爱者心底平静地蕴积了好久的那种爱情的触发剂。每一个恋爱的人都多少知道这一点。他在灵魂深处感到他的爱恋是一种很孤独的感情。他逐渐体会到一种新的、陌生的孤寂，正是这种发现使他痛苦。因此，对于恋爱者来说只有一件事可做。他必须尽可能深地把他的爱情禁锢在心中；他必须为自己创造一个全然是新的内心世界——一个认真的、奇异的、完全为他单独拥有的世界。我还得添上一句，我们所说的这样的恋爱者倒不一定得是一个正在攒钱买结婚戒指的年轻人——这个恋爱者可以是男人、女人、儿童，总之，可以是世界上任何一个人。

至于被爱者，也可以是任何一种类型的人。最最粗野的人也可以成为爱情的触发剂。一个颤巍巍的老爷子可能仍然钟情于二十年前某日下午他在奇霍街头所见到的陌生姑娘。牧师也许会爱上一个堕落的女人。被爱的人可能人品很坏，油头滑脑，染有不良恶习。是的，恋爱者也能像别人一样对一切认识得清清楚楚——可是这丝毫也不影响他的感情的发展。一个顶顶平庸的人可以成为一次沼泽毒罂粟般热烈、狂放、美丽的恋爱的对象。一个好人也能成为一次放荡、堕落的恋爱的触发剂，一个絮絮叨叨的疯子没准能使某人头脑里出现一曲温柔、淳美的牧歌。因此，任何一次恋爱的价值与质量纯粹取决于恋爱者本身。

正因如此，我们大多数人都宁愿爱而不愿被爱。几乎每一个都愿意充当恋爱者。道理非常简单，人们朦朦胧胧地感

到，被人爱的这种处境，对于许多人来说，都是无法忍受
的。被爱者惧怕而且憎恨爱者，这也是有充分理由的。因为
爱者总是想把他的所爱者剥得连灵魂都裸露出来。爱者疯狂
地渴求与被爱者发生任何一种可能的关系，纵使这种经验只
能给他自身带来痛苦。（麦卡勒斯 2012：27—28）

柏拉图将爱与美相提并论，从中提取了人类的自我救赎之
路。其实早在柏拉图之前，另一位古希腊先哲恩培多克勒①就对
"爱"这个话题颇有研究。恩培多克勒视爱和恨为宇宙形成的基
本动因，它们之间二元对立、此消彼长的关系推动宇宙向前发
展。柏拉图在此基础上，舍弃了爱与恨的二元模式，采用对话形
式建构起爱神与美学的理论图式。"柏拉图与其他希腊哲学家一
样延续了神话的主题，不同的是将神话拆解成了一个个元素，建
构了理式论，有关爱神和美的讨论是它的组成部分。《会饮篇》
描述了在爱神引领下，通过'学习'和'了解'逐步达到'以
美为对象的学问'的自我救赎之路；《斐德诺》篇描述了在爱神
'凭附'下，通过'迷狂'和'回忆'逐步升抵'美本体'的
被拯救之路。对于柏拉图来说本真的知识是美的知识，高尚的爱
是对美的爱，美学就是哲学。"（阎国忠 2012：20—31）麦卡勒
斯在《伤心咖啡馆之歌》中加入"爱"的评论，一则强调爱神
对于人之本真性情的重要性，唯有如此才能达到真、善、美三位

①　恩培多克勒（Empedocles，约公元前495—前430年），古希腊哲学家，深受
毕达哥拉斯教派的影响，其教义具有强烈的神秘主义倾向。他把生平学问写成《论
自然》与《洗心篇》两篇诗歌，其中的一些观点时至今日也颇为合理：第一，他认
为心脏是血管系统的中心；第二，他持有"物竞天择，适者生存"的生物进化论观
点，尽管这种思想在当时显得很是模糊，并没有得到清晰而明确的阐述，更没有形
成系统理论。

一体的境界；二则重申知识或艺术抵抗异化世界的功用，游刃有余的诗意栖居才是获取主体性的良方；三则表明现实的生存困难重重，尽管如此人类也应该积极乐观地争取自我认同和身份归属。"对于人来讲，爱神的意义应该就是海德格尔说的'以神性度量自身'，就是呵护灵魂，让灵魂通过'生殖'生生不息，永世长存。"（阎国忠 2012：31）这样，就美学意义上的"爱神"议题而言，海德格尔和柏拉图可谓英雄所见略同，都认为它是与"这个衰败的世界"抗争的有力武器，也是赢得栖居自由的灵丹妙药。正如伊格尔顿所思考的那样，海德格尔的存在观是这样的：

> 对此在进行建构的世界也因此对此在构成了威胁；这可以部分解读为"世界"这一术语在本体论意义和政治意义之间的一种冲突。作为总体上的存在领域，世界是无法与此在的结构分离的；作为一种实际的社会环境，它则是一种颇为暗淡的异化领域，是面目模糊的"芸芸众生"的居住之地，人的真实性已在这些"芸芸众生"身上消弭……焦虑的危机感——那种使我们与客体分开的万物皆虚无的沮丧感，被海德格尔不动声色地加以扬弃，成为一种更具有原始意味的在家。矛盾的是，我们在与现实分离而超越现实之时，却正是我们与现实的联系最密切之际，因为这种超越揭示现实的存在，从而最为"接近"它。（伊格尔顿 2013：277—284）

在《伤心咖啡馆之歌》中，那段关于"爱"的长篇大论，既是一种诗意的抒情，又有元小说的构架和功用。这些文字出现在小说的中间地带，仿佛没有多少经验性和针对性，而是表达超验性的理论实质，麦卡勒斯就天马行空地发起感慨和议论。整整三个段落似乎是突兀的爆发，令读者事先没有任何心理准备，阅读后也有跳跃和错位的感觉。在连贯、流畅的故事情节发展中，突然跳出这么一段有关爱的评论和阐发，不但在麦卡勒斯的所有作品中绝无仅有，就是在美国南方小说中也并不多见。麦卡勒斯如此设计该文本的篇章结构，看似兴之所至地来感叹一番，实际上并非这么简单。评论界常常把麦卡勒斯小说界定为现实主义范畴，确实有一定道理，因为她的系列小说注重情节、主题等，因果关系和线性结构也都呈现得相当清晰。她的语言朗朗上口，既没有现代派意识流的晦涩难懂，也缺乏后现代小说五花八门的种种新锐技巧。但是笔者认为，这只是表象而已，这段"爱"的阐释以及小说结尾处的"苦役队"部分，都可以被纳入后现代视野中进行解读。《伤心咖啡馆之歌》发表的1943年，正值后现代艺术思潮酝酿和发展的关键时期。正是第二次世界大战催生了日后的新一代作家，他们善于运用实验主义手法，去祭奠一个毁灭的时代。这一批作家人数众多成就非凡，诺曼·梅勒、冯内古特等人都是其中出类拔萃的代表者。《伤心咖啡馆之歌》诞生于一个承上启下的阶段，即现代主义文学向后现代文学过渡的时期，再加上麦卡勒斯一直钟爱和模仿俄国现实主义小说，所以在她的作品中出现现实主义、现代主义和后现代主义三种杂糅的声音，也就是一件毫不奇怪的事情。文本中出现关乎"爱"的元小说片段，从后现代角度来考量，它起到了至关重要的功效。其一，元小说的基本定义是"关于小说的小说"，也就是对小说创作过程的提炼和归纳，它宣告《伤心咖啡馆之歌》是对爱的诠释，同时这也是麦卡勒斯作品的总体标签。其二，这个元小说片段表明，爱是偶发而随意的，爱者和被爱者永远无法彼此呼应，两者将永远处于孤独和隔绝状态。作者、文本、读者之间的关系亦是如此，文本诞生之日即是作者"死去"之时，它的阐释全权交由读者去完成，而且文本的建构与读者的参与也是密不可分的。这样，读者的重大作用便被提到了议事日程，彻底打破传统的写作和阅读方式。其三，这段元小说以突兀的方式贸然闯入，其实是作家的直接介入，她突然打断故事的叙述进程，跳到文本的中间指手画脚、评头论足。如此行事的意图是告诉读者：这个正在发生的扣人心弦的故事情节，是完全虚构和想象的，每个读者都可以根据自身的经历和要求来改写它，每个人也都可以任意解构其中的意识形态，再建构自我认同和内心诉求。这样一来，《伤心咖啡馆之歌》这部小说的功能就被体现得一清二楚：文学书写能够彰显弱势群体的主体身份，颠覆资本主义制度下的国家机器及其异化的工业文明。

第五章

《婚礼的成员》的战争观

　　发表于 1946 年的《婚礼的成员》，是麦卡勒斯历时最久、写作最艰辛的一部长篇小说，书名原来叫作《新娘和她的哥哥》。麦卡勒斯从 1941 年开始动手写这篇稿子，一直到 1946 年才得以发表，整整花费了 5 年之久。这期间，她经历了和安妮玛瑞、大卫·戴蒙德等人的同性恋或三角恋，经历了和利夫斯的婚姻解体，以及和奥登、艾丽卡·曼等放荡不羁而多姿多彩的艺术家生活。更为重要的是，这部小说从酝酿、动笔，到最后定稿、出版，一直伴随着第二次世界大战的隆隆炮火。再加上第一次中风等病体的折磨，麦卡勒斯写作这本书时付出过异常的辛苦和劳作，灵魂时常处于痛苦的状态。"卡森确信，她写作《新娘》的过程折磨不顺利，正反映了她灵性世界的缺失。她告诉牛顿·艾尔文，她渴望祈祷。她把小说的第一部分重写了五遍，但还是没有找到文章的基调。上帝，帮帮我吧，她呼唤道。但她仍然感到被遗弃了，一种失去了上帝和信仰的感觉纠缠着她，断断续续地折磨了她大半生。"（卡尔 2006：200）而从另一个角度来讲，这正反映了麦卡勒斯一丝不苟的创作态度：她不但要理清思想脉络和框架结构，还要在语言表达层面精益求精，将她的打磨过程拉得很漫长。所以，当《婚礼的成员》问世后，麦卡勒斯尝到了胜利的喜悦，尤其据此改编的舞台剧在百老汇大获成功时，她的所有艰辛和努力都得到了应有的回报。

《婚礼的成员》和麦卡勒斯的大多数长篇小说一样，都塑造了一个成长中的青少年形象。本书的女主人公弗兰淇，与《心是孤独的猎手》里的米克、《没有指针的钟》里的杰斯特等人一样，都处于青春期的人生意义追寻之中。家人朋友和左邻右舍的复杂关系，以及现实的冷酷和社会的不公，都让他们深感迷惑和痛楚，并最终促成他们的理性和成熟。这些青少年人物形象都和少女时期的麦卡勒斯一样，因为外貌或心理与众不同，不知不觉地成为孤立的个体。边缘化的局面让他们的性情更加封闭和排外，也更加向往群体的接纳和包容。应该说，类似的青春期人物群像，是麦卡勒斯对自我青少年时代的一种祭奠和缅怀，正如她日后对家乡既爱又恨的矛盾情绪，她对那段少女岁月也持有爱恨交织的感情。《婚礼的成员》和麦卡勒斯其他小说的另一个共同点，是母亲形象的缺失。《伤心咖啡馆之歌》中的爱密利亚小姐、《没有指针的钟》里的杰斯特等，都在出生后不久即遭遇了母亲的离世。也有一些评论家注意到了麦卡勒斯小说母爱的不在场现象，并对这一状况深感兴趣和好奇，因为在现实生活中，麦卡勒斯的母亲玛格丽特深爱儿女，特别对天才女儿麦卡勒斯倾注了所有的关爱。那么麦卡勒斯何以如此热衷于刻画单亲家庭或孤儿身份呢？细究起来恐怕有三大原因：其一，玛格丽特在麦卡勒斯的生活中扮演着一个重要的角色，她一手造就了女儿在文学和音乐上的良好教育背景，她在女儿需要的时候总是挺身而出，无论何时何地、人前人后她总是为女儿大唱赞歌。玛格丽特常常自告奋勇，参与和干预女儿的诸多事务，从另一方面讲也是对女儿自由的干涉，麦卡勒斯可能也会为此不胜其烦，所以才会频频塑造出没有母亲的家庭。其二，麦卡勒斯的朋友们大多知道并熟识玛格丽特，难免将麦卡勒斯的成功归于母亲的全力支持和辅佐，这在年少成名、心高气傲的麦卡勒斯听来也许不是滋味，她兴许更愿意将自我的努力和天分摆在首位，来解释自己在文学上的横空出世。其三，麦卡勒斯出现在艺术界的同行面前时，很愿意摆出一副孤独受伤的模样，以获得他人的怜悯和接近。她一系列小说中的孤独主题也可谓千古绝唱，失去母亲的青少年生活，其孤苦程度更加令人一掬同情之泪。可见麦卡勒斯将慈母形象剔除出她的虚构作品，实乃有意为之，是她取悦读者的一种写作策略。

麦卡勒斯历经千辛万苦写成《婚礼的成员》，还表现出了超前而可贵的后现代精神。她超越了现实主义和现代主义的传统程式，不再认为作者具有至高无上的地位，而是视读者为文本的重要建构者和参与者。这部小说脱稿之后，她曾让一些好朋友先睹为快，实际是恳请他们批评指正，她好接受宝贵意见并作出更好的修改。《婚礼的成员》指名道姓题献给伊丽莎白·艾姆斯，而艾姆斯夫人正是麦卡勒斯文学道路上的贵人之一：她排除各种干扰，多次为麦卡勒斯创造良好的写作环境；她还拥有相当高的文学造诣，对麦卡勒斯等人的创作提出中肯的建议。

那年夏天，卡森还依赖艾姆斯夫人对她的《新娘》手稿提出批评意见。抵达沙都之后，她把自己写的所有草稿都交给了艾姆斯夫人。一共三本，她请朋友对总的概要和一些小地方提出意见。更经常的是，卡森只是需要一对耳朵。她喜欢大声读给艾姆斯夫人听，后者对声音、节奏和语言的细微差别有敏锐的判断力。终于，沙都的这位董事读完了卡森的每一本草稿。最后，当她觉得手稿已臻完美时，就告诉了卡森。不过，那要等到1945年的夏天。1944年当小说修改到第五或第六稿时，伊丽莎白·艾姆斯说："卡森，我认为你应该听听其他人的判断。我们两人现在都离它太近了。"

卡森的脸上露出沮丧的神情。她又一次对《新娘》失望了，她的痛苦就像一个早就过了预产期的母亲，却仍然没把孩子生出来。

"噢，伊丽莎白，我永远也不会那么做。你是这本书的一部分，是弗兰淇和我的一部分。"在艾姆斯看来，卡森似乎宁可放弃这部作品，也不愿跟第三个人分享它。这就好像是在萨拉托加泉的盛大赛马会的前两天换掉骑师。（卡尔2006：220—221）

麦卡勒斯就是用一种凸显读者重要性的后现代视角，在《婚礼的成员》中讲述了一个简单却意味深长的故事。弗兰淇·亚当斯是美国南方小镇上的一位青春期少女，她的母亲在12年前生她时就已经去世，多年来她和从事钟表匠工作的父亲相依为命。弗兰淇厌倦了小镇上千篇一律的枯燥生活，一心向往外面广阔的天地，终于在哥哥的婚礼前夕找到了契机。她希望与哥哥及其新娘组成"我的我们"，三个人成为相互归属的整体，从而能够一起携手奔赴世界各地。小说的大部分篇幅都将场景设置在小镇街头和弗兰淇家的厨房，并没有呈现惊心动魄或娓娓动听的故事，只是表现弗兰淇、黑人女仆贝丽尼斯、约翰·亨利（弗兰淇的小表弟）之间的一场场谈话，以及弗兰淇在街上溜达时和各色人等的交会。然而这些貌似缺乏冲突和情节的场面，却暗含诸多哲学和社会问题，比如爱情婚姻、种族问题、性别关系、战争主题、身份归属，等等，可谓涉猎广泛，寓意深刻。到了小说的最后部分，哥哥及其新娘翩然而去欢度蜜月，留下弗兰淇依然在小镇上过着琐碎而平凡的生活。笔者在细读文本之后，认为《婚礼的成员》较之麦卡勒斯的其他长篇小说，更能体现她的自传色彩。这本书既不像《心是孤独的猎手》那样充满哥特色彩，也不像《伤心咖啡馆之歌》那样民谣意味十足，更不像《没有指针的钟》那样跌宕起伏、荡气回肠。它仿佛是对年少岁月的追忆和感慨，许多细节都令人似曾相识，因为那是人们对青春的共同经验。毫不夸张地说，《婚礼的成员》堪称麦卡勒斯的青春纪念册，具有独树一帜的艺术魅力。

第一节　《婚礼的成员》国内外
已有研究成果述评

作为一名出版过三部长篇小说和若干篇短文的作家来说，《婚礼的成员》之问世也许不像第一部成名作来得那样激动万分，然而对于广大读者来说却是一件期待了很久的事情。这本书出版以后好评如潮，美国评论界一片颂扬之声："总体来说，美国的评论都是正面的。奥尔维尔·普瑞斯考特、刘易斯·戛纳特、里查德·麦奇、伊萨·凯普、乔治·丹格费尔德——所有的评论都在赞美它。"（卡尔 2006：271）只有著名评论家埃德蒙·威尔逊①对《婚礼的成员》不以为然，因而发出了不同的声音："在美国只有艾德蒙德·维尔森对书作出完全负面的评价。他觉得这部小说毫无值得称道之处。而且，他抨击它缺少戏剧冲突，而这是任何一个好故事所必需的，他提醒读者说。"

---

① 埃德蒙·威尔逊（Edmund Wilson, 1895—1972），美国20世纪广受尊崇的文学和文化批评家，曾任《名利场》、《新共和》等美国著名的杂志副主编，并为同样久负盛名的《纽约客》、《纽约书评》等撰稿。威尔逊是位多产作家，他涉猎广泛取材多样，既有以美学、社会和政治为主题的作品，也有诗歌、剧本、游记和历史著作。威尔逊深受马克思和弗洛伊德的影响，其评论犀利而敏锐：他总是直奔问题的核心，深入挖掘作品的个体心理因素，探索文本内外的时代精神和文化历史。他被誉为"文学界的自由人"，"知识上的纨绔子弟"，"美国最后一个文学通才"，代表作有《创伤与神弓》等。

（卡尔 2006：271）

国外学界针对《婚礼的成员》的专门研究，其实也并不很多。米拉尔在《卡森·麦卡勒斯〈婚礼的成员〉和〈伤心咖啡馆之歌〉的情感乌托邦功能》中阐述道，《婚礼的成员》区分了两种截然不同的乌托邦意识：一种以贝丽尼斯为代表，他们希望消除当下生活的差异性，期待社会经济和种族体制的绝对公正与平等；另一种以弗兰淇为代表，他们崇尚变革和运动，反对一成不变的现存秩序。这两种思想呼应了伊格尔顿关于"好的"和"坏的"乌托邦主义（good and bad utopianism）的鉴定："好的"乌托邦想象能够改变现实，"坏的"乌托邦是永远无法抵达的幻想。弗兰淇的一系列孩子气行为，正是一种虚拟思维的逼真体现，也是一种"好的"乌托邦形式，因为她并非墨守成规，而是能够不断修改计划以适应新现实。更为重要的是，弗兰淇的乌托邦思想提倡接触外部世界和人群，将个体经历上升到了社会意识形态的高度，这样一来其政治性就应运而生并广为人知。米拉尔在谈及情感（affect）这一重要因素时指出，如果说孤独代表人与人之间的隔绝，那么情感则决定它的起始和终结。如果个体不是被视作事情发生的主体，那么其属于外部世界的非个人化特质（impersonal force）就会体现出来，他（或她）就成为广阔世界中不断变迁的一员。情感若不与具体个人联系在一起，那么"孤独"自然寿终正寝。如此一来，主体自由穿梭在社会场域中，不再是封闭而濒临绝境之物（Millar 2009：87—105）。

美国加利福尼亚州立大学学者（California State University）赛摩尔，完成并发表论文《身体语言：重构卡森·麦卡勒斯〈婚礼的成员〉的成长故事》。该文表明，《婚礼的成员》开篇即提到"夏天"和"十二岁"等字眼，其实是饱含文化意蕴的：

前者处于春天之后、秋天之前，后者处于童年之后、成年之前。无论从心理、生理还是社会学意义上讲，青春期都是一段特别的岁月，处于这个年纪的弗兰淇会面临种种变数，被读者定义为越界的人物形象。赛摩尔首次运用时间性概念（temporality）来解析《婚礼的成员》，阐释其中"个人成长"的主题内涵和结构形式。麦卡勒斯套用传统成长小说的范式，叙述进展和停顿都严格遵守前瞻性规范，此种叙述体例往往水到渠成因而备受好评。麦卡勒斯在小说中建构一段特殊的青春期历史，是用来彰显白人性、异性恋、繁殖力、成长等主题，展现上述议题的叙事方式就格外值得研究，它们包括如何描绘人物深陷困境和缺乏活力、如何运用重复和倒叙等文学手段，等等。如此一来，该小说就引导读者用共时（synchronic）而非历时（diachronic）的方式，来思考青春期的身体意义，以此挑战性别关系和种族身份的固有刻板模式（Seymour 2009：293—313）。

　　朱伊特的期刊论文《"为何被困"：麦卡勒斯〈婚礼的成员〉中的种族和延迟的性意识》认为，这部小说讲述一个青春期女孩的成长故事，表述她如何面对一整套美国南方的社会象征系统，又如何进入等级森严的种族和性别体系。弗兰淇竭尽全力追寻一种自我身份，它既不违背种族隔离制度，也不取悦异性恋女性主义。弗兰淇对性别问题的困惑，实际上来自于她的"代理母亲"贝丽尼斯。弗兰淇对贝丽尼斯既依赖又远离：一方面，在那样一种十分保守的社会氛围中，贝丽尼斯力图保护弗兰淇不受怪诞体制的伤害；另一方面，弗兰淇坚持自己的女性观，认为在种族隔离制度严酷的南方，她必须要拒绝贝丽尼斯这样的黑人女性，因此她选择远离贝丽尼斯灌输的异性恋意识形态和阶级等级分明的身份政治。弗兰淇期待进入的，是一个排除非裔美国人及其妇女的社会，而《婚礼的成员》的叙述

体例所要达到的目的，就是避免这样的情形发生。（Jewett 2012：95—110）

来自美国克莱姆森大学（Clemson University）的普罗尔，发表论文《令人同情的结盟：〈婚礼的成员〉和〈杀死一只知更鸟〉中的假小子、娘娘腔和怪诞的友谊》，将同为南方女作家的麦卡勒斯和哈珀·李放到一起来进行比较研究。在彼此之间富有竞争力的美国南方作家群中，杜鲁门·卡波特、哈珀·李、弗兰纳里·奥康纳都颇负盛名，而麦卡勒斯却不时指责他们模仿了她的作品。当有人问及麦卡勒斯对《杀死一只知更鸟》作何感想时，麦卡勒斯的回答颇为肯定，认为哈珀·李剽窃了她的小说。当今的评论家们大多赞同这样的观点：哈珀·李的文学先辈和同时代作家们，比如威廉·福克纳、卡波特和麦卡勒斯，都对《杀死一只知更鸟》影响很大，不但表现在写作技巧上，更表现在关于南方小镇的种族、性别、童年等主题上。鉴于《杀死一只知更鸟》的内容具有半自传性质，那么麦卡勒斯有关"抄袭"的指责也就过于夸大了。普罗尔的研究并非勉力去评估哈珀·李在多大程度上"借用"了麦卡勒斯的创作，而是聚焦于小说人物的对比研究：哈珀·李笔下的"假小子"斯考特·芬奇和"娘娘腔"哈利斯，与《婚礼的成员》中的弗兰淇·亚当斯和约翰·亨利简直如出一辙。普罗尔分析道，哈珀·李和麦卡勒斯在塑造假小子和娘娘腔形象时，都不约而同地运用了 19 世纪盛行的感伤主义文学结构，这大大丰富了她们小说中的南方哥特小说内涵，也颠覆了麦卡勒斯作品"不伤感"（unsentimental）的公众标签（Proehl 2013：128—133）。

《婚礼的成员》的国内研究成果，无论是数量和质量都无法与《伤心咖啡馆之歌》匹敌；而较之于《金色眼睛的映像》，它则数量上略胜一筹，而质量上却较为逊色。根据"中国知网"

的数据资料显示，我国学者对于《婚礼的成员》的研究，除了几篇硕士论文之外，几乎未能荣登学术档次较高的核心期刊。就连林斌这样的麦卡勒斯研究专家，广泛而深入地涉猎过麦卡勒斯的系列小说，都未曾发表论文单独来分析《婚礼的成员》。这一切说明，《婚礼的成员》为后人留下众多继续挖掘的余地，其阐释空间是相当广阔的。有关这部作品的现有成果，其阐述的视野比较丰富，大致可以分为成长小说、狂欢乌托邦、拉康哲学理论、象征意义、比较文学研究等几大类。

就《婚礼的成员》而言，最令国内学者关注的议题，当属第一类"成长小说"。侯蔚的《从成长小说角度分析〈婚礼的成员〉》表明，成长小说是以叙述青少年成长过程为主题的小说，它通过对一个人或几个人成长经历的叙事，反映出人物的思想和心理从幼稚走向成熟的变化过程。成长小说虽然是一种传统的写作体裁，但对人们的生活却有着深远的现实意义。《婚礼的成员》中的青少年是社会的镜子，他们的生存状态和精神面貌都是一种时代精神的折射，通过他们，人们可以反省自身和所处的社会。这本书是麦卡勒斯最成熟的成长小说，它描写富于幻想的12岁少女弗兰淇的成长历程，并入木三分地探讨了美国社会的动荡不安和现代人的人际疏离、精神危机（侯蔚 2012）。张华的《〈婚礼的成员〉对传统成长小说的继承与超越》，认为《婚礼的成员》拓宽了少年文学的创作主题，是一部描写青少年成长的代表之作和经典之作。它不仅在内容、人物和结构上符合传统成长小说的模式和特征，而且在创作背景、主题和人物塑造上都较传统成长小说有所突破，展现了其独特的魅力和艺术成就（张华 2010）。

第二类主题"狂欢乌托邦"也颇受学者们注目。学者田颖多年来一直致力于麦卡勒斯作品的研究工作，近年著述颇丰，取得了不俗的成绩。在论文《"狂欢"的乌托邦王国——评〈婚礼的成员〉》中，田颖表示，《婚礼的成员》一书往往被当作是关于作者卡森·麦卡勒斯少女时代的一部自传体小说。因而，评论家们多从"成长小说"的角度，阐释小说中的青少年成长主题，却忽略了作品中特定的历史语境。小说中短短四天的时间跨度是20 世纪 40 年代美国南方历史的浓缩。在动荡不安的社会现实之外，卡森·麦卡勒斯通过塑造厨房、小丑、双性同体等一系列的狂欢意象，构建了一个理想的乌托邦王国，从而颠覆了美国南方社会的主流意识形态。基于此，该论文借用巴赫金的狂欢理论，探究小说中乌托邦王国的狂欢色彩，进而揭示作品中颠覆意义的本质（田颖 2012：42—46）。

第三类"拉康哲学理论"，曾被很多外国文学研究领域的学者用来解读各类文本，当它被用到《婚礼的成员》的阐释过程中，同样结出了丰硕的果实。在《只要活着——〈婚礼的成员〉的拉康式解读》中，蒋秀丽首先强调麦卡勒斯是美国文学南方哥特派的代表之一。像麦卡勒斯的其他作品一样，《婚礼的成员》描写的是生活在压抑的南方小镇上两个孤独的人对"我是谁？"的思考以及试图摆脱受困处境所做的挣扎。在麦卡勒斯的主要作品出版后，批评家对于麦卡勒斯在美国文坛的地位看法不一。有批评家认为麦卡勒斯执着于描写孤独和受孤立是因为能力和思想深度有局限。然而，也有批评家认为麦卡勒斯是被误读了的美国文坛巨匠。国内外学者也曾用拉康的心理分析来解读麦卡勒斯的主要作品，但在该方向仍有可延伸的空间。以拉康的视角来解读《婚礼的成员》，我们会发现故事中的两个主要角色弗兰淇和贝丽尼斯有着看似不同、实则一致的主体成长经历，这种经历跟年龄和种族无关。麦卡勒斯并没有试图在作品中否认生活的痛楚，也并没有局限于对孤独的描写。相反，她强调了两个角色的成长、希望和转变，所以《婚礼的成员》应该被看作是对人类生命力的有力描写。该论文最后得出结论：人的主体性是建立在异化基础上的。尽管弗兰淇和贝丽尼斯都意识到他们对回归母体的渴望、对再现已经永失的与母体的完整性的渴求都是徒劳，但他们绝不会停止追寻的脚步（蒋秀丽 2014）。

第四类"象征意义"，是荆兴梅在研究《婚礼的成员》时聚焦的话题。在《〈婚礼的成员〉的象征意义》中，荆兴梅认为《婚礼的成员》描写的是一个青春期女孩成长的烦恼故事，事实上，它入木三分地探讨了美国社会的动荡不安和现代人的精神危机、人际疏离。这部作品中，象征手法运用得炉火纯青，为烘托主题起到了极其重要的作用。就"小镇"的象征意义而言，首先它象征了现代社会的精神危机，其次它象征了美国社会的种族隔离。就"婚礼"的象征意义而言，它隐喻一个远离现实的理想化了的乌托邦世界：没有战争，只有和平；没有种族压迫，只有和谐平等；没有工业化进程摧残之后人性的物化和异化，没有人际疏离，只有爱和理解在茫茫大地上开化结果代代传承。就"音乐"的象征意义而言，它仿佛是生生不息的河流，贯穿了整篇小说的每个细枝末节，象征着生命的律动，起承转合，一刻不肯停歇（荆兴梅 2008：38—40）。

第五类"比较研究"是文学领域惯用的手法，《心是孤独的猎手》和《麦田守望者》中的青少年叛逆形象放到一起来观照，就能呈现更加深邃的社会意义。梁新亮的《美国 20 世纪中期文学中的叛逆的青少年——〈麦田守望者〉和〈婚礼的成员〉比较研究》指出，《麦田守望者》讲述了一名 16 岁少年在纽约市的三天流浪生活，《婚礼的成员》是一部记录充满想象力的乔治亚州女孩痛苦困惑生活片段的经典作品。以这两部小说为例作为成长小说的代表，该论文分析了它们的相似点与不同点，以及其成因。不仅仅只是一个比较文学研究，它试图从广义上解答一系列跟 20 世纪 50 年代美国社会成长小说相关的问题：这一时期的成长小说（不论性别与地域差异）可能有什么共同的特点？男性青少年成长小说与女性青少年成长小说有何不同？南北方成长小说有何不同？以及成长小说与其他文学流派以及文艺批评理论有何潜在联系？梁新亮在结论部分指出，就美国文学整体发展的大趋势来说，20 世纪中期青少年成长文学处在过渡阶段，继承了早期成长小说以及反叛性文学的特征，同时也预示了"垮掉的一代"的到来以及 20 世纪 80 年代消极的青少年文学。至于此类文学的局限性，由于使用了不够成熟的青少年作为叙述者，事实的真实性会受到影响，文章的客观性以及解读理解因而受到了挑战。在此基础上，我们可以进行更多的跨性别跨地域，甚至跨种族跨文化的青少年文学研究，同时也需要更多的典型青少年小说作为文本支持。本文的创新性就在于其不仅仅拘泥于比较文学研究，更重要的是它对一系列与成长小说这一文学体裁本身相关的普遍性问题作出了尝试性回答（梁新亮 2008）。

统览《婚礼的成员》已有的相关成果，学界对这部小说的关注点主要集中于成长小说、乌托邦意识、性别和种族危机等方面。虽然国外有些论文提及社会语境和意识形态等术语，但只限于个别文章的少量篇幅，而且鲜少涉及美国社会或世界范围内的文化历史事件，战争主题更是几乎无人问津。笔者将力图对以上研究的空白之处进行填补，试图以文化批评的内容和视角，对《婚礼的成员》展开学术研究的创新和突破。本章将引入"战争主题"这一概念，审视麦卡勒斯对于战争的宏观思考，以及它们在《婚礼的成员》中的具体表现。"战争观"这个议题，把麦卡勒斯文本内的历史和文本外的文化嫁接得天衣无缝，将为学界提供麦卡勒斯研究的崭新资料。

"战争主题"受到众多文学家的青睐，评论界也对此深感兴趣。而实际上国内的外国文学研究领域，涌现出的相关成果并不多见，因为此项工作涉及面非常广泛，作家、作品、文化历史、意识形态，等等，包罗万象却又不能浅尝辄止，无论是资料的搜集还是论证的路数，都具有相当的难度。尽管如此，在挖掘英美文学作品的社会现实价值方面，还是有一些学者付出艰辛的努力并作出了贡献。比如鲍世修在《马克思和无产阶级战争观》中，强调马克思的军事学说是马克思主义的重要内容之一。该论文着重对马克思在无产阶级战争观形成中的理论贡献作了探讨。作者指出，马克思和恩格斯运用辩证唯物主义和历史唯物主义的方法，通过对战争的起源和终结、战争的社会原因及本质、战争同社会发展的关系以及人民群众在战争中的作用诸问题的分析，为无产阶级战争学说的形成奠定了基础。不仅如此，马克思本人还对军事学的根本问题作了认真的研究，提出了许多重要的理论原理，为无产阶级军事学说的建立作出了自己的贡献。所有这些，至今仍是指导我们研究现代各种战争的指南（鲍世修 1983：12—20）。

朱树飏在《海明威的战争观》一文中断言，海明威的战争观是他的世界观在战争问题上的反映，归结起来有诸多明显特点。首先，资产阶级民主个人主义使他对人间的不平深为愤慨，能在历史上的多事之秋坚持了那个时期尽可能坚持的人道主义原则。其次，海明威的绝大多数重要作品都是以反战为基调的。在他的笔下，不论战争的性质如何，其英雄人物最终难免失败或死亡。再次，海明威在他的战争小说中，虽常常同情士兵和低级军官，但在更多的情况下，他却低估了群众的力量，认为拜伦式的英雄才能起决定性的作用。最后，他也低估了反法西斯斗争中革命政党的作用，误以为共产党之类只是一群乌合之众而已（朱树飚 1983：63—67）。

关晓林在《人道主义者茨威格的悲剧——从茨威格的战争观谈起》中，界定茨威格的悲剧是人道主义者必不可免的悲剧。他是以博爱的法则作武器来反对战争的，但战争这个无情物却把他的法则打得无处藏身，最后也把他吞噬掉了。这充分说明了人道主义是多么软弱，多么缺少战斗的批判力：它既不能拯救别人，也不能保全自己。茨威格生在西方资产阶级社会，生在一个"文明"的资产阶级家庭，由于种种原因，他没能或不愿接受马克思主义的学说，没能投身到工人运动和左翼运动中去；他只谴责战争，却很少批判制造战争的那个社会，对于资本主义社会的认识，他从未达到过"质"的高度，这是他的思想局限性所在。正是这种局限性导致了他的悲观主义情绪的产生，也导致了他的死亡（关晓林 1985：71—76）。

李公昭的论文《安布罗斯·比尔斯的战争观》认为，美国讽刺小说家比尔斯，因为青少年时期参加南北战争，从而形成一套独特的战争观。在比尔斯看来，新式武器的研制与发展，新型战略观点的形成与运用，大大地拓展了战争的地域与规模，将它从独立战争时期的有限战争扩展为一场两种经济与社会力量殊死较量的全面战争。由于战争手段变得越来越先进，独立战争时代的骑兵和伴随这一古老兵种的骑士精神和英雄主义也开始走向没落。而战争手段越是先进，战争就越发残酷，人在战争中的作用与地位也必然变得越发渺小：生命也变得越来越不重要。所有这些变化与发展，潜移默化地影响着人们传统的意识形态和价值观：在残酷、大规模杀伤的战争面前，人们传统的理性与道德逐渐淡化甚至丧失，不择手段成为夺取胜利的有效途径。正是在这样一个战争手段、战争规模和人们对战争的态度发生重大转折的时刻，出现了一批以重新审视与评价传统战争观为己任的作家，比尔斯就是其中当之无愧的一位（李公昭 1998：55—58）。

陈亮的文章《从后殖民视角看〈龙子〉——兼评赛珍珠的战争观》，运用后殖民视角，从《龙子》所展现的日本对华殖民侵略中找到殖民意识形态的控制和渗透的痕迹。殖民意识通过对战争意识形态的误导、对知识分子的利用和对殖民地话语权的压制三个方面对殖民地实施影响。赛珍珠提出的理想化的人性概念无助于殖民地民众摆脱"臣属"状态，建立独立的权力话语和暴力革命才是摆脱殖民的出路（陈亮 2005：25—27）。

第二节　麦卡勒斯的战争体验

麦卡勒斯并没有亲身经历过战争的洗礼，但在她文学创作的鼎盛时期，正值第二次世界大战炮火纷飞之时，所以战争的号角和音乐一样始终回荡在她的作品之中。尤其值得一提的，当属《婚礼的成员》，从故事情节酝酿到大结局的到来，无不与这场战争交织在一起。笔者认为，麦卡勒斯对于战争的体验，可以分为三个主要阶段：第一阶段从 1940 年底到 1941 年初，也是《婚礼的成员》写作的初始阶段，这一起步过程对于麦卡勒斯来说进展非常不顺利；第二阶段从 1941 年到 1943 年初，美国军队正式开赴第二次世界大战的战壕，这期间麦卡勒斯灵光乍现，其灵感源源不断地涌入《婚礼的成员》；第三阶段从 1943 年到 1945 年初，麦卡勒斯的丈夫利夫斯以军人的身份奔赴美国战场，他们曾因经济和情感等因素而离婚，这时候他们因为战争的共同信仰重新走到一起，《婚礼的成员》也圆满地走向了尾声。

在第一阶段，麦卡勒斯在《哈泼时尚》发表两篇较短的文章，分别题为《回望故乡，美国人》和《为自由守夜》，来表达她对战争的思考。在第一篇短文中，麦卡勒斯以她的朋友莱斯特为主人公，从他的视角来展现战争对人们世界观的巨大改变。麦卡勒斯和莱斯特的见解融合到一起，就成为这篇文章的中心议题，即战争的杀伤力如此强大，以至于毁灭了一切美好情感和灿烂文明，唯有全民族团结起来方能实施拯救。

> 莱斯特还意识到战争改变了一个人的世界观。"看看那些我打算去的地方发生的事情。"他说，"这场战争有一件事是确定的。它让你没有地方可思念。"卡森的结论是一个感人的号召："所以我们必须转向国内。那种单一的感情，必须转向有益的用途……我们要制定一个新的独立宣言，这次是精神上的而不是政治上的……我们现在必须思念我们自己熟悉的土地，因为这片土地值得我们怀恋。"（卡尔 2006：142）

很显然，麦卡勒斯已经认识到"孤独主题"的虚无本质，她在呼吁人们将私密的小爱，培养和转变成博大的国家之爱和世界之爱。其时，有两大事件不停地拷问着麦卡勒斯之类美国有识之士的良心：一是美国一再推迟援助欧洲联盟，迟迟不肯加入第二次世界大战正义之师的行列；二是众多欧洲流亡知识分子汇聚在纽约，麦卡勒斯与其中的一些成员过从甚密，对这一人群深表同情，对法西斯主义更加不齿。1823 年，美国前总统门罗（James Monroe，1758—1831）在向国会提出的国情咨文中，明确提出"不干涉主义"的外交方针，申明美国政府不干涉欧洲的事务，同时欧洲国家也不准干涉美洲各国的事务。这一对外策略在美国历史上闻名遐迩，"门罗主义"由此而诞生，一直延续到罗斯福

总统执政期间。由于美国在第一次世界大战中伤亡惨重，加上在
"巴黎和会"瓜分世界的过程中收益甚少，因此在第二次世界大
战到来时，美国一直采取门罗主义和孤立主义的观望态度。它采
取"打擦边球"的手腕，只是进一步加大对英国和苏联等的援
助，而不直接卷入战争。1941 年 12 月日本偷袭珍珠港事件，才
迫使罗斯福总统打破"你们的孩子不会被送去参加任何外国战
争"的许诺，正式宣布美国军队参与第二次世界大战。而一大
批来自欧洲的作家和艺术家，也在 1940—1944 年间来到纽约避
难，布勒东、列维—斯特劳斯等人都是其中的著名代表。在麦卡
勒斯接触的生活和艺术圈中，这一时期最典型的流亡知识分子要
数安妮玛瑞和克劳斯·曼。前者是来自瑞士的作家兼摄影家，曾
令麦卡勒斯念念不忘从而成就《伤心咖啡馆之歌》横空出世；
后者是德国大文豪托马斯·曼的儿子，是与麦卡勒斯志同道合的
文学同行。以上两人都对麦卡勒斯产生了深刻的影响，他们颠沛
流离的战乱之苦也引起了麦卡勒斯的深深共鸣，这些都让麦卡勒
斯对战争形成较为丰富的感受和体验。

　　麦卡勒斯的另一篇文章《为自由守夜》，以牧师讲道的方
式，来歌颂英国人英勇参战的光辉形象。"钟声将不会在那里停
下来。此刻，并非每个地方都是子夜时分。但那 12 下缓慢的报
时钟声在那一刻似乎让全世界感到处在同一个时刻。在那片被摧
毁的土地上，大笨钟将会带来希望，给许多人的心灵带来要求抗
争的强烈震颤……是的，大笨钟将会在这个新年响起，而且整个
地球都将会有倾听者。"（卡尔 2006：143）麦卡勒斯假借英国的
大笨钟来警醒全世界人民，希望他们能够辞旧迎新，从而掀开历
史崭新的一页。但她的言下之意却完全不是针对英国，而是将矛
头对准了美国，对美国拒不参战的消极姿态加以批判。根据历史
记载，英军在第二次世界大战中的表现也有很多诟病之处，并非

传说中骁勇善战到完美无缺的程度。但相对于美国明哲保身的"门罗主义"立场，英国军方积极迎战也算得上可圈可点。麦卡勒斯正是采用对比与讽喻双管齐下的方法，来谴责美国官方政府，同时也是代表所有知识界人士，督促美国尽快加入第二次世界大战。

在第二阶段，麦卡勒斯一如既往关注欧洲流亡人士的生活，第二次世界大战以更清晰的影像活跃在《婚礼的成员》中。那时的她，注意到一个来自德国的犹太作家阿尔弗雷德·坎托罗威茨，被他逃离盖世太保控制的冒险经历所打动。"她睁大眼睛，一遍一遍地询问有关他的流亡生活、地下活动、集中营、西班牙内战（反抗弗朗哥）、监狱、逃跑和焚烧书籍等细节。卡森对坎托罗威茨感叹说，希特勒的德国不再是'歌德和席勒的故乡，法国也不再是自由、平等、博爱的土地'，但是那个夏天最吸引她的，是实际发生了什么和具体的细节。"（卡尔 2006：223）这时的美国已经加入到如火如荼的第二次世界大战的行列，麦卡勒斯也因为是参战国的一员，而更加关注各大战役的进展状况。

卡森还和坎托罗威茨一起收听当前的战事。一小群人每天几次围坐在主楼的收音机前，急切地收听战争的细节。然后，他们接着议论双方阵线的损失。卡森认为，斯大林格勒发生的事简直是奇迹，但是她说她已经开始相信奇迹了。斯大林格勒经受了战争以来最沉重的损失，大规模的坦克对这个城市的攻击几乎持续了一个月。每天有成千上万的人死去，外围的城镇已经被攻占，城市的一部分也在激烈和对垒的拉锯战中不断地被占领。最后，纳粹决定不再为了自己的占领而保存这个城市，相反，他们要动用大规模的炮火轰击来摧毁它。卡森在 1942—1943 年秋冬写给朋友的每一封信中，都充满了对那些战斗在斯大林格勒、非洲和太平洋战区的士兵的关心和同情。一个人几乎可以根据她对正在发生的战争的描述，确定她写信的日期。卡森手稿《新娘》中的弗兰淇·亚当斯满怀对战争和它的不幸的受害者的焦虑，与卡森自己在每天的通信和谈话中所表达的一样。

卡森还为她的朋友们的命运深感不安。大卫·戴蒙德随时准备应征入伍。克劳斯·曼已经参军成为《星条旗》的记者。她的来自查尔斯顿的朋友艾德温·波尔也加入了美国海军的一个特殊的阿拉斯加剧院艺术家团体。卡森的弟弟拉马尔是海军修建营成员，即将奔赴太平洋。住在佐治亚的史密斯—沃特斯家庭的其他男人们也都离开家乡，为他们的国家服役。卡森关心他们所有的人。她开始不断地幻想着自己当了一名驻外记者，即使不能战斗，也可以尽一份力。（卡尔 2006：223—224）

在上述引文中，麦卡勒斯和所有处于第二次世界大战中的民众一样，非常关心前方战事的进程，尤其是具有里程碑意义的斯大林格勒保卫战。斯大林格勒会战，又称斯大林格勒保卫战，从1942年7月17日开始，到1943年2月2日结束，历时6个半月。这场战役，堪称苏联卫国战争的转折点，对第二次世界大战的走向起到了决定性作用。它彻底扭转了苏德战场的局面，苏联军队同仇敌忾，令德国军队损兵折将多达150万人。它是关系人类命运和世界前途的一次决战，规模之宏大、场面之血腥实属史上罕见。相关军事分析表明，斯大林格勒会战取得胜利的原因主要有两个：一是党领导下的人民战争策略，二是苏军的现代化程度和军事学术在会战实践中得到大力提升。此战产生的历史意义非同小可，它一举粉碎了纳粹分子称霸世界的野心和阴谋，为第三世界日后的发扬壮大提供了可能性，也为世界和平打下了坚实的基础。当时世界各地的有识之士都深刻意识到这一点，因而仗一打完，便引来万众欢呼和普天同庆。喜剧大师卓别林给苏军将士写来贺信："俄国，你赢得了全世界的赞扬。你的英雄们没有白死。在未来的和平的日子里，伟大的苏维埃共和国将获得的荣誉，是你们现在洒下的眼泪和鲜血的发扬光大……"（普拉托诺夫 1980：33）印度人民祝贺说："全世界人民不仅赞美斯大林格勒，而且也感激斯大林格勒。斯大林格勒的辉煌胜利扭转了历史的进程，拯救了人类，使人类免遭法西斯的奴役。"（苏联科学院 1978：369）英国晚报也对苏军称颂不已："有史以来没有一个军队像斯大林所领导的军队这样坚决、镇静、无上精巧、不屈不挠地厮杀。若没有红军的英勇战功，那么各自由民族的命运就真正会是悲惨的。"（朱子善 1955：66）

在第三阶段，麦卡勒斯的战争体验更为激烈和真切，因为她的亲人也奔赴了前线战场。跟随着第二次世界大战的进程，麦卡勒斯及其艺术同僚们的心情时刻跌宕起伏，然而最令她牵肠挂肚放心不下的，莫过于丈夫利夫斯和弟弟拉马尔的参战。尤其是前者，不仅让她忘记了他们以前的种种恩怨纠葛，还重新让她焕发出爱情和崇拜的力量，从而一心一意关注他在前方的动向和战绩。此时的麦卡勒斯，心中同时涌动着两种强烈的感情，一种是爱人的；另一种是爱国的。这一切激励和鼓舞着她，促使她拿起笔来，以"一个战争妻子"的名义写下一篇脍炙人口的短文，为前方将士摇旗呐喊。

不知为什么，我感觉这将是你在美国收到的最后一封信。在最后的这些天里，我的心每一个时辰都跟随着你，一起坐在部队的列车上进行漫长的旅行。现在，今天晚上，我有如此强烈的预感，那就是你不久将启程投入战斗。不过，我并没有感到惊慌。我没有听到内心的呼喊。我知道我不可能指望了解有关你启程的任何细节，而且要等到好几个星期之后，你才能从被派遣到的什么地方——什么岛，什么大陆——给我写信。但是这种焦虑是我们在赢得战争之前必须面对的痛苦折磨的一部分。

对你和我来说，对我们所有人来说，有一种迫切的需要去相信某种超越我们自身和我们个体命运的存在。我们知道有一种需要，去肯定生命，去相信一个创造而不是毁灭的未来，去相信我们自己，相信人类的未来。因为毁灭和憎恨的力量从来没有如此复杂地交织在一起。世界上从来没有像现在这样需要爱。

我能够，而且将要构筑坚强的堡垒，以抵御等候着我的潜伏的危险，因为这些威胁潜伏在所有战争中的男人的女人面前。这将意味着一种有意识、有决心、时刻准备着的努力；而且我相信就应该是这样。只有这样，我才感到与你离得更近了。

恐惧是这个时代最基本的现实之一。如果我们太懒惰或者太粗心而不了解和害怕我们的敌人的话，我们将濒临失去上帝赐予我们的这个世界。恐惧是正常的，它会带来勇气和愤怒去完成必须完成的工作……你看，亲爱的，我感到了恐惧，但是不知为什么，我并不害怕。这种区别可能很好笑，但是你会理解的。害怕对我意味着由焦虑引起的恐慌；它意味着畏缩在噩梦的阴影里发抖……我发誓，这种事不会发生在我身上。我已经发现，工作是对抗恐惧和孤独的至关重要的武器。（卡尔 2006：233—234）

这篇文章的题目为《爱情不受时间的愚弄》，在笔者看来意义非凡，可以分为三个层次展开解读。在第一层面，麦卡勒斯延续《伤心咖啡馆之歌》等小说的基调，认为"爱神"是一切的根本。爱使得男性毫不畏惧地投身战场，也使得女性抛弃以往的爱恨情仇，以积极的姿态支持爱人的伟大事业。在第二层面上，麦卡勒斯此刻仿佛有了抵御"孤独"和恐惧的灵丹妙药，那就是英雄之爱和国家之爱，它们能够战胜任何阻碍，从而获得和谐的个体生活和社会环境。在第三层面上，麦卡勒斯还替广大女性主义者发声，她们恨不能以女子的身份走上战场，在她们的哲学理念中，但凡男子能做的事情，女性也一样能够手到擒来，哪怕像男性那样为国捐躯也在所不辞。至此，麦卡勒斯对于战争的体验又往前推进了一步，她将个人与集体、民族主义和世界主义融会贯通起来，为她一以贯之的"孤独"和"精神隔绝"主题，找到了更深刻和有效的解决方案。这段时间是麦卡勒斯和利夫斯的"黄金岁月"，除了新婚宴尔之时，他们在精神上从没有如此亲密无间过。利夫斯后来参加了著名的诺曼底登陆，成为在麦卡勒斯看来赫赫有名的战斗英雄，加深了她作为"战争妻子"的荣誉感和自豪感。"在给坎托罗威茨写信的第三天，利夫斯再次受伤。这一次，他的全身多处被弹片击伤，手骨断裂。他是12月4日返回德国罗特根的前线的。这一次受伤，结束了他的战斗生涯。当利夫斯于1945年2月24日回到美国时，他已经是幸存下来的、浑身挂满勋章的战斗英雄。在突击队里，每个士兵都被期望着勇敢战斗并成为英雄，但是，银质或铜质奖章并不是轻易能够得到的。尽管如此，利夫斯获得了4项作战奖励——一枚令人羡慕的银星奖章和3枚铜星——还有总统报告的提名、各种奖励缎带、他的步兵团获得的徽章——他对此格外自豪——和一

枚紫心①。在卡森看来，他是世界上佩戴着最多勋章的大英雄。"（卡尔 2006：250）

第三节　英雄主义还是法西斯主义

马克思和恩格斯认为战争是私有制和阶级社会的特有产物，共产主义社会将消灭一切战争。马克思在关于普法战争的第一篇宣言中指出："……全世界工人的联合终究会根绝一切战争……同那个经济贫困和政治昏聩的旧社会相对立，正在诞生一个新社会，而这个新社会的国际原则将是和平，因为每一个民族都将有同一个统治者——劳动！"（马克思 1963：7—8）与马克思和恩格斯的战争观相反，黑格尔强调战争具有积极的作用，认为"幸运的战争防止了内部的骚动，并巩固了国家内部的权力"，战争可以保存"各国民族的伦理健康"、"防止民族堕落"（黑格尔 1961：341）。

麦卡勒斯在《婚礼的成员》中，设计了两种军官类型，把她个人对于战争的理解和感受具象化。一类军官以弗兰淇的哥哥作为标准，给人留下正面、健康向上的印象；另一类军官以红头发士兵为模板，他们的做派极度负面而堕落。麦卡勒斯在美国加入第二次世界大战前后已经是一位知名作家，无论是为了维护自身的公众形象也好，还是出于一个知识分子的良心也好，她都通

----

① 紫心即紫心勋章（Purple Heart），是美国军方的荣誉奖章，它于 1782 年 8 月 7 日由乔治·华盛顿将军设立，当时叫军功章，专门授予作战中负伤的军人，也可授予阵亡者的最近亲属。从 1932 年 2 月 22 日开始赠予，一般赠予对战事有贡献，或于参战时负伤的人员。尽管这枚勋章在今天的美国勋章中级别不高，但它标志着勇敢无畏和自我牺牲精神，在美国人心中占有崇高地位。目前个人得到最多紫心勋章的数目为 8 枚，共有 6 人保有此纪录。

过一支精湛的文笔发挥了自身的作用。她为欧洲战场上盟军的每一次胜利欢呼，为美军将士的前线进展摇旗呐喊，更为爱人利夫斯在前方的安危忧心不已。当她写下《为自由守夜》、《爱情不受时间的愚弄》等激情洋溢的文字时，人们从她身上读到的，不仅是她诠释战争荣誉和正义的一面，还有她解读战场冷酷和血腥的另一面。而且，作为一名土生土长的美国南方人，麦卡勒斯对于几十年前发生在这片土地上的南北战争定然不会陌生，因为它的残酷和激烈程度，和其他历史大事件一样都受到民众的口耳相传。麦卡勒斯也一定对第一次世界大战不陌生，因为描摹一战创伤的作家和作品数不胜数，"迷惘的一代"作家群不但囊括了海明威和菲茨杰拉德等人，还将美国南方文学泰斗福克纳收入其中。这些小说家无不将第一次世界大战带来的负面效果描绘得出神入化，阅读广泛的麦卡勒斯深受此类本土文学前辈的影响，简直是毋庸置疑的事情。归根结底的说，麦卡勒斯遵循的正是类似海明威的战争观：战争貌似是英雄主义一展身手的大好机会，实质上乃是扼杀一切文明和美好的罪魁祸首。《婚礼的成员》就通过弗兰淇的眼界，呈现了一段她关于第二次世界大战的深刻体验。

　　这一年弗兰淇开始关注世界。她并没有将之等同于学校里疆域清晰、色彩斑斓的地球仪。在她的意念中世界巨大、分裂而飘零，以一千英里的时速飞旋。学校的地理课本已经过时，世界的国家划分已经改变。弗兰淇通过报纸了解战争消息，但上面有太多的外国地名，而战争的发展又是那么迅速，她常常看不懂。在这个夏天，巴顿追击德国人穿越了法国，俄国、塞班岛也同时在开战。军队和战争好像近在眼前。但不同的战役太多，数以百万计的士兵也难以在她脑中尽数浮现。她看到一个快冻僵的俄国大兵带着一杆冷硬的枪，面目黝黑，立在俄国的冰天雪地中。<u>丛林覆盖的岛屿</u>上，一个吊眼梢的日本鬼子在青绿的藤蔓间滑行。欧洲，被吊在树上的人们，蓝色洋面上逡巡的战舰。四引擎的飞机，燃烧的城市，一个士兵，头戴钢盔，发出笑声。有时候，这些关于战争以及世界的图景在她脑中盘旋，让她直发晕。很久以前她做出预测，要赢得战争的全面胜利还需两个月，但现在她不敢说了。她想当男孩，做一个海军陆战队员投身战争。她想象着驾驶飞机以英勇表现获得金质奖章。但愿望无法实现，这让她有时候心神不定，情绪低落。她决定给红十字会献血，一星期一夸脱。那么她的血将流淌于澳大利亚人，以及战斗中的法国人、中国人的血管中，遍布整个世界，由此她就会觉得自己像是所有这些人的至亲。（麦卡勒斯 2012：30—31）

在荣誉感的表象背后是幻灭的真相，这就是麦卡勒斯力图通过弗兰淇所要传达的战争理念。弗兰淇的故事相当令人匪夷所思，因为她对哥哥的婚礼心醉神迷而无法自拔，正如小说中充当母亲角色的贝丽尼斯所讥讽的那样："我一生从没听说过，有人会爱上一个婚礼。我知道的怪事多了，但只有这个闻所未闻。"（麦卡勒斯 2012：109）而实质上，这个贯穿始终的"婚礼"意象具有丰富的象征内涵：婚礼的主体是弗兰淇的哥哥，他在遥远的阿拉斯加服兵役，与炮火连天的战争具有直接的关联。弗兰淇一心希望成为哥哥和新娘婚姻中的一员，跟随他们远走天涯，从某种程度上讲是她对战争的懵懂幻想。她不但为哥哥的军官身份骄傲不已，而且还梦想自己也能像男孩那样参军打仗并建功立业。这也折射了麦卡勒斯对于战争荣誉的憧憬，在写《爱情不受时间的愚弄》时，她不但为美国士兵在前线骁勇善战而欢欣鼓舞，而且立志与他们共同保家卫国："此外，她时刻牢记着她并不孤独，她的周围都是面临着同样处境的其他女人：'正如一个士兵能够从一直伴随着战争恐怖的兄弟友情中得到庇护，我们这些一起在家乡工作的女人们，同样也可以从我们共同分享的感情中获得勇气。'的确，她的爱'不受时间的愚弄'，因为爱具有'坚韧和力量去克服甚至像我们现在所面临的困境……而且，在最后的胜利中，我知道我们将会赢得我们自己的胜利——我们的爱情、我们共同的生活，得到了维护'。"（卡尔 2006：234）弗兰淇对军人和军队的向往，主要出自两方面原因：第一，弗兰淇一直以来缺乏归属感，希望融入团体获取认同。她一出生便失去了母亲的庇佑，虽然父亲和黑人厨娘贝丽尼斯都对她不乏关爱，但她心理上的缺失和虚空感一直未能得到填补。而这时候正值美国工业化和城市化的转型时期，众多居民争先恐后移民到大都市，南方乡村呈现一片前所未有的沉闷和冷落气象。再加上1929 年爆发于美国的经济大萧条余威未消，南方小镇上的萧瑟和破败景象一览无余。故事中的弗兰淇处于 12—13 岁之间，正在十分敏感的青春期，对周遭的不利环境体验深刻，所以失落和飘零的感觉格外强烈。她渴望被某个集体所接纳和包容，从而找到暌违多年的归属感和认同感。第二，弗兰淇长久以来局限于封闭落后的小镇，她期盼走出个人的狭小天地，走入社会和世界的广阔舞台。在她的想象中，哥哥及其新娘是她摆脱恶劣现实的唯一机会，他们生活在冰天雪地的阿拉斯加，那里才是她获得重生的崭新空间。

　　"你不觉得这很让人兴奋吗？此刻我们坐在这张桌子边，而谁也不知道一个月后我们将身在何地。也许明天军队就会把你派往阿拉斯加，就像我哥哥那样。又或者是法国、

非洲、缅甸。我一点不知道自己会在哪里。大家都去阿拉斯
加待上一段日子也好，然后再去其他地方。他们说巴黎已经
解放了。依我看，战争下个月就会结束。"

　　士兵举起酒杯，脖子后仰，吞下啤酒。弗·洁丝敏也喝
了几口，虽然那味道让她讨厌。今天她不觉得世界飘零、分
裂，时速千里，因此战争场面和远方的土地也不再飞旋得让
她眩晕。世界与她从未如此接近。和士兵对坐在蓝月亮的火
车座里；她突然看到他们三人——她自己、她哥哥和新娘
子——沿着海滩，漫步在阿拉斯加清冷的天空下。波浪凝成
青碧的寒冰，在沙滩上层层堆叠。他们攀上阳光照耀的冰
川，满目透凉的晶莹，一条绳索将他们三人紧紧相连，有朋
友从另一座冰川用阿拉斯加口音喊着他们 J 和 A 开头的名
字。她又看见他们身处非洲，与一群布袍裹身的阿拉伯人一
起，骑着骆驼在风沙中飞驰。缅甸则是森林蔽日，她在
《生活》杂志中看到过图片。因为婚礼，那些遥远的地方，
还有这个世界，仿佛尽数变得伸手可及：它们与冬山的距离
之近，正如冬山之于这里。事实上，反而是眼前的现实，让
弗·洁丝敏觉得有一点虚幻。（麦卡勒斯 2012：94—95）

　　在弗兰淇对战争的想象中，"塞班岛"和"巴黎解放"等历
史信息纷至沓来，让《婚礼的成员》成为虚构和现实交相辉映
的小说文本。从以上事件来推断，该作品的故事时间应该是设置
在 1944 年，也就是塞班岛战役、诺曼底登陆、巴黎解放等一系
列第二次世界大战历史事实发生的年份。塞班岛是西太平洋马里
亚纳群岛的第二大岛屿，第二次世界大战中日军在岛上驻扎重
兵、配备三个飞机场，塞班岛战役即发生于 1944 年 6 月 15 日至
7 月 9 日，美军在对日军的作战中以胜利告终。此战是太平洋战

争的重要组成部分，美军和日军双方都伤亡惨重，好几万士兵的
年轻生命葬送在塞班岛登陆战中。这场战役意义重大，它为攻占
太平洋其他岛屿提供了先机，也为 B—29 远程轰炸机轰炸日本
本土提供了基地，是第二次世界大战历史上举足轻重的著名战役
之一。如果说塞班岛战役针对的是日本军国主义，那么巴黎解放
运动的目标则是德国法西斯主义。1944 年 6 月，美英盟军在法
国诺曼底登陆，迫使德军节节败退，这大大鼓舞了法国人民的士
气。在戴高乐将军的指挥部署下，8 月底巴黎发动全民武装起
义，一举歼灭城内的两万多名德军及其 80 多辆坦克，随后德军
全面投降、巴黎宣布解放，这也意味着第二次世界大战接近了尾
声。在以上两例战斗中，作为正义一方的美军和法军奋勇杀敌，
为人类生存与世界和平立下汗马功劳。盟军所在国家的广大民众
也同仇敌忾，不仅给前方将士最大限度的支持，许多人还亲自参
与了这场史无前例的战争。他们的英雄主义精神代代相传，但战
争的残酷性也令人心惊胆战，数不清的生命就这样消失在枪林弹
雨中，多少座城市和建筑被毁于一旦。战争令人类文明变成废
墟，也让朝气蓬勃的青年人心灰意冷了无生趣，它的负面作用如
此巨大，人们应该想尽办法崇尚和平杜绝战乱。这是《婚礼的
成员》想要传达给亿万读者的理念，也是麦卡勒斯对于战争的
深沉思索。它没有通过宣言的形式郑重表达出来，而是被编织进
小说人物仿佛喋喋不休的烦琐谈话中，以一种不露痕迹的方式，
将文学虚构和历史真实完美地结合到一起，彰显了一个伟大作家
的创作天赋。

　　弗兰淇对军队的荣誉感主要来自身为军人的哥哥，而她对战
争残忍和堕落一面的了解，则来源于萍水相逢的红头发士兵。
"蓝月亮是度假士兵和没人管的成年人的地盘"（麦卡勒斯
2012：76），而弗兰淇就在这家酒吧遇见红头发士兵，并对军人

产生根本性的了解。《婚礼的成员》对该士兵所居住的旅馆环境进行了详细描述："是旅馆房间里的寂静让她戒备和害怕。随着房门的关闭，这寂静即刻便显露出来。光秃秃的电灯泡从天花板垂下，在它的光照中房间显得粗鄙丑陋。脱漆的铁床睡后没有整理，地板中间摊开一口箱子，里面乱七八糟堆着军服。浅色的橡木桌上，有一只装满水的玻璃罐，还有一包吃了一半的肉桂卷，表面有蓝白二色的糖衣，还有肥硕的苍蝇。没装纱网的窗户敞开，廉价窗帘在顶上打了个结，让空气进来。"（麦卡勒斯 2012：182）军队应该是纪律严明的地方，严肃认真、整齐划一是军人的本色，然而红头发士兵所居之处却是杂乱无章、肮脏不堪，与其军人的身份极不相称。更为恐怖的是，这名士兵还引诱未成年少女弗兰淇，企图对她实施非礼。虽然弗兰淇最终逃脱了他的魔爪，但有一个事实是相当清楚的，那就是弗兰淇并非他的首个目标，用劣迹斑斑来形容他的秉性一点都不为过。士兵沉沦和残酷的言行举止，反映了触目惊心的前线战场，就如诺曼·梅勒的第二次世界大战小说《裸者和死者》，将太平洋战场人性与权力之间血淋淋的关系描绘得淋漓尽致。

　　不得不承认，《婚礼的成员》和麦卡勒斯的其他小说相比，其中的第二次世界大战炮火是最为响彻云霄的。在弗兰淇、贝丽妮斯、约翰·亨利不厌其烦的谈话中，弗兰淇的出生年月被明白无误地告知为 1931 年，再加上塞班岛战役和巴黎解放等历史事件的铺陈，小说的叙事时间接近于第二次世界大战的尾声阶段。在这之前，麦卡勒斯和世界上的广大民众一样，在第二次世界大战的氛围中已经沉浸了很多年，她和诸多来美国避难的欧洲流亡分子成为朋友，亲眼看见亲人和爱人踏上硝烟弥漫的战场，还为盟军将士的赫赫战功而欢呼雀跃，可以说她生活和创作的最重要时期都来自于第二次世界大战。而美国南北战争、第一次世界大

战，对麦卡勒斯来说都余温未散，仍然在她的价值体系中发挥着
影响。这一切都促使麦卡勒斯形成了理性思考，让她的战争观越
来越趋于成熟。麦卡勒斯将生灵涂炭的战争本质刻画得栩栩如
生，将人们向往和平的天性描绘得细致生动，从这个意义上讲，
她被称作世界文坛的主流和经典作家，确实是当之无愧的。

第六章

《没有指针的钟》的身体政治

作为麦卡勒斯的最后一部杰作,《没有指针的钟》的写作不仅历时漫长,而且整个过程颇为艰难。《婚礼的成员》于1946年3月由霍顿·米弗林出版社发行,之后整整15年间,读者都在期待她的下一部重量级长篇小说问世。从1951年秋天开始,麦卡勒斯已经着手创作一篇名为《碾槌》的小说,并于两年后公开发表在《女士》杂志。这篇《碾槌》后来成为《没有指针的钟》的一部分,麦卡勒斯在此基础上进行大幅度拓展,才有了1961年出版的整整14章内容。在此期间,麦卡勒斯的人生很不平静,其经历可谓一波三折跌宕起伏。作家首先在健康问题上遭遇不幸:1947年逗留巴黎期间,她曾连续两次遭受中风袭击,导致左半身处于瘫痪状态;1958年她又患抑郁症,爆发严重的心理危机,在专业精神科医生的干预下,才能够得以恢复并重新投入创作。在个人情感问题上,麦卡勒斯也屡遭不幸:她一生都深陷复杂纠结的感情事件中,和丈夫利夫斯离婚又复合,后者终因对婚姻绝望而选择自杀(1953年),麦卡勒斯则深受打击,同时承受强大的舆论指责;1955年她那一手打造"天才女儿"神话的母亲玛格丽特,突然撒手人寰,令一直以来相当依赖母亲鼓励和赞美的麦卡勒斯,更加猝不及防而深陷悲痛。在文学创作领域,麦卡勒斯同样并不如意:她呕心沥血写就的戏剧《美妙的平方根》，在百老汇上演（1957）后以惨败告终，被讥讽为"耻辱的平方根"；麦卡勒斯因为无法接受这样的结果，要么歇斯底里大笑不止，要么报以可怕的沉默，大大影响了她继续创作的步伐。

第一节　《没有指针的钟》国内外已有研究成果述评

麦卡勒斯就是在重重打击下，苦心孤诣地打磨《没有指针的钟》。麦卡勒斯素有"铁蝴蝶"之称，她病体孱弱又生性敏感，却练就了强大的心理承受能力，总是能够顺利蜕变，从一场场不幸事件中成功突围。"卡森曾经有无数次把正在写的这本书放下，但书中的人物却要求她写下去。它曾经是她1952—1953年期间在法国的主要项目，1954年在利夫斯死后，她回到沙都，继续写作它。"（卡尔2006：489）在太多的生活磨难面前，她没有被击倒，即使面对刁难她的出版社也是如此。

好几个人还记得50年代末在兰登出版社召开了一次会议，参加的人员有公司的一位合伙人罗伯特·汉斯、林斯考特和卡森的经纪人，在这次会议上开始商谈兰登出版社签约《没有指针的钟》一事。只是，有关这个意向的现有证据很少。据曾经在兰登工作、后来成为皇冠出版社编辑的大卫·麦克唐威尔说："正是林斯考特说服汉斯，卡森的健康如此糟糕，她活不到完成这本书。"但是林斯考特的遗孀坚持说，卡森的健康状况与她丈夫对这本书的兴趣没有任何关系："我肯定，我的丈夫并没有担心卡森的健康。他读了部分，或许是全部的《没有指针的钟》，不喜欢它。"……

霍顿·米弗林驻纽约的编辑约翰·雷格特，曾经和卡森在出版《美妙的平方根》时一起工作过——后来转到了哈泼斯出版社——他从另一个角度补充了这个故事："我记得卡森有兴趣让哈泼斯出版她的《没有指针的钟》，但不知道为什么从来没有进入到谈判阶段。不过，我当时的感觉是，她太病弱了，在文学上没有前景。"（卡尔 2006：484—485）

1960 年的古根海姆基金也没有颁给麦卡勒斯，而这时她估计出版《没有指针的钟》还需一年时间，这个项目对她来说非常重要。评论家万·威奇登大概对麦卡勒斯本人没有信心，或者对她的书兴趣不高，总之并未为《没有指针的钟》前四章写评论，致使这笔资金与麦卡勒斯失之交臂。然而，不管是出版社担心麦卡勒斯英年早逝而完成不了《没有指针的钟》，还是编辑们压根儿就不喜欢这本书的叙事和主题，都阻挡不了麦卡勒斯继续写作的决心。"不管她更换出版商的真实故事如何，有一点是肯定的：卡森决定尽最大的可能尽快完成她的小说，从而证明那些批评家们是错误的。身体好时，她就坐在电子打字机前，用健康的右手打字，速度和准确性都相当不错；身体不好时，她会口述给某个兼职秘书。"（卡尔 2006：485）

当《没有指针的钟》终于在 1961 年与读者见面时，立刻成为畅销书，但评论界对它毁誉参半，连麦卡勒斯的老朋友们都给出了批评意见。比如麦卡勒斯家族的亲戚老麦西，在麦卡勒斯回南方时曾给她讲述美国南方地区的历史文化和家族变迁，麦卡勒斯对此乐此不疲，积累了丰富的创作素材来完成《没有指针的钟》。充满阅读期待的老麦西，以往很喜欢麦卡勒斯其人其作，这次却大失所望："他对卡森的'脏话'很反感，更重要的是，他不喜欢她使用他的故事的方式。他不满地说：'她把我给她讲的故事都给毁了,她根本就没有好好讲这些故事。她破坏了我关于杰拉尔丁·法拉尔,那个鹅女孩的故事。现在,我再也不能讲这些故事了。'"（卡尔2006:492）再比如田纳西·威廉姆斯这个麦卡勒斯一直以来的亲密朋友,在收到后者寄来的样书时,立马写了封信给她,毫不客气地表达了自己对于此书的不满之情。他至少提出了三点意见:第一,《没有指针的钟》没有体现出她惯常的文学才华,换句话说,这本书在驾驭主题和写作技巧方面,存在很大不足;第二,对于书中的黑人青年舍曼这一形象,威廉姆斯尤其表示不满意,认为可以推倒了重新进行刻画;第三,本书的第四章展现老法官的孙子杰斯特和黑人舍曼初次见面,杰斯特不由自主受到舍曼吸引,却对舍曼的蛮横无理视而不见、步步退却,威廉姆斯评价这一章写得很不好。然而在得知麦卡勒斯写作此书时遭受的磨难后,他立马对好朋友产生恻隐之心和敬佩之情,在《星期六评论》上抒发了以下感慨和赞誉:"如果我以前不知道卡森是一个奇迹创造者,这部作品肯定会让我确信这一点,因为书中丝毫看不出她在写作它时所遭遇的可怕处境。这部作品成了再一次印在纸上的东西,像镌刻在石头上一样不可磨灭。这里有她的道德境界、崇高的精神和对孤独的探索的心灵的深刻理解,在我看来,正是这些品质使她成为,即使不是全世界最伟大的作家,也是我国最伟大的作家。"（卡尔2006:494）

《没有指针的钟》发行后,一些麦卡勒斯新书采访会和招待会应运而生,从中可以一窥某些学者对她的态度,折射她本人在此年龄段的心境和性格特点。同为作家的本茨·普拉格曼,是麦卡勒斯一家的老朋友,深感她写作《没有指针的钟》实属不易,同情她在写作进程中遭受的各种打击,于是决定为她举办一场新书招待会。然而,就是这样一位资深老朋友,在6年后的1967

年麦卡勒斯去世时，深感悲伤却并没有前去参加葬礼，因为在他看来，"我有点害怕卡森。你很清楚，她是一个非常复杂的人。她身上有一种毁灭性的品质，针对自己和他人的毁灭，我猜想，这正是她创作才华的另一面……我还清楚地记得，奥尼尔小姐每次从卡森家出来到我们家，都非常不开心，感到难以与卡森相处。"（卡尔 2006：500）可见普拉格曼眼中的麦卡勒斯，既是集酗酒、滥交、吸毒等恶习于一身的另类，又是古怪、不可理喻、不可深交的异端。然而在评论家赖克德·雷德看来，麦卡勒斯却呈现出截然不同的样貌。在 20 世纪 60 年代的纽约评论界，雷德以笔锋刻薄和犀利而著称，却从来未曾写过一句贬损麦卡勒斯的话，无论对其为人还是作品概莫能外。在采访会上，他可谓不吝溢美之词，称赞麦卡勒斯是"一位朋友和导师，她的个人勇气像她的文学作品那样对我有很大的启发"（卡尔 2006：498）。

迄今为止，国内外学术界已涌现出一批《没有指针的钟》的研究成果。在国外，这部让读者期待了多年、让作家痛苦耕耘了多年的小说，甫一问世便引来媒体的追逐和学术界的关注。尽管在全书正式发行之前，《没有指针的钟》的某些篇章曾在《哈泼时尚》等杂志发表，但确切地说，一共 14 章内容的完整书稿是在 1961 年 9 月 18 日才由霍顿·米弗林出版。有趣的是，五天后的 9 月 23 日，就有学者按捺不住心情，开始在《美国》（America）上一吐为快了。多丽丝·格拉姆巴赫（Doris Grumbach）是美国小说家，曾在《新共和》杂志从事过多年的编辑工作，她的书评开篇就立场鲜明地给出了负面评价，最后更是加强"此书令人失望"的观点，从头至尾几乎没有任何褒扬之词。格拉姆巴赫认为：当年《心是孤独的猎手》和《婚礼的成员》带给读者的巨大喜悦，已经被麦卡勒斯新书《没有指针的钟》无情冲淡。这本书除了冠以作家名号之外，简直乏善可陈，通篇散布着针对时事的陈词滥调，写作手法更是保守而平庸，令读者忍不住怀念麦卡勒斯过去那种感人而犀利的风格。对故事人物简单陈述之后，格拉姆巴赫进一步指出：麦卡勒斯本人题写了书套，名为"这是人类对自我生命力的回应和责任"（"It is about response and responsibility—of man toward his own livingness"），且不说结尾的名词乏味之极，其准确性也有待商榷，它用最平凡的语言处理不寻常之事，却因为二流的手法，沦落到完全俗不可耐（Grumbach 1961：809）。

当年 11 月 13 日，英国小说家特莱希（Honor Tracy）以《南方呼喊的声音》为题，发表文章来评述《没有指针的钟》。和格拉姆巴赫一样，特莱希也基本上持负面评价，对该小说的结构配置、人物塑造和深层主题均表示不太满意。特莱希阐明道：《没有指针的钟》充满光彩照人、美感十足的细节，但并不能掩盖结构和观念上存在的弱点。麦卡勒斯用同情和理解的笔触来描写马龙患绝症，这个中年居家男人良心发现而叛离乌合之众，本来是高尚的行为，关键就在于他脱口而出自己是将死之人而不愿出卖灵魂，证明他真心恐惧的乃是万能上帝的惩罚，可见他仍然是猥琐和懦弱的，整个小说的前后设置也因此不能自圆其说。就混血儿舍曼而言，他的死只不过是情节剧中的恶棍之死而已，根本不值得人们同情，也许麦卡勒斯坚持谋杀总归是谋杀而无法被宽恕，但这一论调在道德和法律上都不免趋向庸俗。麦卡勒斯似乎在谴责人们对舍曼之死的罪责，她的这种态度着实轻率而令人鄙视。特莱希最后总结道：种族冲突是南方作家与生俱来的情感表达，但麦卡勒斯此番缺乏她以前的深度想象力，她就像老法官重复林肯葛底斯堡演讲一样，谬误讲述一百遍还是谬误，而且小说中不乏用词不当之处，英美两国的教授如果不求助于重要小说家，恐怕语言将不可避免遭受践踏。她的言下之意很明确，

《没有指针的钟》远不能列为成功小说，麦卡勒斯也远不能列为主流作家，充其量只是次要的文学作者而已（Tracy 1961：16—17）。

1962 年，伊文斯（Oliver Evans）写过一篇论文《卡森·麦卡勒斯的成就》，花了很大一部分篇幅来评析《没有指针的钟》。首先伊文斯将麦卡勒斯定义为"具有争议的作家"，这种争议性从 1940 年的《心是孤独的猎手》一直持续到出炉不久的《没有指针的钟》，责难声来自缺乏专业文学背景的书评人，而赞扬声则大多来自于小说家们。伊文斯接着强调《没有指针的钟》的讽喻手法（allegory）和身份主题，并且指出：这部作品具有非同寻常的丰富性，充满洞见和意义的同时，还饱含恻隐之心，就连对老法官都抱以怜悯之心，而他无疑是麦卡勒斯迄今为止刻画最为成功的人物形象。将麦卡勒斯视为继霍桑和麦尔维尔之后大西洋两岸最出色的讽喻作家，一点都不为过，她的小说从不像福克纳那样在外围兜兜转转，而是直击中心和主题。然而，麦卡勒斯在创造次要人物时容易分神和偏题，《没有指针的钟》的瑕疵就在于主次不分、比例失调。此外，麦卡勒斯被视为对话和人物塑造的天才，其现实主义天分一向得到公认，但这一点在《没有指针的钟》里简直一塌糊涂。所以最后伊文斯提议，麦卡勒斯最好回归《伤心咖啡馆之歌》所体现的纯粹讽喻和逼真现实性（Evans 1962：301—308）。

同一年，多纳尔德·爱默生（Donald Emerson）发表论文《〈没有指针的钟〉的含糊性》，对这部小说提出了诸多诟病。爱默生认为，尽管《没有指针的钟》表现出许多麦卡勒斯写作的最好特质，却算不上她的最好作品，因为麦卡勒斯以刻画个人内心体验而著称，《没有指针的钟》却试图将书中人物刻画成整个南方的代表，这未免成为一大失误。如此做的后果就是，个性化和普遍性混为一谈，麦卡勒斯对于写作目的的含混不清，导致读者产生更大的困惑。此外，松散的结构削弱了该小说的价值和意义，麦卡勒斯让最高法院来裁定黑人和白人的孩子同校就读，又让一个万念俱灰的濒死之人缠绵病榻，其主要意图是勾勒出宏大的象征意义，而《没有指针的钟》显然辜负了这种意图。比如开篇那句"死亡总是相同的，但每个人都有死得其所的方式"，就是对托尔斯泰《安娜·卡列尼娜》戏仿，是麦卡勒斯希望读者从主要人物身上得到的巨大启示，然而人物的行为却削弱了他们的象征作用，根本达不到文本预设的主题高度。就像爱默生最后总结的那样，麦卡勒斯无力驾驭宏伟性和普遍性，包括无法把握"没有指针的钟"的隐喻含义（Emerson 1962：16—28）。

查利恩·科恩·克拉克（Charlene Kerne Clark）于 1975 年发表论文《悲欢交织：卡森·麦卡勒斯小说的悲喜剧色彩》，其中的一部分篇幅专门论及《没有指针的钟》。根据克拉克的研究，麦卡勒斯继承了南方哥特文学传统，同时其幽默天才也尽显无疑，而后者常常受到人们的忽视，并没有像马克·吐温和福克纳的喜剧天分那样被尽情挖掘。在她的小说中，惊恐和幽默浑然一体，作家看待生活的悲喜剧视角反复呈现。更为有趣的是，麦卡勒斯敏锐觉察到幽默在南方文学中的普遍性和渗透性，也洞察到美国南方作家和俄罗斯现实主义作家的亲缘关系，即他们都喜欢运用悲喜剧视角。具体到《没有指针的钟》这部小说，对死亡的喜剧性阐释便是很好的一例：当马龙告诉老法官自己得了血液病时，老法官以"你们家族拥有最好的血统"，来表达对此消息的不可置信；当杰斯特警告舍曼当心灭顶之灾时，舍曼不仅不加以重视，还无休止地卖弄他那昂贵的丝质睡衣、钢琴和古董家具，以致很快就死于非命。麦卡勒斯擅长将宏伟和猥琐并置（juxtaposition of the immense with the trivial），其小说中悲喜剧情景比比皆是，暴力和幽默时常并行不悖。麦卡勒斯将惊悚和娱乐视为"爱"的双生子，令一些评论家不敢苟同，然而麦卡勒斯坚持它的合理性，因为生活即由众多不和谐组成，是笑中带泪的悲喜剧，也是美国南方文化与生俱来的特征（Clark 1975：161—166）。

法国学者约西安·萨维诺（Josyane Savigneau），于 2001 年发表传记《卡森·麦卡勒斯的人生》，总体来说对麦卡勒斯作了积极而正面的评价。自从 1967 年麦卡勒斯离世之后，到现在为止已经有 6 本关于她的传记问世，而萨维诺就写了其中一本。在传记中，萨维诺既令人信服又充满同情地评述了麦卡勒斯，表明她是集纠结、腼腆、宏伟、天才于一身的矛盾统一体。萨维诺敬重弗吉尼亚·斯潘塞·卡尔为麦卡勒斯所写的传记《孤独的猎手》，但对卡尔的观点做了一些更正，认为卡尔潜意识里对麦卡勒斯抱有敌意和道德批判，指出卡尔并不认可麦卡勒斯的写作天才和未泯童心。而实际上，麦卡勒斯忍受了经年的身体病痛和情感折磨，以坚强的毅力生活和写作，花费 15 年的心血写就《没有指针的钟》。麦卡勒斯的所有创作足以使她跻身于世界经典作家之列，她对道德孤独的探索，对沟通和交流的渴望，对"我的我们"（the we of me）孜孜不倦的追求，都体现了最人性的体验和愿景（Savigneau 2001）。

弗兰克·布兰纳（Frank Brennan）2012 年的文章《没有指针的钟：卡森·麦卡勒斯及其生死节奏》，主要对《没有指针的钟》中的马龙进行深入剖析，指出马龙对待疾病和生死的态度，其实与麦卡勒斯具有异曲同工之处。布兰纳首先将麦卡勒斯放置到美国文学的整体框架之中来审视，认为美国文学至少经历了两个辉煌时期，它们至今为止还在照耀和影响着大批作家和读者。1845—1860 年是第一时期，沃尔特·惠特曼出版了《草叶集》，赫尔曼·麦尔维尔写就《白鲸》,艾米莉·迪金森、拉尔夫·爱默生、亨利·梭罗、纳撒尼尔·霍桑等人也相继写出了他们最伟大的作品。第二时期为 1940—1955 年,这一阶段许多硕果累累的著名作家均出自于美国南方,比如威廉·福克纳、田纳西·威廉姆斯、罗伯特·沃伦、弗兰纳里·奥康纳、尤金·奥尼尔以及卡森·麦卡勒斯。布兰纳接着论述道,《没有指针的钟》遍布不同种族人群和种族问题,全篇回荡着美国内战以及南方战败带来的耻辱,还有战后重建和非裔美国公民日复一日面临的羞辱。小说以"布朗诉托皮卡教育局案"(Brown v Board of Education of Topeka,布朗案是在美国宪政史上联邦最高法院审理的最有历史意义的案件之一,提议宪法废除"白人和有色人种学生分校就读"的种族隔离制度,对于公民受教育平等权的促进有着特殊意义)结尾,揭示出整个小镇乃至整个国家,当时已经处于马丁·路德·金崛起和民权运动一触即发的边缘,也是哈珀·李出版《杀死一只知更鸟》的当口,这一切对于阅读和理解《没有指针的钟》意义重大。布兰纳在论文的最后部分总结道,小说是想象力、阅历、直觉、创造力等因素的综合体,既看不见也摸不着,因此马龙和麦卡勒斯的疾病和痛苦经历,也并非一定有绝对渊源。麦卡勒斯的创造力来源于灵感爆发,但她对医患互动、令人深受打击的不幸消息、死亡之旅及其精神救赎等,都和马龙极为相似。《没有指针的钟》出版后褒贬不一,既有诟病也有盛赞,却无人论及作家的健康问题。当生命开始走向死亡,病人却顿悟了自我升华和救赎之道,从而将伤痛转化为尊严,这就是马龙和麦卡勒斯的精神核心所在(Brennan 2012:312—316)。

在国内,人们大多从主题方面来挖掘这部小说的深刻意蕴,比如历史寓言、他者欲望、南方情节、异化主题,等等,其中多数以期刊论文的形式出现,目前尚无单独讨论《没有指针的钟》

的专著、硕士论文和博士论文问世。在论文《寓言、身体与时间——〈没有指针的钟〉解析》中，林斌认为：作为麦卡勒斯的最后一部长篇小说，该小说风格与作者20世纪40年代创作巅峰时期的代表作有所不同，即私人视角为公共视角所替代，人物塑造和情节设置都直接体现了作者对南方历史意识和文化精神内涵的特别关注。她进一步阐述这部作品的寓言特质，并分析马龙、克莱恩法官、杰斯特和舍曼四个主要人物的身体、死亡与疾病隐喻以及相关的时间意象，从而揭示麦卡勒斯对内战给南方造成的历史影响以及内战后南方文化变迁的批判性思考，尤其是她在20世纪五六十年代黑人民权运动的语境下针对以黑人与白人之间的关系为核心的南方社会等级体制进行的历史反思。（林斌2009：81—93）田颖则以《〈没有指针的钟〉：他者欲望的书写》为题，强调以下观点：这部小说和麦卡勒斯早期的作品一样，被贴上了"南方哥特小说"的标签，小说中"精神隔绝"的哥特主题一直是评论的焦点。然而，与她早期小说相比，麦卡勒斯在创作该小说时，不再拘泥于"精神隔绝"的主题，而是更加立足于小说对现实的关照，从而体现了作品的"现世性"。基于此，田颖以欲望主体黑人舍曼为切入点，借用拉康心理分析理论，探讨以黑白种族关系为核心的现世性，认为在《没有指针的钟》里，麦卡勒斯从主体的双重流放者身份、主体的分裂人格以及主体的他者欲望三个层面，书写了黑人舍曼欲望的产生、分裂和毁灭的过程，进而再现了20世纪50年代美国南方社会的种族政治和历史（田颖2011：82—91）。

　　纵观国内外已有的研究成果，特色非常鲜明。国外有关《没有指针的钟》的研究，一方面集中谈论其创作手法和主题思想的优劣，以此来界定这部小说的文学价值，并评价麦卡勒斯的文学地位问题；另一方面，它们热衷于将小说中的主要人物

（比如马龙等）的人生遭际和心路历程，与麦卡勒斯本人的生活坐标进行比对，从而挖掘作家的情感和阅历对于作品人物的巨大影响力。无论是针对这部小说的书评还是学术研究，国外学界并没有涉及多少西方文艺理论，更没有融入当下居于前沿的文化批评思潮。相对于国外相关研究侧重文本细读和新批评的特征，国内学者对于《没有指针的钟》的探索，则呈现出少而精的特点。中国评论界已经拥有麦卡勒斯作品的资深研究者，其中的佼佼者如林斌博士和田颖博士等人。他们不仅对麦卡勒斯的几乎每部作品作了精到细致的分析，还对麦卡勒斯的综合性研究奉献了诸多成果。论及《没有指针的钟》，他们既放眼于当代西方文论的广袤天地，又展现广阔的历史文化语境。国内的相关研究领域，已然触及社会意识形态和权力关系层面，开创了一种新视角。但我国类似的成果并不多见，对《没有指针的钟》的关注度也尚需提高。

就麦卡勒斯的人生阅历和创作才华而言，经过几十年积累到了炉火纯青之际，《没有指针的钟》自然而然是一部集大成之作。它与麦卡勒斯以前的长篇小说相比，既有一脉相承的连贯性，又有前所未有的创新点。谈及前者，麦卡勒斯用了"预言"这个意味深长的词汇，来涉及她的初始之作《心是孤独的猎手》："她回忆起早期的小说，指出她的某些预感已经应验。她说，早在《心是孤独的猎手》中，她就写过，杰克·布朗特计划徒步走到华盛顿，作为对社会不公的抗议。她说，40年代，亨利·米勒曾经在给她的一封祝贺信中称她为女预言家。（后来，卡森写信告诉一个朋友，《没有指针的钟》里杰斯特的父亲——一个因无法忍受对黑人的极端不公正而自杀的律师——所提出的观点可能是罗伯特·肯尼迪说过的。）"（卡尔 2006：495）有趣的是，麦卡勒斯认为她前期作品预言了社会政治生活的某些方面，也曾不止一次调侃这些作品预言了她后来的人生事件，仿佛她被自己小说中的故事情节施了魔法，一件件应验在了自我身上。麦卡勒斯既非巫师也非神仙，没有未卜先知的功能，所谓的预言当然是故弄玄虚，说到底只不过是惊人的巧合而已。出自同一个作家的系列作品，由于受制于作家的知识结构、意识形态、宗教信仰、人生经历等因素，出现较为相似的篇章结构、遣词造句、道德指向和文化寓意，是不可避免的事情。而且，前后作品的统一性和整体性，正是作家独特风格的形成基础，对于读者识别和认可该作家的作品，对于作家产生重大影响并成为经典，是有益而必需的。前后作品之间的连贯、互文、伏笔等创作手法，向来为知名作家所青睐，布朗特早早"预言"肯尼迪的话，只能说明麦卡勒斯创作从早年开始，就不像人们所认为的那样局限于私人空间，而是一开始就有了公共性倾向，长期以来都在书写社会生活和现代世界。

麦卡勒斯是充满诗意和想象的艺术家，也是具有理性和思想的经典作家。《没有指针的钟》在美学层面上，是一部构思相当精巧和凝练的书，同时又不失恢宏的气势。笔者认为，将它单纯地归类于现实主义小说，显而易见是有失偏颇的，不能够深入而全面地发掘其中的深邃含义。用历史书写元小说和文化批评的思维来驾驭它，无疑给予它自由驰骋的广阔天地，其能动性和创造性将得以最大限度地释放。尽管国内外已经出现一些相关成果，但为后来的研究者留下众多空白之处，至今未有学者把《没有指针的钟》，纳入伊格尔顿美学意识形态理论框架下考量。本章尝试从身体政治的角度，来剖析《没有指针的钟》的多重主题，揭示艺术审美中的政治和意识形态之维。

第二节　残缺的身体:通向文化
批评的物质媒介

伊格尔顿和马克思一样，都肯定了美学中身体话语的重要意义。在他们看来，美学诞生之初就应该是有关肉体的表达，这样才达到唯物主义和历史主义的双重标准。在《美学意识形态》这部著作中，伊格尔顿在导言部分即强调"肉体"概念至关重要。他认为残缺的肉体是新历史主义批评不可缺少的研究客体，通过对不健全身体机能的探究，人们更能挖掘到深层次的社会和历史根由，更能洞察到相关意识形态的影响力。一言以蔽之，在社会权力和文化历史的研究中，身体绝对是不容小觑的物质载体，它既包含着激进的政治导向，也承载着伦理和道德的指南作用。

本书不断涉及的一个主题是身体（body）。这一主题与上述这些问题之间存在着某种关系。我确实在某种程度上倾向于为这个时髦的主题辩护：今天，极少的文学文本可能使之成为新的历史主义准则，除非该文本至少包含着一个残缺不全的身体。对身体的重要性的重新发现已经成为新近的激进思想所取得的最可宝贵的成就之一，我希望本书可被视为是从新的取向来扩展探索问题的高产线。同时，由于对身体，对快感和体表、区域和技术的深思扮演着不那么直接的身体政治的便利的替代品的角色，也扮演着伦理代用品的角色，所以如果感受不到这一点，要想读懂罗兰·巴特和米歇尔·福柯的晚期的著作将是十分困难的。这种话语中存在着享有特权的、私人化的享乐主义，这种享乐主义往往产生于

不那么异乎寻常的政治形式遭受挫折的历史时刻。（伊格尔顿 2013：导言 7）

　　就残缺不全的身体与美学政治的关系问题而言，麦卡勒斯应该算得上是积极的倡导者。无论是《心是孤独的猎手》中的聋哑人辛格和安东尼帕罗斯，还是《伤心咖啡馆之歌》中的罗锅李蒙和壮汉似的爱密利亚小姐，抑或是《金色眼睛的映像》中病体支离的艾莉森，又或者是《婚礼的成员》中的畸形人展览会，都体现出作家麦卡勒斯对于病态和怪诞意象的喜好。麦卡勒斯对怪异形态如此热衷，以至于每部小说都浓墨重彩地描画，仿佛不如此便无法终局。而实际上，麦卡勒斯本人从小就喜欢看马戏团畸形人表演，长期以来对不正常事物怀有无以名状的痴迷，仿佛天性就是如此。她常常跟朋友分享这种爱好，甚至将它与热爱的文学作品相提并论："那个秋天在尼亚克，卡森还重新发现了亨利·詹姆斯，是牛顿·艾尔文推荐给她的。在那个时期写给许多朋友的信中，卡森讲述了对詹姆斯的《美国人》和令人振奋的《丛林的野兽》的崇拜。她说，阅读后者时，她觉得自己就像一个傻呆呆地盯着马戏团畸形人的小孩子。"（卡尔 2006：257）可见，麦卡勒斯对于奇形怪状之物和人都钟爱莫名，绝不亚于她所热衷的文学和音乐。因此当她刻画出栩栩如生的怪诞人物群像，以此象征心理扭曲和社会异化的人类生存现状，并以此表达精神隔绝和孤独的永恒主题，就成为一件非常自然的事情。

　　《没有指针的钟》在呈现残缺不全的身体特征时，所影射的寓意和主旨，与麦卡勒斯其他作品相比更是有过之而无不及。且不说马龙患白血病濒临绝境，也不说杰斯特对舍曼隐秘的同性恋欲望，更不说舍曼黑皮肤和蓝眼睛的怪异外表，单单是老法官福克斯·克莱恩，其疾病隐喻和文化意义之间的关联，就值得大书特书。首先，老法官确实是一个患有好几种疾病的老人，不但旁人对此心知肚明，他自己也是毫不隐瞒。因为常年对美食乐此不疲，他得了慢性糖尿病，不得不开始控制饮食和体重。他还因为一次中风差点命丧黄泉，这从有关他的外貌描述中可以一窥端倪："他是一个身材魁梧的人，红彤彤的脸，脑袋上是一圈杂乱的白中带黄的头发。他穿一套皱巴巴的白衣服，一件淡紫色的衬衣，一条领带上夹着珍珠别针，还看得到上面有一处咖啡污渍。他的左手在一次中风之后损坏了，因此他小心翼翼地将手靠在柜台边沿上。这只手干干净净的，因为不用力，略微有点浮肿——而那只右手他说话的时候不停地举起来，而且指甲泛黄，在无名指上有一颗星彩蓝宝石。他挂一根乌木手杖，上面有一个银质弯柄。"（麦卡勒斯 2007：13）老法官已是七十几岁高龄，所谓日薄西山大势已去，他身体素质每况愈下，就是最好的说明。但他显然不愿意承认这个事实，而是固执地将自己定位于过去身强力壮的时代，根本无视往昔不再的现状。他听不进医生的劝告，认定医生都是别有用心之人，其治疗意见简直是一派胡言。他也不相信现代医疗技术，常常对其报以冷嘲热讽，显示出他固守传统的本性。他对现实变革和新生事物是那样排斥，以至于他最忠实的医生死后，他便对其极尽讽刺之能事。这让他更有了抨击现代医学的理由，到处宣扬"抽烟、喝酒、暴饮暴食等有害健康"的说法完全没有根据。他不仅对自己的身体素质和饮食习惯盲目自信，还怂恿马龙等人远离医生的科学管理和治疗，并信口编制出一套冠冕堂皇的说辞："我成年后可从来没有找过医生，骨子里总觉得医生嘛，要么骗你一通，要么要你节制饮食，都一样糟糕……要不然我是不会去找医生，也希望医生不要来找我。除了我要头晕之外我的身体棒得很。"（麦卡勒斯 2007：55）

伊格尔顿认为，马克思主义的身体概念亲近感性而对抗理性，而感性的获得又必须扎实地依赖于实践活动。伊格尔顿表示："对于马克思来说，感性的观点是构成人类实践的前提，而不是一种沉思的器官；它能够成为沉思的器官只是因为它已经是人类实践的前提。"（Eagleton 1990：196）伊格尔顿在此强调身体的感性基础，否认身体和理性的亲缘关系。所谓"感性的观点是构成人类实践的基础"，笔者认为它不仅表明社会历史的具体经验和变迁向感性的身体有效开放，还表明肉体在不断的实践进程中得以维持健全的感性，从而成就人全面发展的创造性和能动性。换句话说，身体感性和实践活动，无所谓谁先谁后，也无所谓谁重谁轻，它们实际上是唇齿相依缺一不可的关系。它们彼此依存，被对方所造就，同时也激活和成全对方。在《没有指针的钟》这部小说中，老法官不顾实际情况而一意孤行的做法，如果放到伊格尔顿美学理论中加以关照，其中的弊端便会一览无余，因为老法官对于自己身体的理解，已经完完全全地离开了实践这一重要基础。老法官沉湎于年轻时健壮的身体状况，对目前的疾病现状不以为然，其实是将肉体投向了理性层面，与感知能力层面背道而驰。他若能正视现实，其肉体感性就能在其中自由徜徉，以便成就更加幸福的感觉和完美的人生。但事实上他却与理性勾连，致使主观能动性遭遇窒息，呈现出机械性的生活，直接导致他个人意识形态的变形。正如马克思所言："全部人类历史的第一个前提无疑是有生命的个人的存在。因此，第一个需要确认的事实就是这些个人的肉体组织以及由此产生的个人对其他自然的关系。"（马克思、恩格斯 1995：67）

其次，老法官克莱恩的疾病意象，折射出资本主义社会的异化困境。伊格尔顿指出，自从鲍姆加通提出"美学"这个概念之后，古今中外已经涌现出众多美学家，其中最杰出的要数马克思、尼采和弗洛伊德。这三位美学家的共同点，是将身体作为美学和意识形态的物质载体，其中马克思是通过劳动的身体，尼采是通过权力的身体，弗洛伊德是通过欲望的身体。而伊格尔顿的《美学意识形态》这本书，对这三位作出过巨大美学贡献的著名人物，逐一进行了解析。因为这本书卷帙浩繁，除了以上三位还涉及诸多其他哲学家和文论家。经过系统考察后，伊格尔顿认为马克思之前美学并没有沿着唯物主义道路发展起来，比如"康德从审美表达中驱逐了所有感性的东西，只留下了纯粹的形式；席勒把美学分解为某种富于创造性的不确定性，通过与物质领域的不一致，美学被有目的地转变了；而黑格尔仅仅认可那些服务于绝对精神的感觉或是可以显现理念的感性。当然，叔本华、克尔凯郭尔、尼采等人将审美追求仅仅系于感官身体，非理性主义的传统使他们陷入到一种身体的自然主义、生理主义、感觉经验主义或者机械唯物主义。"（方珏 2008：54—61）伊格尔顿断定，马克思毋庸置疑是最伟大的美学家，因为肉体的政治性在他那里得到全力挖掘，美学意识形态的唯物主义性质方才得到尽情展示。老法官虽然身材依然魁梧，但毕竟已经年逾古稀，再也把握不了时代的脉搏，这已然是不争的事实。就像麦卡勒斯其他作品中的主要人物一样，老法官的身体疾病意味着他精神上的缺陷。面对风起云涌的社会浪潮，他抱残守缺盲目守旧，一心想逆历史的潮流而动。如前所述，《没有指针的钟》发表于 1961 年，小说故事情节却开始于 1953 年春天，其时奴隶制已经废除将近 90 年，但美国社会尤其是南方地区依然笼罩在种族阴影之中。老法官就是种族歧视政策的卫道士，对南北战争和废奴制深恶痛绝，对内战前的淑女和绅士时代刻骨铭心。他和孙子杰斯特这样来谈论过去的南方历史："可是南北战争后的情况又是怎么样呢？美国的联邦政府不但把作为我们的棉花经济的必需条件的奴隶解放了，结果这个国家的资源就这样随风飘走了。只有《飘》这本书才写出了当时的真实情况。看这部电影的时候我们都哭了，还记得吗？"（麦卡勒斯 2007：39）《飘》的作者玛格丽特·米切尔，以反对南北战争而著称，她和《没有指针的钟》中的老法官一样，都深深迷恋于黑奴成群的南方旧时代。老法官用《飘》来做例证，力图说服杰斯特来顺从他的意志，不能不说这是一个巨大的讽刺。

老法官对黑奴制社会异常迷恋，表明他坚持资本主义私有制的顽固态度。资本的罪恶性，不仅剥夺了工人无产者的丰富自然性，还剥夺了资本家的人性。工人阶级的身体成为劳动的机械工具，却不能充分享受自己所创造的成果，也耗尽了对现实社会和幸福生活的感受力。"你越少吃，少喝，少买书，少去剧院，少赴舞会，少上餐馆，越少想，少爱，少谈理论，少唱，少画，少击剑，等等，你积攒的就越多，你的既不会被虫蛀也不会被贼偷的财宝，即你的资本，也就会越大。"而资本家的感觉也被剥夺一空，沦落为资本的奴隶，却还陶醉在金钱和财产的幻觉中不能自拔。殊不知这些都是空中楼阁，是纯粹的乌托邦审美幻象，资本家实际上成为掠夺工人主体性的罪魁祸首，同时他们又在自己的行为中深受其害："你自己不能办到的一切，你的货币都能办到：它能吃，能喝，能赴舞会，能去剧院，它能获得艺术、学识、历史珍品、政治权力，它能旅行，它能为你占有这一切；它能购买这一切；它是真正的能力。"利润最大化成为资本家孜孜以求的目标，资本引发的消费欲望在资本家心中蠢蠢欲动，这一点在老法官的身上体现得淋漓尽致。内战过去了这么多年，老法官却在家中的阁楼上囤积了一千万南部联邦货币，这既是个惊天秘密，又透露出他对于资本的勃勃野心。

"你想一想这一百年来，联邦政府挥霍的成千上万亿美

元。想一想那些战争拨款和政府开支。想一想兑换并重又投
入流通的其他货币。马克、里拉、日元——全都是外国货
币。而南方毕竟都是亲骨肉，原本是应该像亲兄弟一样对待
的。南方的货币原本就应该兑换的，而不应该贬值的……"

"假如我赢得下一届选举，我要在众议院递交一份议
案，将让全部南方联邦的款项得到兑换，并根据当今的生活
费用的提高作出适当调整。这对于南方来说就是罗斯福总统
想要推行的新政的内容。这样一来南方的经济将发生天翻地
覆的变化。而你呢，杰斯特，将会成为一个富有的年轻人。
那个保险箱里存放着一千万美元。你觉得怎么样？"

……

"……等到财政部发出通告，说南方联邦的货币将可以
兑换，那这些钞票就会完好地找到。南方联邦的一捆捆钞票
就会从整个南方的阁楼里冒出来，从粮仓里冒出来。从全国
冒出来，甚至还会从加拿大冒出来。" （麦卡勒斯 2007：
40—42）

他那复辟旧南方的决心，一方面体现了他多年来貌似蛰伏的
权力欲，另一方面也体现了他对于金钱的无限渴望，总而言之都
是病态的表现。南方奴隶主与美国议院所表达的权威性身份，有
着诸多类似之处，都可以对属下颐指气使为所欲为。不仅如此，
旧南方的奴隶主其实就是资本家，他们的资本包括黑奴、棉花、
土地、庄园，等等，获得其中的每一份利润是资本家的理想。当
资本家（奴隶主）将工人（黑奴）和自身都变成创造金钱的机
械工具时，他们就成了追逐资本的牺牲品，作为人的主观能动性
和感受力丧失殆尽。这样，人的身心就沦落到了动物的程度，其
中的功利性彰显无遗，而人的感受能力几近于无。在伊格尔顿看

来，这是资本主义制度值得批评之处，而要恢复肉体的生动性和创造力，只有消灭私有制，因为"人的存在具有两种根本不同的性质：一种是人的功利性存在，即人的动物性的存在；另一种是人的非功利性存在，即人的非生物性的存在。在人的活动中，两种存在具有不同的活动目的：功利性存在的活动目的是直接取得物质的或精神的产品，占有这些产品的形式和效用；非功利性存在的活动目的则是实现人的生命价值，它把物质的或精神的产品，以及产品的形式和效用仅仅看作是实现人的生命价值的手段……以上区别表明，人的非功利性存在是决定人的本质的更有意义的方面……"（方珏 2008：58）由此可见，老法官实际上追逐的是动物性需求，而对于精神需求，他却令人遗憾地抛弃了。从社会学意义上来说，老法官的精神层面也是病态和不健全的。

　　最后，老法官在生理和心理上的双重疾患，直接映衬并放大了书中其他主要人物残缺不全的身体和精神状况。麦卡勒斯一生受困于身体疾病，再加上五十几年的生命遭受过数不清的情感困境和精神煎熬，所以她尤其愿意将笔下人物刻画成不健全的状态，《没有指针的钟》里的四个主人公都没能逃脱这一框架。黑人舍曼本来与老法官素无瓜葛，但因为后者某次打高尔夫球时，突然发病中风，致使两人有了千丝万缕的联系，不仅造成了一场种族悲剧，还有力推动了故事发展的进程，使其影响一直渗透到其他人物的命运之中。老法官是这样来描述那场突发事件的：

　　　　不管怎么说，就在我挥杆的时候，我突然感到一阵头晕。于是，不偏不倚，我正好跌进池塘里。我淹在水里，附近谁也没有，只有一个七岁的孩子和一个黑人小球童可以救我。他们怎么把我拖出水塘的，我不知道，因为我全身湿透，头脑糊里糊涂的，自己是爬不上来的。我体重有三百多磅，把我拖出水塘一定不是一件容易的事情，不过那个黑人球童机智、聪敏，我终于得救了。但是，那一次晕倒之后我开始认认真真考虑要去看医生了。由于我不喜欢、不相信米兰的医生，我突然想起来了——约翰斯·霍普金斯医院。我知道他们专治像我得的这种难得碰到的罕见病的。我把一块金表送给救我命的球童，一块真金表，上面镂刻着拉丁文。（麦卡勒斯 2007：67）

舍曼救起了老法官，从此与老法官开始了一段货真价实的爱恨情仇，改写了书中每一个主要人物的生命走向。先是老法官费尽心机找到舍曼，邀请他到自己家里来担任秘书工作；接着能读会写的舍曼受到老法官百般宠爱，开始得意忘形狂妄自大起来；后来舍曼拒绝给老法官起草维护种族歧视政策的文件，导致两人分崩离析；最后老法官组织了暗杀行动，黑人舍曼死于非命。黑人舍曼心理上幼稚、脆弱、偏激的一面有目共睹，文本虽然没有提及他患有某种身体疾病，但他身为黑人的事实，就已经让白人主流阶级视他为不健康的"病人"。根据种族主义者和本质主义者们的看法，白人生而具有高智商和优越品格，而黑人生来就是智力低下、品行乖戾的生物，后者需要前者的不断引领和教化，才能够立足于这个世界。所以在很多白人眼中，黑皮肤就成了不正常和非理性的标志，是需要被救治和教导的。老法官后来对舍曼的歧视和暴力，不仅使得舍曼的命运像皮肤那样黑到暗无天日，更让白人谬误地坚信"黑人是病态而不可理喻的"。

杰斯特和马龙无法言说的疾病困局，也与老法官形成呼应关系。杰斯特是家境优越、出身良好的中产阶级白人少年，貌似前程不可限量，但他也具有致命的弱点，那就是与生俱来的同性恋倾向。英国唯美主义作家王尔德，当年由于同性恋被捕入狱的情形，很多英美人士至今记忆犹新，即使到了《没有指针的钟》故事发生的 20 世纪 50 年代，同性之爱依然是主流阶层不可接受的禁忌。老法官对孙子杰斯特集无限宠爱于一身，然而他对黑人族裔根深蒂固的憎恨，对种族歧视政策顽固不化的坚持，都直接导致了杰斯特的精神危机，使杰斯特更加不顾一切地向往"爱的纯净天地"（这里指同性之爱）。药剂师马龙在小说开篇便被医生判了死刑，他的白血病时时刻刻在威胁着生命历程，随时面临着死亡的召唤。马龙的死亡之旅贯穿整个文本，文章最后也以他的离世而结尾，所以他的疾病隐喻对于整篇小说的主题意义而言，是毋庸置疑的。马龙处于绝望境界中时，第一个向老法官倾诉并下意识寻求帮助，但老法官不仅妄言医生的不可靠和不可信，还鼓动和组织马龙去暗杀黑人舍曼，致使马龙最后幡然醒悟：眼前这个一度被自己奉若神明的老法官，原来是最病入膏肓的人，在公共道德和伦理良知上老法官已经无可救药。

　　而老法官的病态身体和心理，与美国历史上的麦卡锡主义不无关系，以此与世界宏大历史事件造成关联。老法官拥有日益笨拙而老化的身体，在失去青春矫健身形的同时，他也失去了敏锐洞察力和判断力，致使老眼昏花雄风不再。然而他却梦想拉动历史的车轮，使它倒退到奴隶制时代的南方社会，妄图阻止时代的进步和革命的进程。故事发生的 20 世纪 50 年代，正是世界格局发生巨变、麦卡锡主义呼啸而来的当口。老法官的所作所为，与麦卡锡主义倒退历史的企图一脉相承。素有"美国文革"之称的麦卡锡主义运动，发生于 1950—1954 年间，发起人为美国参议员麦卡锡。出生于爱尔兰小农场主家庭的麦卡锡，一直是一位巧言令色的政客，差点因为臭名昭著被国会扫地出门。为了保住他在国会中的位子，麦卡锡无所不用其极，炮轰美国国务院，掀起一场迫害共产党的政治运动。麦卡锡胆大包天来势汹汹，对政府机构、文艺界和媒体部门等，都大开杀戒清剿共产党。比如在政要机构，他将矛头直指前国务卿乔治·马歇尔将军等人，公开宣称马歇尔为"叛徒"和"谋杀者"，罗列其莫须有的罪名，致使马歇尔蒙受不白之冤，最后辞去公职告老还乡。麦卡锡同样不放过文学领域，派人清查美国设在海外的大使馆藏书目录，进而判定美国共产党领袖威廉·福斯特、左翼作家白劳德、史沫特莱等75位人士的作品为禁书。更令人匪夷所思的是，连著名历史学家小阿瑟·史莱辛格和幽默作家马克·吐温的作品，也被放入禁书之列。据统计，当时所禁之书达到200万册之多，使得美国一些学校和图书馆闻风丧胆，纷纷焚烧所谓的有害书籍，像极了中国古代的"焚书坑儒"事件。在媒体上，麦卡锡控制了美国之音等新闻渠道，以便更严酷地打击共产党和左翼份子，卓别林当年就曾经深受其害（http：//baike.baidu.com/view/62953.htm）。

在笔者看来，老法官和麦卡锡其人的相似之处，至少表现为三点。

第一，他们都巧舌如簧，拥有较为强大的煽动性和蛊惑力。麦卡锡曾在1939年以虚报年龄的方式，参加威斯康星州第七区巡回法庭法官的竞选，成为该区历史上"最年轻的法官"；他此后又于1946年参加该州竞选，并成功当选为参议员。而他在政治上频频得手的秘诀，据说就是源自大胆和说谎，而这一点也得到了美国史料的证实。《没有指针的钟》的老法官，和麦卡锡一样都曾经身居高位，连"法官"和"参议员"这两个身份都一模一样。读者无法追溯老法官当年是如何走上政治舞台的，但从文本提供的线索来看，他的能言善辩确实和麦卡锡如出一辙。老法官动辄口若悬河，滔滔不绝，这成为他巩固自身地位、赢得他人崇拜的有力保障。即使在老法官已经年老并多种疾病缠身时，马龙也常常会产生错觉，仿佛老法官依然是不可一世的大人物：
"不过都是老法官高谈阔论，马龙侧耳倾听。在这种时候，马龙
有接近权力中心的感觉——几乎感到仿佛自己也成了一名国会议
员了。"（麦卡勒斯 2007：15）老法官由于出色的雄辩才能，还
成功地游说并策划了刺杀黑人舍曼的行动，让一群乌合之众聚集
在他周围，心甘情愿为他去卖命，而对事情的公正与否置若罔
闻。读者有理由相信，老法官曾经的政治明星身份，与他的巧言
令色本质是密切相关的。

　　第二，麦卡锡当年肆意迫害美国共产党人的行径令人发指，
老法官迫害黑人的暴力行为也同样令人不齿。麦卡锡主义当道之
时，马歇尔等身居高位的美国政治家和军事家都未能幸免，很多
政界和文艺界人士遭到莫须有罪名的残害，可见麦卡锡其人的手
段是极其残忍的。而《没有指针的钟》里的老法官就因为不能
容忍黑人和白人有可能平起平坐，于是痛下杀手，完全泯灭了道
德和良知。文本这样来显示此时的老法官心态："暗地里法官很
兴奋。在早年，法官还是个三 K 党人，而在这个秘密组织被查
禁的时候，他逃脱了，所以他不能参加在松山镇举行的白袍人的
那些集会，给自己注入秘密、无形的力量。"（麦卡勒斯 2007：
242）三 K 党（Ku Klux Klan，缩写为 K. K. K.），是美国历史上
持续时间最长、规模最庞大的恐怖主义组织，它以奉行种族主义
暴行而为人所知。所谓"白袍党"指的是三 K 党成员白袍加身、
蒙面示人，以这种民间的方式来对黑人处以私刑，所以这个组织
又被称作白色联盟和无形帝国。三 K 党奉行白人至上主义原则，
对黑人实施杀戮，其中的恐怖气氛和仇杀心理至今让人触目惊
心。麦卡锡针对的是美国共产党和民主进步人士，老法官针对的
是非裔美国人，尽管仇视的对象不同，他们两者对暴力和暴政的
推行方面，却达到了异曲同工的效果。

　　第三，正如麦卡锡最后受到全国上下一片声讨，老法官最终也惨淡收场。麦卡锡的为所欲为激起美国人民的公愤，军方决定召开听证会，公并声讨麦卡锡的恶行。1954年，美国有线电视现场直播了这场听证会，由陆军部公布麦卡锡所犯下的一系列罪行。在这种情形下，麦卡锡还在意图狗急跳墙垂死挣扎，他不仅不低头认罪，还妄图对正义一方反咬一口，以便达到嫁祸他人的目的。但他的狡猾伎俩遭遇无情揭穿，人们逐渐认清他的嘴脸，洞悉了他的反动黑幕。此后麦卡锡的声望开始江河日下，很快变得声名狼藉，终于在48岁时在一家海军医院死于肝病，结束了他违反历史潮流的反动生涯。与麦卡锡相比，老法官也遭遇了滑铁卢，他企图说服杰斯特赞同自己的种族主义立场，从而激发杰斯特对黑人民族的仇恨情绪。但结果却事与愿违，杰斯特不但没有远离黑人社区，反而对黑人舍曼产生剪不断理还乱的情愫，并事先将老法官的谋杀计划透露给舍曼，这无疑给了老法官当头一棒。杰斯特还违背老法官的意愿和努力，拒绝参加西点军校效忠武力，只愿意坚守自己钟爱的音乐和飞行事业。这一方面反映了老法官类似于麦卡锡的军国主义情结，也反映了杰斯特崇尚自然和谐的可贵思想。老法官期待舍曼帮自己起草"反种族平等"的信件，企图说服马龙加入反对黑人的恐怖主义组织，无一例外都以失败告终。就像"陆军——麦卡锡听证会"标志着麦卡锡主义的落荒而逃，老法官的电台演讲也极具讽刺意味，预示着他大势已去。他原本宣讲种族主义言论，却将林肯的葛底斯堡演讲取而代之，结果出尽洋相受尽嘲笑，其霸权主义者的形象就这样被彻底解构了。

　　综上分析，老法官充满疾病的身体意象，其实是麦卡勒斯政治和文化主张的载体。伊格尔顿在《美学意识形态》中明确断言："巴洛克戏剧围绕着严重损伤的身体而旋转，身体的部分被暴力所割裂，在其中，丧失机体的哀叹抱怨仍可以隐隐约约地让人听到。既然活的身体把自己表现为一种表现性的统一体，那么，只有在它残酷地解构、它被融化成如此众多的裂片和被物化的碎片时，戏剧才可以在它的器官中捡取意义。意义是从身体的废墟中、从皮开肉绽的身体中而不是从和谐的身体中夺取过来的；人们可以在这里觉察到与弗洛伊德的著作微弱的类似，因为是在同样的身体对立中，它的区域（zones）与器官的分离中，它的'真理'才可以揭示出来。"（伊格尔顿 2013：320）由此可见，在文化批评的维度中，残缺不全的身体与弗洛伊德的欲望理论一样，是解构整体性和统一性的有力武器。借由不健全的身体，集权和暴政得以栩栩如生地展示在公众面前，意识形态和权力关系由此得到消解。如此一来，在消失了中心和权威的和谐世界中，平等和民主的大同世界指日可待。

第三节　从日常生活审美化到
分裂的客体

在笔者看来，麦卡勒斯对于《没有指针的钟》里黑人舍曼的刻画，称得上是个华彩乐章。这本书的种族立场非常鲜明，就是批判美国社会阴魂不散的种族主义政策，弘扬种族平等以及社会和谐。作为小说中渴望和平与自由的黑人代表，麦卡勒斯并没有像托妮・莫里森、艾丽丝・沃克等黑人作家那样，将作者的视角紧紧聚焦于黑人主人公，令读者产生与主要人物同呼吸共命运的感觉。也就是说，舍曼这样的黑人形象，让麦卡勒斯一掬同情之泪，却没有成为麦卡勒斯的代言人，与麦卡勒斯之间其实存在相当的距离。作为中产阶级白人女性作家，把握类似的写作分寸不足为怪，反而令她笔下的有色人种意象更具客观性和真实性。

说到底，舍曼是美国种族主义政策的牺牲品，然而如果从"性格与命运"的关系来考察，那么正应了"可怜之人必有可恨之处"这句话：他身上可谓劣迹斑斑，是一个自身品行极为不端的恶棍青年。就这点而言，他和《伤心咖啡馆之歌》中的年轻白人马文·马西可以等量齐观，两者都是道德败坏、充满恶习的流氓形象。根据福斯特的《小说面面观》，马文·马西属于扁平人物的范畴，其丰富性和丰满度都没有得到全面体现，毕竟他被放置在次要人物之列。而舍曼是个毫无争议的圆形人物，是故事浓墨重彩推出的中心意象，他的言语行为和精神面貌被淋漓尽致地展示出来。作为小说的核心人物之一，舍曼也无法和《心是孤独的猎手》中的黑人考普兰德相提并论，后者身上的民族使命感如此厚重，以致成为黑人族裔的杰出代表。考普兰德和舍曼都深感得不到他人理解，但考普兰德忍辱负重，体现了黑人知识分子的道德和良知，舍曼却冷酷自私以暴制暴，在消费欲望和民族仇恨中走向人生的尽头。所以舍曼的形象工程充满矛盾和悖论，既令人同情又令人憎恨，既让麦卡勒斯精心刻画欲罢不能，又让麦卡勒斯退避三舍，刻意与之保持较远的距离。正因为他的身心遍布模棱两可性，令读者和评论家很难用三言两语进行定位，才使得他成为值得研究和解读的对象。他身上呼之欲出的复杂性和多元性，让他超越了麦卡勒斯其他著作中的黑人形象，成为立体而熠熠生辉的黑人角色。

舍曼与老法官一家的渊源，几乎可以说是与生俱来的。假如故事能够还原成线性陈述，那么应该追溯到 20 世纪 30 年代的美国南方。那时候的南方种族主义气候，几乎和经济大萧条一样如影随形。黑人琼斯和白人奥西·立特尔是同一座奴隶主庄园的收益分成佃农，之后琼斯被控告谋杀了立特尔，理由是琼斯和立特尔太太有染，这是一桩貌似有理有据的情杀案。老法官的儿子约翰尼（也就是杰斯特的父亲），当时是血气方刚的年轻律师，怀着一腔正义出庭为琼斯辩护。但陪审团根本不相信琼斯是无罪的，约翰尼竭尽全力也无济于事，最后法院宣判琼斯死刑。立特尔太太不久就生下了一个孩子，而他就是她和琼斯的结晶舍曼，很快立特尔太太也含恨死去。离世之前，她对约翰尼表达了切肤之痛：

> 她恨他，还对他说了这个话。她骂他是一个没有用的律师，骂他牺牲当事人的利益来表达自己对于公正的理解。她咒骂约翰尼，指责约翰尼，认为假如他把这个案子作为一个常规的正当防卫来辩护，舍曼·琼斯现在已经无罪释放了。一个垂死的女人，又骂、又哭、又伤心、又诅咒。她说舍曼·琼斯是她所认识的最纯洁、最正派的男人，还说她爱他。她让约翰尼看那刚出生的婴儿，黑皮肤，像她自己一样的蓝眼睛。约翰尼回到家里的时候，那样子就像钻在桶里被冲下尼亚加拉瀑布的那个男人。（麦卡勒斯 2007：223）

舍曼带着种族仇恨来到世上，并伴随着这种仇恨度过了短暂人生。舍曼以为自己是被父母抛弃在教堂长椅上的孤儿，对自己的身世几乎一无所知。他生就一身黑皮肤和一双蓝眼睛，根据这一点，他就判定亲生父亲必定是白人，而生母一定是一位出色的黑人女性："他童年时代都在设法找他的母亲。凡是个性温柔，说话轻声低语的女人他都会一个一个地辨认。这个是我的母亲吗？他在沉默的期待中常会这样想，然而这期待的结局又总是悲伤。"（麦卡勒斯 2007：87）他后来幻想母亲就是大名鼎鼎的黑人音乐家玛丽安·安德森，并写信给她以便求证，但都石沉大海杳无音信。当他终于明白自己只不过是黑人男子和白人女子的私生子，而且父母都曾是潦倒的贫民时，他的精神防线全面崩溃。原本令他敬爱的老法官，这时又给了他沉重的一记打击，竟然让他负责起草复辟奴隶制的信件，令他终于走上黑人种族主义的道路，决定以牙还牙，以暴制暴。他搬到了白人聚居区，公然向主流阶层挑衅，却在老法官组织的蓄意谋杀中死于非命。

舍曼以自命不凡的姿态游走在世间，其实是一种自卑人格的体现。舍曼的经历用"悲惨"来形容绝非夸张：他一出生便是种族歧视政策下无依无靠的黑人孤儿，后来在斯蒂文斯家寄宿时又遭到男主人的性侵害，从而留下难以磨灭的心灵创伤。无论对于整个社会还是左邻右舍，舍曼其实都怀有恐惧和自卑的心理，比如他不轻易给陌生人开门，唯恐别人从背后敲他的脑袋。这种复杂的心理经过发酵，在舍曼身上就体现出了怪诞的外在，他比一般人显得更加目空一切狂妄自大。而这种反常的傲慢举动，与阿德勒的"自卑与超越"理论休戚相关。阿德勒和荣格虽然都曾经是弗洛伊德的弟子，但他们的心理学理论都与弗洛伊德大相径庭，而阿德勒以个体心理学理论著称于世。阿德勒认为，人类因为这样那样的原因大多具有自卑感，比如儿童由于事事屈就于大人而产生自卑，器官有缺陷的人因异于正常表现而深感卑微，等等。不同于弗洛伊德的宿命论观点，阿德勒强调人可以通过创造自我走出自卑，并且能够通过各种努力达到追求卓越的目的；也可能误入损害自我和社会的消极补偿，而无法远离自卑的阴影，甚至造成悲剧性命运（车文博1998：200）。阿德勒的个体心理学，从根本上讲类似于萨特的存在主义哲学，肯定"存在先于本质"的理念。它坚持乐观主义信念而反对本质主义观点，不仅为弱势群体指出一片光明的前景，而且在心理疾病治疗领域作出巨大贡献。阿德勒心理——行为疗法受到很多现代著名心理学家的推崇，比如，专事天才儿童教育的心理学家弗雷曼，认为阿德勒是最早的认知治疗师，并指出贝史和艾利斯的心理治疗认知模式，都建立在阿德勒心理学和心理治疗训练的基础之上（Freeman 2003：71—88）。美国心理学家艾利斯，则将阿德勒视为理性—情绪行为疗法（Rational-Emotive Behavior Therapy，REBT）的现代奠基人和先驱者，表明"如果没有阿德勒的开创性工作，REBT 的主要元素可能永远不会形成，这种可能性很高"（Ellis 1973）。根据阿德勒的心理学原理，《没有指针的钟》里的舍曼，其自卑感与生俱来如影随形，却刻意武装了一个强大的外表，以此来起到自我防卫的作用。

　　舍曼的自卑情结，首先来自于"生理的缺陷"。具体来说，至少有两个方面的因素共同决定了舍曼对于自我身体的不自信甚至自卑，它们分别是舍曼被性侵事件和他的黑白混血儿身份。黑人根基和"娈童案"，使得舍曼遭遇了双重伤害：在身体上，他觉得自己完完全全被斯蒂文斯先生"腌臜了"（麦卡勒斯 2007：160），成了一个肉体残缺不全的人；在精神上，受辱的情节长久以来挥之不去，从此他对白人男子深恶痛绝。而生理缺陷与自卑感的紧密关系，正是阿德勒早期的研究成果，也是受到学术界和临床医疗广泛关注的议题。在阿德勒看来，个体由于自身器官发展不完善，缺乏独立性和确定性，对从属于别人等生活压力经常有痛苦感，从而产生自卑感（翟贤亮、徐莉、孟维杰 2012：20—26）。关于这一点，国内学者朱振武写过一篇题为《自卑情结：福克纳小说创作的重要动因》的期刊论文，在剖析福克纳由自卑情结到优越情结的发展变化中，指出福克纳身材瘦小这一形体缺陷，是他产生自卑心理的诱因之一，也是他后来奋发图强、超越自我的动力之一。

福克纳在长相方面，除了福克纳家族典型的鹰钩鼻外，不论在个头、相貌还是在性格上都很像他母亲，他的母亲身高只有1.5米，他的传记作者戴维·明特把他称为"瘦小的男孩"……

身材矮小的福克纳像他书中的塞德潘（《押沙龙，押沙龙!》，1936）等许多人物一样，总想做一个强者，一个英雄，以不辱祖先的英名。他曾在本地报考美国空军，由于体重与身高都不够标准而未被录取。这使他矫枉过正。他置办产业，买宅置地，后来还购置了个人飞机，补偿了当飞行员的受挫心理，正是这种心理行为的合逻辑的结果。（朱振武2002：53—58）

正像福克纳购买地产、驾驶飞机等矫枉过正的行为一样，舍曼的心理补偿也是过犹不及。舍曼采用过度消费的方式，来弥补自己卑微的出身和低人一等的种族身份。他喝名贵的威士忌，穿着名贵的服装，连睡衣都是昂贵的丝织品。"虽然舍曼没有明说，但是很显然，他是受到'名人广告'的影响，才买了这一年他喝的威士忌。他的穿着也是竭力模仿'名人'广告里那个人不修边幅的风格，但是挪到他身上，那样子就成了凌乱邋遢。他是城中衣着最刺眼的人之一，他有两件哈瑟维衬衫（北美百年名牌产品），戴一个黑色眼罩，但是他戴了黑眼罩并没有让他气度不凡，倒反而显得模样可悲，并且老撞到东西。"（麦卡勒斯2007：75）舍曼后来住到了白人社区，不仅分期付款买了大钢琴，还买来了古董沙发和两把椅子，一切都是为了炫耀他自以为"今非昔比的身份"。

舍曼四下里打量这间屋子，里面摆着新的家具，分期付款买来的微型大钢琴，分期付款买的正宗古董沙发和两把椅子……

杰斯特又说道："你一定要离开这个地方。"

"丢下我这些家具？"随着杰斯特非常了解的情绪的又一次波动，舍曼此刻开始介绍他的家具。"你还没有见过我的卧室家具呢，还有粉红的被单，闺房用的枕头。我的套装你也没有见过。"他把壁橱的门打开。"四套崭新的浩狮迈男装①。"

他突然转身来到厨房，说道："厨房配备了各种现代化设施。都是我自己的。"沉浸在拥有这一切给他带来的欣喜若狂之中，舍曼似乎已经把忧虑忘得一干二净。（麦卡勒斯2007：251）

阿德勒于 1907 年发表论文《器官缺陷及其心理补偿的研究》（*Study of OrganInferiority and its Psychical Compensation*），扩展了因为自卑情结而进行心理补偿的整个生物学基础。他认为个体是有机统一体，补偿势必要顾全到整个机体：其一是针对有缺陷的器官进行补偿；其二通过发展其他器官功能进行补偿。（车文博 1998）就舍曼而言，很显然他天生的黑皮肤和遭受性伤害的身体，无法进行补救达到理想效果，因而只能另寻他途实施自我拯救。然而他在消费主义的滔天巨浪中，既没有得到物欲的满足，也没有得到精神的救赎，反而愈来愈空虚和自卑，深深迷失在世俗的旋涡中。

舍曼内心深处是妄自菲薄的，其根源还在于主观的自卑感。

---

① 浩狮迈，英文名为 HSM，美国历史上最为悠久的男装品牌，也是美国最大的西装制造商，2006 年登陆中国市场。

1910 年，阿德勒扩展了自卑感的概念，将理论重点从单纯的生理自卑感转向"主观的自卑感"。他认为，伴随着个体的成长，自卑感更多地起源于个体生活中所有不完美不理想的感觉，包括生理的、心理的和社会的障碍，不管是真实的还是想象的（郭本禹 2009：117）。从这一层面上讲，母爱的缺失是舍曼才下眉头却上心头的伤痛，也是他从小就自卑的原因之一。因为 11 岁时曾遭受斯蒂文斯先生的性侵，舍曼对所有的白人男子都切齿痛恨，根本拒绝去设想亲生父亲是黑人而母亲是白人的可能性。"舍曼在寻找亲生母亲的时候，几乎没有想到过他的父亲。舍曼只认为他是一个白人，他想象这个不知道是谁的父亲把她的母亲强暴了。因为每一个男孩的母亲都是高尚贞洁的，而假如她是一个虚构的人则尤其如此。因此，他讨厌他的父亲，就连想都不愿意去想他。他的父亲是一个白人疯子，他强奸了他的母亲，留下了蓝色、异样的眼睛这一个私生子的证据。他并没有像寻找生母一样寻找过他的父亲，因为对他的母亲的梦想给了他慰藉，但是一想到他的父亲他心头完全是憎恨。"（麦卡勒斯 2007：185—186）舍曼渴望找到理想中的黑人母亲，于是所有出类拔萃的黑人妇女都成为他想象的目标，也成为他生存下去的精神支柱。当杰斯特提及黑人女性音乐家玛丽安·安德森有可能就是舍曼的母亲时，舍曼大喜过望，迫不及待写了封信寄给安德森夫人，表达了他寻找母亲和身份归属的急切心情。

《没有指针的钟》屡屡提到玛丽安·安德森（Marian Anderson，1897—1993），而这一人物在非裔美国历史上是真实存在的。安德森夫人是美国著名女低音歌唱家，1939 年受总统富兰克林·罗斯福的邀请到白宫演唱，是获此殊荣的黑人女歌唱家中的第一人。她于 1958 年被提名为美国驻联合国的亲善大使，1963 年获总统颁发的自由勋章，1991 年获格莱美终身成就奖，是一位地地道道的杰出女性。她不仅在歌唱事业中为人类作出了卓越成就，而且将音乐作为武器，以此来消除种族仇恨和种族争端。有两起大事件足以证明安德森夫人的和平使者身份堪与音乐才华媲美：其一是在密西西比州的音乐会上，安德森夫人邀请所有观众和她同唱最后一首歌，把黑人和白人很好地聚合到了一起，被赞誉为"人类精神超越了自身和种族偏见"；其二是在华盛顿宪法大厅举办的音乐会上，安德森夫人因为黑人身份被拒绝进去演出，在罗斯福总统的妻子埃莉诺的帮助下，她得以在靠近林肯纪念馆的广场中举办免费个人音乐会，引发75000人前来观赏她的表演，将她的名气推向了又一波高潮。至今人们依然用各种方式来纪念她，不仅因为她无与伦比的歌声，更因为她以特有的方式表达了黑人权利和民族尊严。

《没有指针的钟》用虚实结合的写作策略，游走在历史现实和虚构想象之间。众所周知，麦卡勒斯深受俄罗斯现实主义文学的影响，将真实存在的历史文化融入虚拟小说之中，在她的写作中是司空见惯的现象。同时，麦卡勒斯的天性之一就是亦真亦幻，讲述周遭朋友的逸闻趣事时，也总免不了夹杂神奇和魔幻的成分。在这里，玛丽安·安德森的伟大神圣，与舍曼的卑微粗俗形成鲜明对比，反衬出舍曼自卑和绝望的心态，因为舍曼终于了解了真相：安德森夫人跟他毫无血亲关系，而且他死去的亲生母亲竟然是个卑微的白人妇女。

……那天下午一点钟，他发现有一个他自己种族的人被法官宣布处决了，他的名字就叫舍曼。还有一个白人妇女被指控与黑人通奸。他无法相信。他有这样的把握吗？但是，一个白人妇女，蓝眼睛，这与他所梦想的太不一样了。他就像某个令人迷惑不解、让人头痛的纵横填字谜一样。可是，他，舍曼……我是谁？我算什么人？那个时候他只知道他很不舒服。他的耳朵里仿佛响着一片瀑布声，但尽是耻辱和羞愧。不对，玛丽安·安德森不是他的母亲，丽娜·霍恩[①]也不是，蓓希·史密斯[②]也不是，他童年时代最喜欢的女人都不是。他上当了。他受骗了。他要像那个黑人男子一样去死。但是他绝不会跟一个白人去鬼混，那是肯定的。像奥赛罗，那个愚蠢的摩尔人！他慢慢地把文件放回原处，而当他回到法官家的时候，他的走路就像一个病人。（麦卡勒斯2007：235—236）

黑人历史中玛丽安·安德森等著名女性走进小说，成为舍曼渴望和想象的母亲形象，称得上是麦卡勒斯的又一神来之笔。舍曼自觉身世凄凉、身份低微，因而格外喜欢自吹自擂，也希望听到别人的奉承和赞美，"舍曼对于人家对他的恭维是来者不拒，就像海绵吸水一样，因为他听到的恭维话太少了……"（麦卡勒斯2007：88）对舍曼来说，拥有一个名人母亲，无疑是改变现有社会身份的有效策略，也是抚慰心灵创伤的灵丹妙药。尽管这是一个幻想型的补偿手段，却让舍曼乐此不疲无法

① 丽娜·霍恩（Lena Horne，1917—2010），美国黑人女歌手和演员，出生于纽约布鲁克林，曾在百老汇登台献艺，参演过《黑鸟》、《同你的上帝一起舞蹈》等剧。1938年签约米高梅公司并初登银幕，成为第一个与好莱坞签订长期合同的黑人女演员，先后在《天堂小屋》、《莺歌凤舞》等影片中扮演主角或配角。

② 蓓希·史密斯（Bessie Smith，1892—1937），人称"布鲁斯歌后"，是20世纪20年代最红的美国黑人歌手。1929年美国经济大萧条席卷而来，正如日中天的蓓希在歌坛的地位直线下降，合作多年的哥伦比亚唱片公司与她解除合约，因为听众不愿在萧条岁月听忧伤歌曲，而是需要欢快节奏和世俗主题。蓓希后来在南方的密西西比遭遇车祸，因为种族身份其伤势被耽误，去世时年仅45岁。她在1967年入选Down Beat（一家致力于"爵士、蓝调和超越"的美国杂志）爵士名人堂。

自拔。但是归根结底，这种补偿实际上是无效的，因为舍曼真正想要的，并不是来自母亲的关心和爱等种种情感要素，而是在索取空洞无物的象征符号，即母亲高高在上的所谓名人效应。舍曼这种来自深层主观的自卑情绪，存在他身上由来已久，当他用目空一切为非作歹的姿态来武装自我时，非但不能提升他的个人价值和文化地位，反而遭受到他人的轻视和指责，他的自我炫耀也沦为笑柄。"阿德勒将补偿分为补偿对象、补偿性质和补偿行为的实施者三个维度。补偿对象被分为针对生理障碍的补偿、针对心理障碍的补偿和针对社会障碍的补偿；补偿性质被分为有效（积极）补偿和无效（消极）补偿；补偿行为的实施者只存在个体自我补偿一个元素。这暴露出阿德勒自卑补偿理论在补偿行为实施者角度上研究的缺失。客观存在的有别于自我补偿的他人补偿，即补偿行为由他人实施完成的补偿方式，与个体自我补偿方式相对应，完全可以作为补偿行为发出者这一维度的另一个元素，进而补充完善阿德勒的自卑补偿理论体系。"（翟贤亮等 2012：21）如果将舍曼的心理补偿做法放置到阿德勒的理论框架中思考，那么舍曼所行使的只能是无效补偿或者消极补偿，最终无法达到精神救赎、建构身份的效果。

舍曼的自卑情结最终没能成功转化为优越情结，从而达到超越自我实现辉煌的目的，还与他脱离社会兴趣的生存方式息息相关。所谓社会兴趣，是指个体对所有社会成员的一种情感，或是对人类本性的一种态度。它表现为个体为了社会进步而不是个人利益与他人合作。社会兴趣有多种表现形式：（1）在困难情境中，准备与他人合作，帮助他人；（2）多奉献少索取的心理倾向；（3）富于理解和同情他人思想情感的能力（郭本禹 2009：118）。20 世纪 30 年代，阿德勒进一步扩展修改了自己的理论，不再把追求个体的优越感作为人类的基本动机，转而认为人是天生具有社会兴趣的群体性生物。社会兴趣是阿德勒个体心理学中的基本概念之一，它不仅涉及与别人交往时的情感，也是一种对生活的评价态度和认同能力。阿德勒还认为有无社会兴趣是衡量个体是否健康的主要标准，社会兴趣的水平决定一个人生活意义的大小和对社会贡献的程度。在阿德勒看来，人的社会兴趣最初是由儿童同其父母间的早期相互作用而产生的，因此父母的重要任务之一乃是唤起和培养儿童的社会兴趣，对儿童的溺爱和漠视则是影响儿童社会兴趣发展的两个重要原因（车文博 1998：200）。舍曼最初是作为弃儿生存于世，成长过程中又因为黑人身份饱受歧视，导致他的社会兴趣发展方向左右摇摆、举棋不定。他希望通过认同和模仿他人来确定自我，并且实现社会价值，但其理想由于种种诱因流于破产，终于落得个死于非命的下场。

从文本机理看，舍曼曾经致力于黑人民族的解放事业，渴望以此为社会幸福奋斗终生。舍曼与杰斯特的第一次会面，对两人来讲都是极富意义的，因为从此以后他们便有了无数的交集和纠葛。就是在初次见面中，舍曼表面上显得充满敌意且蛮横无理，实质上却敞开心扉透露一切，包括他的孤儿出身、遭受性侵、黑人身份、主要思想，等等。其中舍曼有关黑人选举的情结陈述，颇值得人玩味和深思，表明他一度非常热衷于黑人族裔的社会集体活动。

  "这个嘛"，舍曼有些犹豫地说道，"在这种情况下，在门板下面塞一个纸棺材进去——我们继续我们的选举研究，了解所有总统的名字和日期，背宪法等等，但是我们的目

标是要选举，目标不是要做圣女贞德①，所以在这种情况
下——"他说话声越来越轻。他没有对杰斯特说起选举日
临近时你来我往的相互攻击，也没有说自己是一个未成年
人，不管怎么说都不可能参加投票选举的。而那一个秋日，
舍曼确实遵循繁琐的程序一丝不苟地参加了投票选举——在
想象中。而且在想象中他还随着《约翰·布朗的遗体》的
旋律被处以绞刑，做了他那个种族的殉难者，一听到这首战
歌他总是会大哭，而那一天他更是放声大哭。没有一个金色
尼日利亚俱乐部的会员参加了投票选举，于是选举的话题再
也没有提起。（麦卡勒斯 2007：77）

在《没有指针的钟》里，金色尼日利亚指的是黑人，可见
舍曼曾经非常痴迷于政治选举等黑人俱乐部的社会活动。虽然黑
人舍曼只是在想象中参加了选举，但他听到《约翰·布朗的遗
体》就感动得号啕大哭，希望自己能够效仿约翰·布朗的英雄
壮举，成为黑人民族的殉道者。约翰·布朗对舍曼的影响如此巨
大，以至于后者以身殉职在所不惜，以便追随先辈的斗争步伐。
那么被舍曼视为神圣英雄的约翰·布朗究竟是何许人呢？事实上
约翰·布朗（John Brown，1800—1859）是一位白人废奴主义
者，从小目睹了许许多多奴隶起义和奴隶主的残酷镇压，遂萌发
了献身废奴事业的决心和志向。他原本以为通过非暴力运动可以

---

① 圣女贞德（Jeanne d'Arc，1412—1431），法国军事家和民族英雄，是历史
上唯一能在 17 岁时就指挥国家大军的少女。在英法百年战争（1337—1453）中，她
带领法国军队对抗英军入侵，支持法国查理七世加冕，后为勃艮第公国所俘，被英
格兰当局控制下的宗教裁判所诬陷为异端和女巫，并以火刑处死。贞德是西方政治
和文化的重要象征，是莎士比亚、萧伯纳、伏尔泰、席勒、马克·吐温、布莱希特
等文学大师钟爱的艺术形象，也是威尔第、柴可夫斯基等音乐大师的创作素材。

争取黑奴的解放，但后来发现这是不切实际的，唯有流血牺牲的暴力行为才能终止万恶的奴隶制。约翰·布朗于1859年率领由22个白人和黑人组成的武装队伍，进攻弗吉尼亚州的哈帕尔斯渡口，发动美国历史上名闻遐迩的"约翰·布朗起义"。他逮捕种植园主、解放奴隶、号召消灭奴隶制，表现出大无畏的英雄气概。起义后来被美国军事家罗伯特·李将军所镇压，约翰·布朗随之遭到逮捕并杀害。在布朗殉难的那一天，许多地方举行了游行示威，教会鸣钟为布朗祈祷。马克思在致恩格斯的信中说：现在世界上所发生的最大事件之一，是"由于布朗的死而展开的美国奴隶运动"。恩格斯也预言："无论如何，奴隶制显然会这样或那样地很快完蛋。"超验主义文学家的代表卢梭和爱默生，都对约翰·布朗表达了肯定和赞赏的态度。"约翰·布朗起义"意义重大，为1861年爆发的美国内战吹响号角，也为1865年美国奴隶制全面废除奠定了坚实基础（http://baike.baidu.com/view/982531.htm）。

舍曼徘徊在英雄情结和恶棍情结之间，最终滑向了后者。他以约翰·布朗这样的废奴英雄为楷模，又受到类似于哈皮·亨德逊之流街头黑人混混儿的影响，犹豫片刻之后还是倒向了恶棍的阵营。哈皮和舍曼同是金色尼日利亚俱乐部的会员，是舍曼口中的"精神分裂症"患者。

"他（哈皮）是处电刑的？"杰斯特问道，他惊呆了。

"那是没话说的，在圣诞节前夜抢劫一个白人老太。后来才知道，他在精神病院待了半辈子。没有作案的动机。实际上，他用棍子敲那个老太之后，并没有抢走她的钱包。他就是突然间，然后就精神分裂了——律师提出辩护，说了精神病院，贫困，压力——我是说州里面请来帮他辩护的律师——不过，横辩竖辩，不管怎么辩，哈皮还是被做了。"

"做了，"杰斯特惊叫起来。

"一九五一年六月六日，在亚特兰大处以电刑。"（麦卡勒斯 2007：78）

小说中的"哈皮·亨德逊事件"，其身体政治的意义指向是多重和复杂的。其一，舍曼和社会上的芸芸众生一样，认为哈皮是因为心智发疯和精神分裂而公然抢劫他人，并最终被送上了绞刑架。然而，对于疯人院和疯子的概念，福柯却有着不同于常人的解读，他认为疯癫之人"已经提前解除了这种恐惧，并把死亡变成一个笑柄，使它变成了一种日常的平淡形式，使它经常地再现于生活场景之中，把它分散在一切人的罪恶、苦难和荒唐之中。死亡的毁灭已经不再算回事，因为它已无处不在，因为生活本身就是徒劳无益的口角、蝇营狗苟的争斗。头脑将变成骷髅，而现在已经空虚"（福柯 2003：12）。而詹姆斯·米勒如此评价福柯的观点："到了我们这个时代，他们却被当作病人关进了疯人院，一种'被误导的慈善'大行其道。表面上好像是对科学知识的一种开明的、人道的运用，可在福柯看来，实际上却是社会管制的一种阴险狡诈的新形式。"（米勒 2005：13）从福柯的视角来考察哈皮·亨德逊这一人物形象，可以洞察到理性文明对于社会畸零人的压制。疯癫和常规之间其实并没有严格划分的界限，正常人也会有疯疯癫癫的言行举止，也时常会出现离经叛道似傻如狂的念头；而疯人也能察觉常人无法看到的真理，甚至毫无顾忌地打破权力结构和正统规范，呈现一条狂欢而自由的解放之途。哈皮的疯癫意象，可以阐释为权力系统对边缘弱势群体的禁锢，从而将社会意识形态一览无余地展现出来。其二，哈皮

"发疯"、抢劫、处以电刑的悲剧命运，日后对舍曼疯狂地报复白人主流社会起到了铺垫作用，也为舍曼同样悲惨的下场埋下了有力的伏笔。舍曼始终在自卑的泥坑里无法逆转，自我心理补偿的手段既残酷无情又匪夷所思：他将杰斯特心爱的宠物狗吊死，直接搬到白人聚居区挑衅统治集团的价值观。舍曼的所作所为在本质上与哈皮如出一辙，在白人社区的居民看来，都是带有"疯癫"意味的非正常举动，两者很自然地形成呼应和互文关系。其三，哈皮抢劫的是个白人老太太，因而被送到亚特兰大处以电刑，这一点显得颇为意味深长。当舍曼说出哈皮被执行死刑时，连白人中产阶级优秀青年杰斯特都感到惊心动魄，因为在这起抢劫案中白人老太太既没有失去钱财，也没有受到身体伤害，显而易见哈皮罪不至死。法律衡量白人和黑人罪责时的双重标准，揭示了当时南方社会种族主义思想依然普遍存在的事实。

舍曼在自我补偿和救赎的道路上败绩累累，预示着消费主义和种族主义思潮在美国大行其道。他试图通过物质主义和金钱主义来弥补身体和心灵的缺憾，也试图运用名人效应来弥补与生俱来的主观性自卑，最后都无一例外地失效了。在约翰·布朗和哈皮·亨德逊之间，舍曼最终也追随了后者的人生轨迹，不得不陷入极其被动和尴尬的生存境遇。在最后的爆炸案中，舍曼不仅在肉体上化作了碎片，更在文化和精神上沦落为分裂的客体。"舍曼在屋子里弹钢琴，萨米好奇地观望，心里纳闷一个黑鬼怎么会学会弹钢琴的。接着舍曼开始唱起来。他脑袋后仰，露出强壮的黑色喉咙，而萨米的炸弹就是瞄准舍曼的喉咙的。由于相距只有几码远，炸弹正好击中喉咙。第一个炸弹扔出之后，一种凶狠而舒畅的感觉又回到了萨米的身上。他扔出第二颗炸弹，房子着火了。"（麦卡勒斯 2007：254）

　　从这个意义上讲，舍曼用身体诠释了"日常生活审美化"这一概念。"日常生活审美化"的命题，最早是由英国诺丁汉特伦特大学社会学与传播学教授迈克·费瑟斯通（M. Featherstong）提出来的，他于1988年4月在新奥尔良"大众文化协会大会"上作了题为《日常生活审美化》（The Aestheticization of Everyday Life）的演讲，从此这个术语深入人心。他指出在现代和后现代社会中，日常生活审美化正在消弭艺术和生活之间的界限（王焱 2007：48—53）。而国内学者陶东风的《日常生活的审美化与文化研究的兴起——兼论文艺学的学科反思》，阐明审美活动已经超出纯艺术/文学的范围，渗透到大众的日常生活中，具体表现在占据大众文化生活中心的已经不是诗歌、绘画等经典的艺术门类，而是一些新兴的泛审美/艺术门类，如广告、流行歌曲乃至居室装修等。艺术活动的场所也远远逸出与大众的日常生活严重隔离的高雅艺术场馆，深入大众的日常生活空间，如城市广场、购物中心等。而在这些场所中，文化活动、审美活动、商业活动、社交活动之间不存在严格的界限（陶东风 2002：165—171）。事实上，伊格尔顿的美学意识形态思想，就包含着日常生活审美化的理念，也就是注重文化艺术作品的实践功能，使它既要以现实世界为蓝图和基础，又要服务于社会现实，真正做到文化干预政治的目的。诚如舍曼的人生选择给人们的启示，在当今的现代消费社会，"日常生活审美化"假如走过了头，就会陷于一片泥淖之中。舍曼喜欢根据"名人"广告来购买名贵服饰，喜欢到购物中心买名牌钢琴等，都反映了现代美国社会的消费倾向。而物质主义观念对舍曼头脑的清洗，使他远离了学识积累和精神升华的正途，最终以分裂客体的身份走上不归路。

第四节 音乐语言：整合狂欢式的 身体碎片

众所周知，音乐在麦卡勒斯的生活和创作中起着不可忽视的作用。麦卡勒斯从小就是音乐神童，在母亲玛格丽特的悉心培养下，原来是朝着音乐家的方向发展的。传记家卡尔记载了玛格丽特家族祖传的钢琴，以及这架钢琴带给幼年麦卡勒斯的最初音乐启蒙。

> 对玛格丽特来说，她女儿的音乐天才正好可以在露拉·沃特斯（麦卡勒斯外婆）的漂亮的檀木钢琴上开花结果。钢琴从祖上传下来，有好几代了。尽管沃特斯夫人不是钢琴家，但她热爱音乐，有机会就鼓励客人去弹。她没有钱送自己的孩子学钢琴，一直为家里没有音乐而痛苦。所以看到女儿要把年轻的露拉·卡森（麦卡勒斯原名）培养成钢琴家，她非常高兴。在孩子走路还不稳、个子太小不能独自坐在琴凳上时，玛格丽特就把孩子放在自己膝上，把孩子胖胖的小手按在键盘上，放声高歌："弹吧宝贝弹，你终会著名，有一天。"（卡尔 2006：16）

青少年时期的麦卡勒斯，先后求教于几个专业钢琴家，弹出来的音乐达到出神入化的境界。她不仅是母亲玛格丽特口中的音乐天才，还是玛格丽特朋友们和亲戚们津津乐道的神童。尽管后来麦卡勒斯走上了作家之路，在文学领域同样表现出了非凡才能，音乐却是伴随她一生的重要主题。事实上，与麦卡勒斯私交甚笃的朋友中，很多都具有音乐教育背景或者兴趣爱好，相同的

艺术品位成为他们彼此惺惺相惜的基础。比如大卫·戴蒙德
（David Diamond，1915—2005），就是美国著名作曲家，成名作
为《诗篇》（1936）和《回合》（1944）等。他曾在伊斯曼音乐
学院①学习音乐，并在巴黎师从娜迪亚·布朗热②，后来在朱莉
娅学校等音乐院校教授作曲。戴蒙德在 20 世纪 40 年代与麦卡勒
斯相遇，之后彼此曾经过从甚密，给后世留下许多值得研究的往
来信件和故事。再比如英国大诗人奥登③，1940 年和麦卡勒斯等
艺术家和文学家们，一起聚居在纽约的米达大街，从而成为好朋
友。"奥登自己也受过良好的音乐教育，弹一手漂亮的钢琴。尽
管周围都是音乐高手，但卡森从来不害怕给大家弹一些她喜欢的
作曲家的作品，特别是巴赫，她觉得自己弹得最自如。米达大街

---

① 伊斯曼音乐学院（Eastman School of Music），1921 年由著名实业家、慈善
家、柯达公司创始人乔治·伊斯曼创建的专业音乐学院，是当时美国音乐学院中极
具活力和革新思想的一所新型学校，7 位普利策奖获奖者及多位格莱美获奖者曾在该
校任教。

② 娜迪亚·布朗热（Nadia Juliette Boulanger，1887—1979），即娜迪亚·朱丽
叶·布朗热，法国女音乐教育家、作曲家、指挥家。她出生于巴黎的一个音乐世家，
其父是罗马大奖得主，其母是俄国公主，其妹妹莉莉·布朗热也是著名作曲家。她
本人曾从事过作曲，其声乐套曲《美人鱼》曾获罗马大奖第二名，但她主要作为一
位杰出的音乐教师而著称。她从 1907 年开始执教，许多 20 世纪著名的音乐家都出自
她的门下，其中包括从沃尔特·辟斯顿（Walter Hamor Piston，1894—1976）到菲利
普·格拉斯（Philip Glass，1937—　）的几代美国作曲家，为美国 20 世纪的古典音
乐发展做出了卓越贡献。她的学生中除了大量正统的古典音乐作曲家外，还有跨界
的阿根廷探戈音乐大师阿斯托尔·皮亚佐拉（Astor Pantaleón Piazzolla，1921—1992）。
此外她还致力于对克劳迪奥·蒙特威尔第（Claudio Monteverdi，1567—1642）、海因
里希·许茨（Heinrich Schütz，1585—1672）等文艺复兴时期音乐家的研究。

③ 奥登（Wystan Hugh Auden，1907—1973）英国诗人，15 岁开始写诗，后入
牛津大学攻读文学，20 世纪 30 年代以第一部作品《诗集》成为英国新诗代表，是英
国左翼青年作家领袖。奥登被认为是继叶芝和艾略特之后英国最重要的诗人，1967
年获全国文学勋章，1973 年在维也纳的一次诗歌朗诵之后，因心脏病发作突然去世。

的老社区里回响起音乐、咏叹调、诅咒声和热烈的谈话声……"甚至和麦卡勒斯有过一段婚姻生活的利夫斯，也是音乐爱好者："晚上吃完饭后，卡森通常在床上读书，和利夫斯一起听新买的电唱机里放出来的她喜欢的音乐，然后早早睡觉。利夫斯也喜欢音乐，但不像她那么着迷。"（麦卡勒斯 2007：88）尤其在他们早期的婚姻生活中，音乐几乎是必不可少的调剂品和共同爱好。

人们如果细读麦卡勒斯的长篇小说，就会发现音乐一直回荡在她的每部小说中。就像米克这个少女形象贯穿《心是孤独的猎手》一样，音乐也始终贯穿着米克的身心，并成为整部小说的背景，给读者以影视剧般荡气回肠的效果。米克对音乐心醉神迷的程度，并不亚于创造她这个形象的作家麦卡勒斯。某种意义上可以说，麦卡勒斯正是将"灵魂飞升"的音乐感觉，注入米克的身体中："她（米克）可以随时演奏贝多芬的交响乐。她秋天听到的这首曲子里有一种奇怪的东西。这首交响乐存在了她身体里，而且慢慢地生长。原因是这样：整个交响乐在她头脑里。不可能不这样。她听见过每个音符，而且在她的记忆深处，整个曲子完好无损地存留着，和最初听到时的一模一样。"（麦卡勒斯 2007：229）即使在弥漫着怪诞氛围的《金色眼睛的映像》中，音乐也是无处不在，形成一道亮丽的风景："两个房间堆满了他（威恩切克中尉）这辈子积攒的物品，包括一台大钢琴……老中尉还拉小提琴。从他的房间稀稀落落传来弦乐三重奏或四重奏的无伴奏旋律，这乐声让经过走廊的年轻军官们抓耳挠腮，面面相觑。兰顿太太经常在傍晚时分来拜访他。她和威恩切克中尉一起演奏莫扎特的奏鸣曲……"（麦卡勒斯 2007：39）在这里，音乐既是点燃身体欲望的媒介，也是超越物欲净化心灵的工具。该小说的主要人物都为肉体欲望所困扰，同时又在权力关系中纠结和沉浮，音乐混响不仅使得人与人之间的争斗愈加激昂，还将第二次世界大战的号角吹进了文本中，同样具有影视化的效果。

《没有指针的钟》里的杰斯特，就是在音乐的召唤下，得以与黑人舍曼相遇的。杰斯特与舍曼剪不断理还乱的情感纠葛，既有隐秘的私欲，又有对民族纷争问题的深入思考。一直要到小说临近结尾，当老法官将杰斯特父亲约翰尼自杀的前因后果和盘推出时，杰斯特的精神洗礼和身份建构才水到渠成。而此前的绝大部分小说篇章，都呈现了杰斯特破碎、未完成的自我。麦卡勒斯以如此方式叙述了杰斯特为舍曼音乐吸引情形：

> 就在他（杰斯特）浑身冒汗，而且仍然找不到安慰的时候，突然一阵音乐声提起了他的精神。他竖起耳朵听着远处传来钢琴弹奏的乐曲声，还有一个忧愁的声音在唱，尽管唱的是什么乐曲，这歌声又是从什么地方传来的，他并不知道。杰斯特用一只胳膊肘支起身子，静静地听着，并望着窗外的夜色。那是一支布鲁斯乐曲，放浪而令人悲伤。音乐是从法官家房子的背后黑人居住的巷子那边传来的。那孩子听着音乐，只感到爵士乐的悲伤弥漫开来，不断加强。（麦卡勒斯 2007：48）

作为黑人音乐的重要形式，爵士乐本身就含有欲望和挑逗的成分。比如非裔美国女作家托妮·莫里森的长篇小说《爵士乐》，就将爵士乐的音乐表现形式与小说文体勾连起来，用爵士乐中蠢蠢欲动的激情，来映照美国"爵士时代"消费主义浪潮下的物质欲望。在美国城市化进程中，《爵士乐》的男女主人公从南方农村迁移到北方都市，然而物欲横流的城市生活不断刺激着他们原本平静的心灵，最终令他们寝食难安、婚姻触礁。在这部小说里，爵士乐是无处不在的背景，既是黑人们表达内心诉求的文化介质，也是整个文本的基调和主题。爵士乐这种审美形式，愉悦民众精神的同时，又刺激着他们的神经，说到底是一种身体欲望的呈现。伊格尔顿《审美意识形态》的第十章为"父亲之名：西格蒙德·弗洛伊德"，集中探讨弗洛伊德有关审美和身体的关系问题。

> 对弗洛伊德来说，在人类生活完全涉及强烈的肉体感觉和巴洛克式的想象的情况下，生活是审美的、内在地充满意义的、象征的，与幻想和形象密不可分。无意识通过一种"审美的"逻辑而起作用，用艺术加工（bricoleur）这种巧妙的机会主义来淡化和取代其表象。因此，对弗洛伊德来说，艺术不是个特权化的领域，而是构成日常生活的性欲过程的延续。如果说艺术有什么特别的话，这只是因为日常生活过于不可思议。虽然审美在唯心主义范围内曾被认为是无欲望的感觉的形式，弗洛伊德却要揭露这种观点的虔诚的天真，他认为审美本身就是一种性欲的渴望。审美就在我们身边；但对于同席勒相对立的弗洛伊德来说，这既是胜利又是灾难。（伊格尔顿 2013：244）

在伊格尔顿看来，弗洛伊德的宗旨非常明确：审美即身体欲望，是力比多和肉体本能，也即弗洛伊德自己着重强调的本我。一方面，这种审美（肉体欲望）是反对专制化和机械化的有力武器，很好地解放了身体和灵魂，还人类主观能动性和创造力以应有的崇高地位；另一方面，当快乐原则毫无顾忌地四处蔓延时，理性就时时处于危险之中，在现实原则无立锥之地的情况下，社会将处于一片混乱之中。对于《没有指针的钟》里的杰斯特来说，音乐始终是人生无法或缺的重要内容，所以当老法官要求他上西点军校时，他断然拒绝，坚持音乐和飞行才是他的最大梦想。当年纪相仿的舍曼出现时，杰斯特首先是为他的钢琴声所牵引，然后才产生了身体欲望和种族思考。音乐、力比多和黑人性三者之间，是你中有我、我中有你的关系，是唇齿相依、水乳交融的纽带。黑人喜欢利用爵士乐来传达情感，来表述他们的内心诉求，而爵士乐反过来又强化了他们争取自由的渴望，推动了他们展开民权运动的步伐。杰斯特对于舍曼以及黑人民族的理解，标志着他的自我发展之路，而他的成长始终回荡着音乐的撞击声。正如伊格尔顿所言："对弗洛伊德和席勒来说，审美可以称为想象的慰藉，但审美又是极度释放的引爆器，极度的释放表明人类主体是分裂的，未完成的。"（伊格尔顿 2013：245）那么，杰斯特是怎样从一个分裂和不确定的人格，进行自我塑造和自我成长的呢？

首先，身体欲望和文化言语一直处于对抗的状态，而杰斯特通过肉体抗争力图获取语义。弗洛伊德将审美的本质定义为是生理激情的，这在杰斯特的身上展现得淋漓尽致。和老法官过于务实的人生信仰不同，杰斯特总体偏重于感性的体验，所以当老法官要求他上西点军校时，他断然拒绝，坚持音乐和飞行才是他的最大梦想。这样一来，杰斯特和老法官之间，就不可避免地产生严重分歧，不管是对待个人前途还是民族矛盾，一向都是如此。祖孙之间的矛盾和对抗，栩栩如生地体现在他们的日常生活和对话之中。

"有一句老话说得好，也许你也听说过，生活中最好的东西是免费的。像所有的一般规律一样，这句话既对又错。

但是这一条是对的：你在美国可以完完全全免费获得最好的教育。西点军校就是全免费的，我或许可以为你谋一个位子。"

"可是我不想当军官。"

杰斯特感到困惑，说不上来。"我也说不清楚。我喜欢音乐，我喜欢飞行。"

"哦，那就上西点军校，进空军部队。凡是可以从联邦政府得到的东西你都应该好好利用。上帝知道联邦政府给南方造成的损失是够大的了。"

"我要到明年才中学毕业，现在还用不着打算将来的事情。"（麦卡勒斯 2007：37）

对于从小失去父母的杰斯特，老法官不仅从生活起居和教育方向上对其实行管制，还试图将种族主义理念植根进其头脑。幸运的是，杰斯特天生不喜欢专制和教条，对以上这一切安排都熟视无睹，而是坚持用自己的双脚来体验生活，从而得出结论作出判断。杰斯特具有可贵的独立思考能力，这为他后来的领悟和成长埋下了有力伏笔。处于小说前期的杰斯特却是苦闷而压抑的，就像《审美意识形态》所描述的："要成为主体就要被异化，就要通过欲望的运动赋予自身以本质。""正是在客体受到排斥或禁止时，客体才描绘出欲望的轨迹，因此，客体的可靠领地以缺失为标志，其临终存在的不在场的可能性扭曲和掩盖了其在场。"（伊格尔顿 2013：250）

此时作为客体的杰斯特，其欲望轨迹就是对舍曼隐秘的同性恋情。杰斯特是循着音乐之声与舍曼结识的，在接下来的重要互动场合中，音乐的媒介作用显而易见不容忽视。是音乐这种审美方式激发了杰斯特的隐秘欲望，也可以说这种生理倾向生而有之，他酷爱音乐就是其中的一个证据。音乐和同性恋之间本来没有必然的联系，但放到有些人比如杰斯特身上，情况就非同寻常。"在那个仲夏之夜杰斯特和舍曼第一次见面的时候，九点钟还没有到，而且他们见面只不过两个小时而已。但是在青春年少时期，两个小时可以是一个关键时刻，它可能扭曲整个人生，也可能启迪整个人生，而这样的一次经历那天晚上在杰斯特的身上发生了。当音乐激发的热情和首次见面稳定下来的时候，杰斯特才想到观察这间屋子。"（麦卡勒斯 2007：73）尽管一开始舍曼就对杰斯特出言不逊、粗暴无礼，使得杰斯特受尽屈辱而满腔愤怒，但从此以后，杰斯特却对舍曼越来越感兴趣。这当然不是舍曼的学识或品行有什么过人之处，而是杰斯特对舍曼产生了纯真而秘密的欲望。当得知舍曼即将成为老法官的贴身秘书时，他在穿衣打扮和言行举止上颇费思量："他穿得这样山清水绿，是因为他知道舍曼要来……实际上，他那是在打发时光，而他要等到自己尽显风趣幽默，显得很有才华了，才肯见一见舍曼。"（麦卡勒斯 2007：110）杰斯特对舍曼的爱恋毫无来由、欲罢不能，以至于当舍曼对杰斯特谎话连篇、拳脚相加时，杰斯特也是这样想的："什么都不如送一件心爱的礼物给舍曼这个举动让杰斯特感到更满足了，因为他爱舍曼。"（麦卡勒斯 2007：155）及至杰斯特得知了老法官等人谋杀舍曼的计划，急忙跑去告诉舍曼并希望他逃过此劫时，杰斯特仍然能感受到自己对于舍曼的激情："杰斯特一再地问他自己为什么他要关心舍曼。他跟舍曼待在一起的时候，他在肚子上，在心里面，就有一种冲动感。"（麦卡勒斯 2007：253）而此时舍曼正穿着丝质睡衣弹奏钢琴曲，对来自杰斯特的关心置若罔闻。令人回味的是，杰斯特与舍曼的首次见面和最后诀别，都是在舍曼的钢琴声中展开。他们时常讨论的话题，貌似日常生活和家长里短，实质上却涉及种族、性别和阶级等重大事宜。由此可见,麦卡勒斯特意让音乐成为文本的固有部分,它见证个人遭际和社会历史,并对其实施评论和裁判,赋予《没有指针的钟》以元小说的丰富内涵。

纵观以上文本细节,杰斯特运用身体欲望来与文化语义进行对抗,主要表现在两大方面。其一,他的欲望和言语常常无法同步,致使陷入失语之中。杰斯特在与舍曼的多次会面中,总是对后者表达友好和亲近之意;而舍曼却毫不领情,反而用对抗和讽刺的姿态来面对杰斯特。在一次次言语交锋中,杰斯特几乎都处于下风,时常被激怒到仓皇逃离现场的程度。比如在第一次与舍曼见面之后,杰斯特竟忍无可忍地跑到妓院里,以证明自己不是舍曼口中的幼稚男孩,而是成熟的堂堂男子汉。这一切都表明:杰斯特由于欲望在身体里左奔右突,完全陷入了焦虑和尴尬的失语境地。而伊格尔顿将弗洛伊德的审美观与传统美学理想对比后,发现"弗洛伊德的出现无异于晴天霹雳,因为他的理论是,肉体根本不擅长语言……文化和肉体只为对抗才相会……精神分析所研究的是欲望被言说进而成为言语时所发生的一切;但是言语和欲望不可能协调一致,因为意义和存在不断地相互置换;虽然广义的语言揭示了原初的欲望,但欲望也会造成口吃和失语"(伊格尔顿 2013:247)。其二,杰斯特在欲望受到压制因而百般苦闷之时,力图通过肉体反抗来获取语义。这里所谓的语义,理所当然指代话语权。"……这个过程就可以被读解为肉体力量的有力抗争,读解为肉体在其中获得或未获得言语的语义场域。"(伊格尔顿 2013:248)正如作家麦卡勒斯的同性恋欲望无法昭告天下一样,杰斯特对舍曼的爱恋也只能以隐秘的方式存在。麦卡勒斯把自己在性取向方面遭受的苦闷,日复一日地编织进了小说文本;而杰斯特也在努力寻求突破和出口，将无以排遣的激情挥洒到音乐和飞行中。杰斯特钢琴弹得如此投入和出色，连舍曼都忍不住妒火中烧："从客厅里传来了钢琴声。杰斯特在弹《菩提树》①。舍曼是怒不可遏的样子，因为他弹得这样好……杰斯特弹这首歌的时候眼眶里含着激动的热泪……"（麦卡勒斯 2007：139—140）而飞行带给杰斯特的，是另外一种无与伦比的释放："杰斯特驾驶的是一架敞开的莫斯飞机，因此强有力的风贴着头皮把他的头发往后拉。他故意不带头盔，因为他喜欢风和太阳给他的感觉。"（麦卡勒斯 2007：111）唯有在音乐和飞行中，杰斯特的身体才最自由、最具创造性，实际上他是在用另一种方式，表达他那长期遭受禁锢的同性恋语义。

　　其次，自我建立在肉体的基础之上，杰斯特在欲望的动态转换中确立主体身份。音乐和飞行成为杰斯特禁忌欲望的迂回出路，却无法让他走出个体创伤，从而由私人领域走向公共领域。对杰斯特自我成长和身份建构起决定性作用的，其实是他对种族问题的洞察和领悟。杰斯特生来没有种族偏见，在他与老法官的前期对话以及他对待舍曼的态度中，已经表现得很清晰。但他最后能够真正超越自我，却是在知晓父亲约翰尼当年的自杀之谜之后。老法官一直对爱子约翰尼的死讳莫如深，直至小说的后半部分才对杰斯特如实相告。约翰尼曾经为黑人琼斯的案子竭尽所能，这一点连旁观者老法官都看得一清二楚："约翰尼在这个案子中已经陷得太深，夜以继日地研究卷宗，查阅相关法律规定，

---

　　① 《菩提树》出自奥地利音乐家舒伯特之手，是其声乐套曲《冬之旅》中的第五首，采用德国大文豪席勒的诗篇为歌词。它挖掘诗人优美诗句中的韵律和音调，使套曲蕴含无限诗意。

仿佛他为琼斯辩护就是替自己的同胞兄弟辩护。"作为白人中产阶级家庭的子弟,法庭上的约翰尼站在黑人的立场上据理力争,维护公民应有的权利。

> 约翰尼接着说:"现在的事实是,这个案子涉及一个白人和一个黑人,在这样一个情形的处理上,两者之间存在着不平等。实际上,各位陪审员,像本案这样的案子,受审的是宪法本身。"约翰尼援引了宪法导言和修正案中关于解放奴隶,给予他们公民权和平等权利的文字。(麦卡勒斯 2007:218)

> 约翰尼正试图把辩护推向高潮。他抓起右手,仿佛是在想某一句话。"一百多年来,宪法的这些条文就是我们这个国家的法律,但是宪法条文只有通过法律来执行才有效力,而在度过了漫长的一个世纪之后,我们的法庭,就黑人而言,现在成了偏见和合法化的迫害的庄严殿堂。话已经说了。意见也已经提出来了。但是言语和意见与公正之间的差距将有多大?"(麦卡勒斯 2007:220)

《没有指针的钟》以美国著名的"布朗诉托皮卡教育局案"为历史背景。国内麦卡勒斯研究者林斌等也做过简短分析,认为小说"几乎涵盖了 20 世纪五六十年代发生在美国南方的所有社会现象。这些标志性的时代元素都在麦卡勒斯的作品中有所反映,尤其是黑人与白人之间种族关系的变迁,而其中的核心事件则是 1954 年的布朗诉托皮卡教育委员会案。"(林斌 2009:82)实际上,"布朗诉托皮卡教育局案"是几个诉讼案件的共同称呼，包括布里格斯案①、戴维斯案②、格布哈特案③、布朗案等。它们发生于 20 世纪 40 年代后期到 50 年代早期，都是因为黑人和白人的隔离制度引发诉讼，并且都受到美国全国有色人种促进协会④的鼎力支持，可以被视作 60 年代民权运动的前奏。具体到布朗案，其发生缘由大致是这样的：根据 20 世纪 50 年代堪萨斯州的法律条文，人口超过一万五千的城市可以设置种族隔离学

---

　　① 布里格斯案起始于 1947 年。当地黑人学校校舍差且无校车，于是校长约瑟夫·德兰向州政府教育当局请求安排校车，在未果的情况下于 1949 年发动集体联名诉讼。这次诉讼得到全国有色人种促进协会资助，但法院认为"隔离但平等"的原则不能变，遂判决原告败诉。事后，约瑟夫·德兰遭到撤职，其房屋遭遇仇视者焚烧，在审案过程中支持原告的法官华特·华林也被罢免。

　　② 戴维斯案又称"戴维斯诉普林斯·爱德华郡教育局案"。普林斯·爱德华郡的罗伯特·鲁萨·摩顿高中办学设施差，致使教学质量低迷，因此校长博伊德·琼斯请求教育当局对这所学校进行改善。几个月后，教育当局没有作出任何回应，一场规模较大的罢课运动随之展开。这场罢课课整整持续十天，参与的黑人学生多达 450 人，直到全国有色人种促进协会帮助他们提起诉讼，学生们才重新走进课堂。法院对本案的判决是：教育当局务必改善黑人学校设施，但根据"隔离但平等"的原则，拒绝原告黑人学生进入白人学校就读。

　　③ 格布哈特案由两件被告相同的案子合并而成，即"贝尔顿诉格布哈特案"和"布拉诉格布哈特案"。威尔明顿的许多黑人学生，因为种族原因不能就近入读设备优良的校区，而必须就读于较远且教育环境十分糟糕的学校。得到全国有色人种促进协会的法律咨询和协助，八位学生家长向教育当局提起诉讼。而在霍克辛的乡村地区，黑人莎拉·布拉家门前每天都经过一班白人校车，其女儿却因为种族关系不能搭乘。州政府教育当局拒绝了莎拉女儿搭乘该班校车的诉求，于是莎拉向全国有色人种促进协会的律师路易斯·瑞丁寻求法律援助。和其他布朗案不同的是，本案中的法官柯林·赛兹发现这两所学校的本质是"隔离但不平等"，最后判决黑人学生立即进入白人学校就读。

　　④ 全国有色人种促进协会创立于 1909 年，是美国最早成立的民间民权团体之一，致力于替黑人群体维权。查理斯·汉弥尔顿·休士顿和瑟古德·马歇尔共同所设计的一套诉讼策略，使得该协会在法庭上反击种族隔离制度的效果更为显著。全国有色人种促进协会在几次法学院、专业学校、中小学的种族隔离教育诉讼中都获胜诉，布朗案便算得上是其中的第一场大胜仗。

校，托皮卡教育局就这样设立了种族隔离的公立中小学。黑人奥利弗·布朗作为第一原告对托皮卡教育局提起集体诉讼，要求当局终止对学生实行种族隔离政策。在首席法官厄尔·沃伦的支持下，最高法院于1954年宣判全国公立学校废除种族隔离制度，即宣告沿用多年的"隔离但平等"的原则无效。然而微妙之处在于，最高法院并没有明确执行期限，使得南方地区在这个议题上一再拖延。

约翰尼这一人物形象，和全国有色人种促进协会形成戏仿的文学效果。在美国种族环境异常恶劣的情境下，他们是应运而生的人物和组织。相较于后者在维护黑人权利时表现出的强大力量，约翰尼未免相形见绌，而且令人一掬同情之泪。全国有色人种促进协会在维护黑人正当权益方面，曾经立下过汗马功劳，很多社会种族关系的进步都是在它的协助和指导下完成的。而约翰尼以律师个体的身份，也曾为了公民的良知和社会的公正，厮杀在不见硝烟的司法战场，落得个"出师未捷身先死"的结局。正直勇敢如约翰尼，终因有限的个人力量而败走麦城，输给了顽固不化的陪审团，同时输给了抱残守缺的社会种族隔离制度。由此可见，社会生活的改善靠个别人单打独斗终究不行，弱势群体唯有团结在一起，运用集体的力量去反抗专制政体，才具备旗开得胜的可能性。

与其说约翰尼是因为失去立特尔太太的爱情而自杀，不如说他的自残更应归结为对种族制度的绝望。约翰尼是雄心勃勃的年轻律师，琼斯案的审判结果让他醍醐灌顶：原来国家所标榜的民主、自由和平等，只不过是冠冕堂皇的骗局；要想成为一名为正义而战的成功律师，在那样的语境中根本就是痴人说梦。也可以说，天性温文尔雅的约翰尼，是用死亡来表达愤恨和反抗，以此与主流意识形态的专制统治决绝。约翰尼虽然以失败而告终，但

其宁为玉碎、不为瓦全的坚强人格，其坚定不移维护正义的光辉
形象，都让杰斯特对父亲无比信赖和崇拜。在听完老法官的讲述
以后，杰斯特甚至萌生了子承父业的想法："他每夜都梦见他的
爸爸。找到了他爸爸他就能找到他自己。他是他爸爸的儿子，而
且他要当律师。"困惑他多年的那些人生哲学问题，诸如"我是
谁？我是做什么的？我要到哪里去"等等，如今都一下子迎刃
而解。

> 杰斯特说道："我想做像爸爸那样的人。"
> "你爸爸，你爷爷……我们都是孪生亲兄弟。你就是活
> 脱脱有一个克莱恩。"（麦卡勒斯 2007：227—228）

　　是父亲维护司法公正的经历和决心，叩开了杰斯特迷茫已久
的心扉，令他窥见到人生真谛。根据《美学意识形态》的分析，
弗洛伊德对于自我和肉体的关系是这样的：第一，自我必然是肉
体的自我；第二，心灵安顿于肉体之中，理性建立在欲望的基础
上。（伊格尔顿 2013：248）同时，弗洛伊德认为自我并不等同
于主体，自我的实现其实存在于主体和客体的此消彼长之间："要
成为主体就要被异化，就要通过欲望运动赋予自身以本质……正
是在客体受到排斥或禁止时，客体描绘出欲望的轨迹……"（伊格
尔顿 2013：250）自我、欲望、客体、主体等概念，都是动态变
化的，杰斯特一度迷失在欲望之中，成为遭遇异化的客体。然而
正是刻骨铭心的情感体验，成为他走向主体建构的必经之路。杰
斯特最终得以自我顿悟和自我实现，是在经历几番客体的挣扎和
沉沦之后，是从欲望的泥潭中超脱出来之后。从这个意义上讲，
"心灵安顿于肉体之中，理性建立在欲望之上"，是杰斯特洞察
世事的生动写照。

　　杰斯特对于舍曼的隐秘欲望，由音乐开始并由音乐而终。两人都热爱并擅长音乐弹奏，是音乐让杰斯特对舍曼一见如故，也是音乐让舍曼对杰斯特无所不谈。以音乐为催化剂，杰斯特对舍曼个人以及整个黑人民族的理解，得到了前所未有的升华。在杰斯特的眼中，舍曼这样的黑人有感情，有才华，与白人相比毫不逊色。他们并不像主流社会所描述的那样不堪，而是像华彩乐章那样熠熠生辉。杰斯特用诗意的眼光来看待舍曼，对黑人社区充满悲悯之心，对于这一切音乐起到不可替代的作用。所以得知父亲当年因为救赎黑人而死，杰斯特感觉舍曼、自己和父亲三者之间，拥有了共同的情感和事业目标，那就是为废除种族隔离制度而战。杰斯特即将走上为黑人维权的律师生涯，标志着他的自我实现和主体确立，他既受舍曼的故事所启迪，更受父亲的经历所引导。所以追根溯源，音乐对于杰斯特免遭进一步客体化、挽救其破碎主体起到了关键作用，这一点与麦卡勒斯本人的经历如出一辙。正如伊格尔顿在《美学意识形态》中所言："在不能想象到还有比巴赫金的狂欢节的流动的、复调的、分离性的身体与这形成如此鲜明的对照。"（伊格尔顿 2013：322）如果说杰斯特对于舍曼的同性之爱是狂欢式的碎片，那么后来经由音乐，杰斯特成功地将它们一块块整合起来，变成自己丰盈充实的主体意识和未来之路。

第七章

结　论

　　在后现代文化批评视野中，文学文本不再是自给自足的艺术品，而是与社会、历史、文化有着千丝万缕的联系。文学和现实的相互流动和指导，已经是当代文艺理论研究领域的热门话题，伊格尔顿、福柯、朱迪斯·巴特勒、海德格尔等文论界和哲学界的大师，早就对这一观点达成共识。麦卡勒斯堪称美国南方作家群中的一颗璀璨明珠，是颇具特色的经典作家，她的写作自成体系，开创了以描写"孤独"和"精神隔绝"著称的独特流派。对这样一位美国主流作家，国内的现有成果虽然不乏佳作，但总体而言远远达不到托妮·莫里森和威廉·福克纳等作家的研究热度和高度。就阐释深度而言，目前只有林斌女士出版了一本相关专著，对麦卡勒斯其人其作进行比较全面的梳理。就研究主题而言，以往的研究依然大多局限于孤独议题和怪诞意象，极少有学者关注后现代和历史书写策略。这样一来，文本内和文本外的历史文化信息就遭到忽视，麦卡勒斯研究的重要突破口也会险遭埋没。在笔者看来，麦卡勒斯创作的鼎盛时期在 20 世纪 40 年代，但她与海明威、弗吉尼亚·伍尔夫等现代主义作家有本质区别，与马克·吐温等现实主义作家也不尽相同。她的创作具有前瞻性和敏锐性，很多触角都已经延伸到后现代的视阈中，与诺曼·梅勒甚至冯内古特等后现代作家拥有相近的思维方式。基于以上考虑，本书以伊格尔顿的《美学意识形态》为视角，来解读卡森·麦卡勒斯的五部长篇小说，以期在国内的麦卡勒斯研究中开拓新的视点。它力图超越单一而僵化的理论框架，与众多后现代文化批评领域的知名学者展开对话，从而形成多元而动态的解读空间。

第一章是引言部分。针对麦卡勒斯究竟属于主流作家还是次要作家的问题，本章首先展开澄清和界定，通过学界知名作家对她的认可度和读者对她的接受情况，笔者得出结论：她是具有鲜明特色的经典主流小说家。接着，面对麦卡勒斯作品的审美性和意识形态之争的局面，本章认为：尽管早期研究麦卡勒斯的学者聚焦于新批评理论，以至于一叶障目，大大忽视了其中的意识形态内涵，但麦卡勒斯作品的政治性、历史性、社会性，都是不容小觑、值得挖掘的崭新方向。然后，本书对伊格尔顿的美学意识形态理论进行诠释，并将它与麦卡勒斯作品的契合之处做了简要而清晰的阐述，为本书的写作理清了思路。

第二章解读麦卡勒斯的成名作《心是孤独的猎手》，来解构历史上的"反犹主义"意识形态。曾有人在麦卡勒斯的有生之年，指责她的作品具有"反犹主义"倾向，麦卡勒斯为此百般辩解，说明自己一贯反对种族歧视的立场。麦卡勒斯痛恨种族主义政策，与很多犹太知识分子都是肝胆相照的朋友，在《心是孤独的猎手》中大量引用马克思和斯宾诺莎等犹太学者的至理名言，以此宣扬种族和谐与平等的理念。

第三章是酷儿理论视野中的《金色眼睛的映像》。在国内外学界，当人们运用各种视角来阐述麦卡勒斯的作品时，酷儿理论出现得最为频繁。然而在本章内容中，"酷儿"这一概念得到重新定义，它不再仅仅限定于同性恋区域，更拓展到了所有与主流意识形态相违背的领域。笔者首先运用朱迪斯·巴特勒的性别理论，来解读潘德顿上尉这个人物形象，从而颠覆同性恋/异性恋的二元对立思想；接着运用福柯的权力理论等，来审视女性人物艾莉森的命运，消解男权中心主义和人类中心主义的统治地位；然后将小菲佣安纳克莱托纳入"他者"视阈，瓦解刻板的种族预设和想象。

第四章探讨《伤心咖啡馆之歌》，挖掘其中的技术异化现象，并进一步提出解决之道。本章的理论视角主要源自于海德格尔，他的一系列重要著作都提到了工具理性和现代文明的危害，因而他反对现代科技统治下的现实世界，而提倡一种"诗意栖居"的人类生存方式。《伤心咖啡馆之歌》中的主要人物关系，都受制于消费主义和物质主义意识形态，以至于人与人之间呈现出一种扭曲和畸形的交往模式。在人性遭受现代科技物化和异化的状态下，人际情感开始恶性循环。麦卡勒斯利用海德格尔的"诗意栖居"，来呼吁"酒神"和"爱神"的回归，以此建构和谐平等的大同世界。

第五章分析《婚礼的成员》的战争观。相较于麦卡勒斯的其他作品，《婚礼的成员》与第二次世界大战更加休戚相关。本章首先从相关传记中撷取资料，来厘清麦卡勒斯对于战争的深切体验。在美国加入第二次世界大战之前，麦卡勒斯就开始呼吁美军参战，并且为此写下鼓舞人心的文章。她后来又为亲人和爱人奔赴战场而摇旗呐喊，这种热情一直持续到第二次世界大战结束。麦卡勒斯将她的战争体验注入《婚礼的成员》，并在其中加入塞班岛战役和巴黎解放等真实历史事件，以这种方式将现实与虚构杂糅起来，尽显法西斯军国主义的残酷本质，呼吁整个世界的和平与发展。

第六章解析《没有指针的钟》的身体政治。以"残缺的身体：通向文化批评的物质媒介"为第一层次内容，本书从伊格尔顿和马克思等人的理论出发，认为残缺不全的身体折射出畸形的精神世界，更反映了违背人性的主流意识形态和社会制度，而这一点与麦卡勒斯对《没有指针的钟》的主题设置一脉相承，老法官的身上就承载了这样的政治意蕴。以"从日常生活审美化到分裂的客体"为第二层次内容，本章采用阿德勒的个体心理学，来剖析黑人舍曼如何沦为种族主义的牺牲品。以"音乐语言：整合狂欢式的身体碎片"为第三层次内容，本章走进弗洛伊德的理论世界，将它与杰斯特这个人物形象结合起来关照，深化了杰斯特建构文化身份的文本意义和现实意义。

第七章为结论部分。本章先是阐明迄今为止中国麦卡勒斯研究成果的空缺之处，强调伊格尔顿的政治性和意识形态理论来进行研究的重大意义。与此同时，本书的整个脉络层次和框架结构也随之展开，每一章节的主要内容都依次展现在读者面前。该书在哪些方面对以往的相关成果实行创新和突破，也在本部分一一阐述清楚，其学术价值和应用层面彰显无遗。最后，笔者指出整个文章的研究工作还存在哪些欠缺和局限，强调日后研究拓展的空间和方向。

本书在以下几方面取得突破性进展：第一，它大量挖掘与文本相关的历史事件，如麦卡锡主义、美国工业化和城市化进程、美国对菲律宾殖民扩张、底比斯圣军、里根总统和撒切尔政府对同性恋者和工人阶级展开同等压制、第二次世界大战中的太平洋战场和欧洲战场，等等。这样一来，文本内的故事情节与文本外的文化历史形成呼应，意识形态和社会政治等不仅在小说中被条分缕析，从而加强其文学深度和广度，更在当下现实世界中起到指导和借鉴作用。第二，伊格尔顿的美学意识形态框架，在麦卡勒斯研究领域尚属新的尝试，不仅如此，马克思、阿德勒、弗洛伊德、海德格尔、福柯等的理论，也都参与进来共同完成麦卡勒斯作品的解读任务。在如此宏大的结构中，本书在保证重点突出的前提下，也确保了自由灵动的学术姿态。第三，"技术异化"和"战争观"等议题，都是首次用来解读麦卡勒斯的作品，为麦卡勒斯研究指明新的的阐释方向，也为中国当今世界的发展提供了经验和教训。

国内外已经涌现出较为丰富的麦卡勒斯研究文献，传记、专著、论文都具有相当的学术参考价值。本书在研读以上资料的基础上写成，却又进行大胆超越和突破，将麦卡勒斯研究提升到一个崭新高度。然而由于时间和精力等方面的局限性，本书的不足之处在所难免，笔者期待在以后的研究中填补空白、弥补遗憾。对于麦卡勒斯这样一位融后现代主义、现代主义和现实主义手法于一体的作家，未来研究尚有如许拓展空间，比如可以将她的系列小说整体放置到美国城市化背景中审视，探索消费主义思潮下城市和农村历史变迁对于文学再现的影响；可以将她作品的城市化和工业化历程，与当下中国的发展语境进行对比研究，从而为我国的城镇化做出力所能及的贡献。总之，麦卡勒斯研究的诸多新视角亟待开发，包括笔者在内的学者们理当为此尽心竭力。

参考文献

1. Adorno, Theodor W. *Minima Moralia*: *Refections from Damaged Life*. Trans. E. F. N. Jephcott. London: Verso, 1974.

2. Andermahr, Sonya, Terry Lovell, and Carol Wolkowitz. "Masculinity." A Concise Glossary of Feminist Theory. London: Arnold, 1997.

3. Barlow, Daniel. " 'And every day there is music': Folksong Roots and the Highway Chain Gang in 'The Ballad of the Sad Café' ." *The Southern Literary Journal* 44. 1 (2011): 74 – 85.

4. Barrett, Eileen. " The 'Astonishing Humanity' of Carson McCullers' *The Heart Is a Lonely Hunter* and James Baldwin's *Another Country*. " *ANQ*: *A Quarterly Journal of Short Articles, Notes, and Reviews* 24. 4 (2011): 217 – 226.

5. Berson, Lenora E. *The Negroes and The Jews*. New York: Random House, 1971.

6. Brennan, Frank. "Clock Without Hands: Carson McCullers and the Rhythms of Living and Dying. " *American Journal of Hospice and Palliative*, 2012: 312 – 316.

7. Carr, Virginia Spencer. "Carson McCullers. " *Fifty Southern Writers After 1900*: *A Bio-Bibliographical Sourcebook*. Ed. Joseph

M. Flora and Robert Bain. Westport: Greenwood, 1987.

8. Cavender, Sandra. "McCullers's Cousin Lymon: Quasimodo Southern Style." *ANQ: A Quarterly Journal of Short Articles, Notes, and Reviews* 26. 2 (2013): 109 – 114.

9. Clark, Charlene Kerne. "Pathos with a Chuckle: The Tragicomic Vision in the Novels of Carson McCullers." *Studies in American Humor* 1. 3 (January, 1975): 161 – 166.

10. Eagleton, Terry. *The Ideology of the Aesthetic.* Blackwell Publishers Ltd. , 1990: 196.

11. Ellis, A. *Humanistic Psychotherapy.* New York: McGrac-Hill, 1973.

12. Emerson, Donald. "TheAmbiguities of *Clock without Hands.*" *Wisconsin Studies in Contemporary Literature*, 3. 3 (1962): 15 – 28.

13. Evans, Oliver. "The Achievement of Carson McCullers." *The English Journal*, 51. 5 (1962): 301 – 308.

14. Faderman, Lillian. *Odd Girls and Twilight Lovers: A History of Lesbian Life in Twentieth-Century America.* New York: Columbia UP, 1991.

15. Freeman, A & Urschel, J. "Individual Psychology and Cognitive—Behavioral Therapy: A Cognitive Therapy Perspective. E-d. R. E. Watts. *Adlerian cognitive and constructivst psychotherapies: An integrative dialogue.* New York: Springer, 2003: 71 – 88.

16. Gleeson-White, Sarah. *Strange Bodies: Gender and Identity in the Novels of Carson McCullers.* London and Tuscaloosa: University of Alabama Press, 2003.

17. Grumbach, Doris. "*Clock without Hands* by Carson McCullers". *America*, September 23 (1961): 809.

18. Hershon, Larry. "Tension and Transcendence: 'The Jew' in the Fiction of Carson McCullers." *Southern Literary Journal* 41. 1 (2008): 52 – 72.

19. Hoganson, Kristin L. *Fighting for American Manhood: How Gender Politics Provoked the Spanish-American and Philippine-American Wars.* New Haven: Yale UP, 1998.

20. Holland, Norman. "Unity Identity Text Self." *Reader-Response Criticism: From Formalism to Post-Structuralism.* Ed. Jane P. Tompkins. Baltimore &London: John Hopkins UP, 1980.

21. http://baike. baidu. com/view/1391662. htm? fr = aladdin

22. http://baike. baidu. com/view/828088. htm? fr = aladdin

23. http://baike. baidu. com/view/62953. htm

24. http://baike. baidu. com/view/982531. htm

25. http://tieba. baidu. com/p/1591982275

26. http://www. chineseinla. com/f/page_ viewtopic/t_ 1456. html

27. James, Judith Giblin. *Wunderkind: The Reputation of Carson McCullers, 1940 – 1990.* Columbia: Camden, 1995.

28. Jewett, Chad M. "'Somehow Caught': Race and Deferred Sexualityin McCullers's *The Member ofthe Wedding.* " *The Southern Literary Journal* 45. 1 (2012): 95 – 110.

29. Lenviel, Claire. Hopeless Resistance: The Self-look in Carson McCullers's *The Heart Is a Lonely Hunter. ANQ: A Quarterly Journal of Short Articles, Notes, and Reviews* 26. 2 (2013): 115 – 120.

30. Levine, Lawrence W. *Black Culture and Black Consciousness: Afro-American Folk Thought from Slavery to Freedom.* New York: Oxford UP, 1978.

31. MacDonald, Edgar E. "The Symbolic Unity of *The Heart Is a Lonely Hunter.*" AFestschrift for Professor Marguerite Roberts, on the Occasion of Her Retirement from Westhampton College, University of Richmond, Virginia. Ed. Frieda Elaine Penninger. Richmond: U of Richmond P, 1976: 168 – 187.

32. Matlok-Ziemann, Ellen. "Southern Fairy Tales: Katherine Anne Porter's 'The Princess' and Carson McCullers's *The Ballad of the Sad Café.*" *Mississippi Quarterly* 60. 2 (2007): 257 – 272.

33. Matsui, Miho. "Reflections in a Filipino's Eye: Southern Masculinity and the Colonial Subject." *ANQ: A Quarterly Journal of Short Articles, Notes, and Reviews.* 26. 2 (2013): 121 – 127.

34. McCullers, Carson. "The Russian Realists and Southern Literature." Ed. MargaritaSmith. *TheMortgagedHeart.* Harmondsworth: PenguinBooksLtd. , 1957.

35. McDowell, Margaret B. *Carson McCullers.* Boston: Twayne, 1980.

36. Millar, Darren. "The Utopian Function ofAffect in Carson McCullers's *The Member of the Wedding* and *The Ballad of the Sad Café.*" *Southern Literary Journal* 41. 2 (2009): 87 – 105.

37. Paden, Frances Freeman. "Autistic Gestures in *The Heart Is a Lonely Hunter.*" *Modern Fiction Studies* 28. 3 (1982): 453 – 463.

38. Reizbaum, Marilyn. "A Nightmare of History: Ireland's Jews and Joyce's Ulysses." *Between 'Race' and Culture: Representations of 'The Jew' in English and American Literature.* Ed. Bryan Cheyette. Stanford: Stanford UP, 1996.

39. Proehl, Kristen B. "Sympathetic Alliances: Tomboys, Sissy Boys, and Queer Friendship in *The Member of the Wedding* and

To Kill a Mockingbird." *ANQ: A Quarterly Journal of Short Articles, Notes, and Reviews* 26. 2 (2013): 128 – 133.

40. Saxton, Ben. Finding Dostoevsky's "Idiot" in McCullers's *The Heart Is a Lonely Hunter. ANQ: A Quarterly Journal of Short Articles, Notes and Reviews* 26. 2 (2013): 103 – 108.

41. Savigneau, Josyane. *Carson McCullers: A Life.* Trans. Joan E. Howard. New York: Houghton Mifflin, 2001.

42. Seymour, Nicole. "Somatic Syntax: Replotting the Developmental Narrative in Carson McCullers's *The Member of the Wedding.*" *Studies in the Novel* 41. 3 (2009): 293 – 313.

43. Skaggs, Carmen. "'A House of Freaks': Performance and the Grotesque in McCullers's *The Ballad of the Sad Café.*" *ANQ: A Quarterly Journal of Short Articles, Notes, and Reviews* 26. 2 (2013): 134 – 138.

44. Tracy, Honor. "A Voice Crying in the South". *The New Republic* 13 (1961): 16 – 17.

45. Williams, Tennessee. "Introduction". Carson McCullers. *Reflections in a Golden Eye.* New York: Bantam, 1950: xi.

46. Whittle, Amberys R. "'McCullers' 'The Twelve Mortal Men' and *The Ballad of the Sad Cafe.*" *Analytical Notes & Queries* 18. 10 (1980): 158 – 159.

47. Wu, Cynthia. "Expanding Southern Whiteness: Reconceptualizing Ethnic Difference in the Short Fiction of Carson McCullers." *Southern Literary Journal* 34. 1 (2001): 44 – 66.

48. 鲍世修:《马克思和无产阶级战争观》,《世界历史》1983 年第 2 期, 第 12—20 页。

49. 蔡春露:《怪诞不怪怪中寓真——评麦卡勒斯的小说〈伤心

咖啡店之歌〉》,《外国文学研究》2002 年第 3 期,第 84—
88 页。

50. 车文博:《西方心理学史》,浙江教育出版社 1998 年版。

51. 陈亮:《从后殖民视角看〈龙子〉——兼评赛珍珠的战争
观》,《江苏大学学报》2005 年第 2 期,第 45—47 页。

52. 格·姆·达夫里扬:《技术·文化·人》,河北人民出版社
1987 年版。

53. 段吉方:《意识形态与审美话语——伊格尔顿激进美学的逻
辑和立场》,《广西师范大学学报》2005 年第 3 期,第 47—
53 页。

54. 都岚岚:《论朱迪斯·巴特勒性别理论的动态发展》,《妇女
研究论丛》2010 年第 6 期,第 65—72 页。

55. 方珏:《美学意识形态和身体政治学——略论伊格尔顿美学
意识形态理论》,《国外社会科学》2008 年第 3 期,第 54—
61 页。

56. 米歇尔·福柯:《疯癫与文明》,刘北成、杨远婴译,生活·
读书·新知三联书店 2003 年版。

57. 米歇尔·福柯:《性史》,姬旭升译,青海人民出版社 1999
年版。

58. 傅树斌:《〈心是孤独的猎人〉主题剖析》,《解放军外语学
院学报》2000 年第 4 期,第 108—111 页。

59. 关晓林:《人道主义者茨威格的悲剧——从茨威格的战争观
谈起》,《外国文学研究》1985 年第 2 期,第 71—76 页。

60. 郭本禹:《潜意识的意义》,山东教育出版社 2009 年版。

61. 马丁·海德格尔:《尼采》,孙周兴译,商务印书馆 2002 年版。

62. 马丁·海德格尔:《林中路》,孙周兴译,上海译文出版社
1997 年版。

63. 马丁·海德格尔：《在通向语言的途中》，孙周兴译，商务印书馆 1999 年版。

64. 琳达·哈钦：《加拿大后现代主义——加拿大现代英语小说研究》，赵伐、郭昌瑜译，重庆出版社 1994 年版。

65. 琳达·哈钦：《后现代主义诗学：历史·理论·小说》，李杨、李锋译，南京大学出版社 2009 年版。

66. 格奥尔格·黑格尔：《法哲学原理》，张企泰、范扬译，商务印书馆 1961 年版。

67. 洪谦：《西方现代资产阶级哲学论著选辑》，商务印书馆 1982 年版。

68. 侯蔚：《从成长小说角度分析〈婚礼的成员〉》，辽宁大学，2012 年。

69. 蒋秀丽：《只要活着——〈婚礼的成员〉的拉康式解读》，云南师范大学，2014 年。

70. 荆兴梅：《〈金色眼睛的映像〉的后现代主义特征》，《电影文学》2009 年第 22 期，第 103—105 页。

71. 荆兴梅：《托妮·莫里森作品的后现代历史书写》，中国社会科学出版社 2014 年版。

72. 荆兴梅：《〈伤心咖啡馆之歌〉的存在主义解读》，《北京理工大学学报》2009 年第 2 期，第 21—24 页。

73. 荆兴梅：《〈婚礼的成员〉的象征意义》，《长江大学学报》2008 年第 3 期，第 38—40 页。

74. 弗吉尼亚·卡尔：《孤独的猎手：卡森·麦卡勒斯传》，冯晓明译，上海三联书店 2006 年版。

75. 李公昭：《安布罗斯·比尔斯的战争观》，《外国文学》1998 年第 6 期，第 55—58 页。

76. 李金和：《人类解放前提论——马克思〈论犹太人问题〉解

读》，《理论学刊》2011 年第 6 期，第 35—37 页。

77. 梁军：《"泛神论"的"上帝"——从斯宾诺莎看西方科学和哲学中的"上帝"》，《辽东学院学报》2010 年第 6 期，第 17—20 页。

78. 梁新亮：《美国 20 世纪中期文学中的叛逆的青少年——〈麦田守望者〉和〈婚礼的成员〉比较研究》，山东大学，2008 年。

79. 林斌：《卡森·麦卡勒斯 20 世纪四十年代小说研究述评》，《外国文学研究》2005 年第 2 期，第 158—164 页。

80. 林斌：《文本"过度阐释"及其历史语境分析——从〈伤心咖啡馆之歌〉的"反犹倾向"谈起》，《四川外语学院学报》2004 年第 4 期，第 32—37 页。

81. 林斌：《〈伤心咖啡馆之歌〉的"二元性别观"透视》，《外国文学评论》2003 年第 4 期，第 33—41 页。

82. 林斌：《巴赫金视角下的性别秩序：浅析〈伤心咖啡馆之歌〉中的女性乌托邦理想及幻灭》，《外国语言文学研究》2003 年第 2 期，第 91—99 页。

83. 林斌：《寓言、身体与时间——〈没有指针的钟〉解析》，《外国文学评论》2009 年第 4 期，第 81—93 页。

84. 林斌：《"精神隔绝"的宗教内涵——〈心是孤独的猎手〉中的基督形象塑造与宗教反讽特征》，《外国文学研究》2011 年第 6 期，第 83—91 页。

85. 林斌：《大屠杀叙事与犹太身份认同：欧茨书信体小说〈表姐妹〉的犹太寻根主题及叙事策略分析》，《外国文学》2007 年第 5 期，第 3—10 页。

86. 林斌：《权力关系的性别隐喻——麦卡勒斯〈金色眼睛的映像〉中哥特意象的后现代解读》，《国外文学》2008 年第 4 期，第 96—104 页。

87. 林斌：《"自然之镜"中的文明映像——〈金色眼睛的映像〉的女性生态视角》，《外国文学研究》2013 年第 6 期，第 113—120 页。

88. 刘文海：《技术异化批判——技术负面效应的人本考察》，《中国社会科学》1994 年第 2 期，第 101—114 页。

89. 李银河：《酷儿理论面面观》，《国外社会科学》2002 年第 2 期，第 23—29 页。

90. 罗良清、格明福：《意识形态：从阿尔都塞到伊格尔顿》，《南京社会科学》2006 年第 8 期，第 30—34 页。

91. 卡森·麦卡勒斯：《心是孤独的猎手》，陈笑黎译，上海三联书店 2005 年版。

92. 卡森·麦卡勒斯：《婚礼的成员》，周玉军译，上海三联书店 2005 年版。

93. 卡森·麦卡勒斯：《金色眼睛的映像》，陈黎译，上海三联书店 2007 年版。

94. 卡森·麦卡勒斯：《没有指针的钟》，金绍禹译，上海三联书店 2007 年版。

95. 卡森·麦卡勒斯：《伤心咖啡馆之歌》，李文俊译，上海三联书店 2012 年版。

96. 吉姆·麦克盖根：《文化民粹主义》，桂万先译，南京大学出版社 2001 年版。

97. 马克思、恩格斯：《马克思恩格斯选集》第 1 卷，人民出版社 1995 年版。

98. 马克思、恩格斯：《马克思恩格斯全集》第 3 卷，人民出版社 1995 年版。

99. 马克思、恩格斯：《马克思恩格斯全集》第 3 卷，人民出版社 1960 年版。

100. 马克思、恩格斯:《马克思恩格斯全集》第 12 卷,人民出版社 1962 年版。

101. 马克思、恩格斯:《马克思恩格斯全集》第 17 卷,人民出版社 1963 年版。

102. 詹姆斯·米勒:《福柯的生死爱欲》,上海人民出版社 2005 年版。

103. 莫玉梅、苗兵:《"后殖民理论"视阈下〈艾凡赫〉对犹太妇女"他者"的建构》,《鲁东大学学报》2014 年第 2 期,第 16—20 页。

104. 斯·普·普拉托诺夫:《第二次世界大战——战史概要》(下册),战士出版社 1980 年版。

105. 秦静:《权力与身体的双重拷问——福柯〈性史〉解读》,《史学理论研究》2002 年第 4 期,第 81—87 页。

106. 乔国强:《论斯宾诺莎对辛格创作的影响》,《外国文学》2006 年第 1 期,第 49—53 页。

107. 冈特·绍伊博尔德:《海德格尔分析新时代的技术》,中国社会科学出版社 1998 年版。

108. 理查德·舒斯特曼:《实用主义美学》,周宪译,商务印书馆 2002 年版。

109. 宋云伟:《美国对菲律宾的殖民统治及其影响》,《世界历史》2008 年第 3 期,第 48—58 页。

110. 苏联科学院:《世界通史(第 10 卷)》,吉林人民出版社 1978 年版。

111. 陶东风:《日常生活的审美化与文化研究的兴起——兼论文艺学的学科反思》,《浙江社会科学》2002 年第 1 期,第 166—172 页。

112. 布莱恩·特纳:《身体与社会》,马海良、赵国新译,春风文艺出版 2000 年版。

113. 田颖:《〈没有指针的钟〉:他者欲望的书写》,《当代外国文学》2011 年第 2 期,第 82—91 页。

114. 田颖:《"南方神话"的解构和"真实南方"的建构——解读〈金色眼睛的映像〉》,《外国文学》2010 年第 4 期,第 75—82 页。

115. 田颖:《"狂欢"的乌托邦王国——评〈婚礼的成员〉》,《杭州电子科技大学学报》2012 年第 1 期,第 42—46 页。

116. 许德金、刘江:《〈秋颂〉:生态女性主义和谐的浪漫乐章》,《外语与外语教学》2007 年第 6 期,第 35—39 页。

117. 许丽芹、周艳:《被毁之店铺 被摧之女性——〈伤心咖啡馆之歌〉的生态女性主义解读》,《外语教学》2011 年第 5 期,第 86—89 页。

118. 杨济余:《二重组合结构的范例——从"反讽—张力"诗学析〈伤心咖啡馆之歌〉》,《外国文学评论》1990 年第 3 期,第 71—76 页。

119. 阎国忠:《柏拉图:哲学视野中的爱与美——一种神话学的建构》,《北京大学学报》2012 年第 4 期,第 20—31 页。

120. 特里·伊格尔顿:《美学意识形态(修订版)》,王杰、付德根、麦永雄译,中央编译出版社 2013 年版。

121. 特里·伊格尔顿:《历史中的政治、哲学、爱欲》,马海良译,中国社会科学出版社 1999 年版。

122. 佚名:《史上唯一一支同性恋军队》,《文史博览》2010 年第 7 期,第 69 页。

123. 尹静媛、李云南:《从〈艾凡赫〉看犹太人的困境及司格特的犹太观》,《华南农业大学学报》2005 年第 4 期,第 122—125 页。

124. 原海成：《马克思与反犹主义——以马克思的〈论犹太人问题〉为个案》，《甘肃理论学刊》2013 年第 5 期，第 119—122 页。

125. 俞吾金：《意识形态论》，人民出版社 2009 年版。

126. 王长国：《穿越斯宾诺莎的伦理世界——论"市场街的斯宾诺莎"中的理智与情感》，《外国文学研究》2011 年第 2 期，第 93—99 页。

127. 王杰、徐方赋：《我不是后马克思主义者，我是马克思主义者——特里·伊格尔顿访谈录》，《文艺研究》2008 年第 12 期，第 81—87 页。

128. 王焱：《"日常生活审美化"论争的三大焦点》，《东方论坛》2007 年第 2 期，第 48—53 页。

129. 王宗礼、史小宁：《政治、语境与历史：意识形态概念的变迁》，《南京师大学报》2012 年第 1 期，第 5—10 页。

130. 柯林·威尔森、毛兴贵：《酷儿理论与政治》，《国外理论动态》2013 年第 12 期，第 36—53 页。

131. 未央：《成功的美国犹太人》，《环渤海经济瞭望》2000 年第 1 期，第 55—56 页。

132. 吴定宁：《论郭沫若与泛神论》，《郭沫若学刊》2002 年第 3 期，第 31—38 页。

133. 翟贤亮、徐莉、孟维杰：《自卑的他人补偿探究——阿德勒自卑补偿理论的补充与完善》，《心理研究》2012 年第 2 期，第 20—26 页。

134. 张华：《〈婚礼的成员〉对传统成长小说的继承与超越》，东北师范大学，2010 年。

135. 张军：《析辛格心中的两个迦南——以〈傻瓜吉姆佩尔〉和〈市场街的斯宾诺莎〉为例》，《江西社会科学》2008 年第

12 期，第 112—115 页。

136. 张立新：《论〈金色眼睛的映像〉中的三重隐喻——以"马"的意象为中心》，《外国文学研究》2013 年第 4 期，第 107—114 页。

137. 张倩红：《从〈论犹太人问题〉看马克思的犹太观》，《世界历史》2004 年第 6 期，第 91—99 页。

138. 章启平：《论〈心是孤独的猎手〉之中心主题——孤独》，《天津外国语学院学报》1998 年第 1 期，第 15—21 页。

139. 赵静蓉：《诗意栖居的本真性——论海德格尔在现代性进程中的"返乡之途"》，《南京师大学报》2005 年第 1 期，第 113—117 页。

140. 赵晓彬：《悲剧与崇高：布宁小说中的酒神崇拜思想》，《当代外国文学》2013 年第 2 期，第 45—50 页。

141. 赵毅衡：《畸形社会孤独者的哀音——怎样理解〈伤心咖啡馆之歌〉》，《名作欣赏》1982 年第 2 期，第 96—99 页。

142. 周小仪：《社会历史视野中的文学批评——伊格尔顿文学批评理论的发展轨迹》，《国外文学》2001 年第 4 期，第 3—8 页。

143. 朱树飏：《海明威的战争观》，《外国文学》1983 年第 11 期，第 63—67 页。

144. 朱振武：《自卑情结：福克纳小说创作的重要动因》，《外国文学评论》2002 年第 3 期，第 53—58 页。

145. 朱振武、王岩：《信仰危机下的孤独——〈心是孤独的猎手〉的主题解读》，《英美文学研究论丛》2009 年第 1 期，第 201—211 页。

146. 朱子善：《苏联卫国战争史话》，新知识出版社 1955 年版。